"十三五"国家重点图书出版规划项目

《西方古典学研究》
编辑委员会

主　编：黄　洋　（复旦大学）
　　　　高峰枫　（北京大学）

编　委：陈　恒　（上海师范大学）
　　　　李　猛　（北京大学）
　　　　刘津瑜　（美国德堡大学）
　　　　刘　玮　（中国人民大学）
　　　　穆启乐　（Fritz-Heiner Mutschler，德国德累斯顿大学）
　　　　彭小瑜　（北京大学）
　　　　吴　飞　（北京大学）
　　　　吴天岳　（北京大学）
　　　　徐向东　（浙江大学）
　　　　薛　军　（北京大学）
　　　　晏绍祥　（首都师范大学）
　　　　岳秀坤　（首都师范大学）
　　　　张　强　（东北师范大学）
　　　　张　巍　（复旦大学）

西方古典学研究

The
World
of
Odysseus

奥德修斯的世界

M. I. Finley

[英] M. I. 芬利 著
刘淳 曾毅 译

著作权合同登记号 图字：01-2016-7309

图书在版编目（CIP）数据

奥德修斯的世界 /（英）M. I. 芬利（M. I. Finley）著；刘淳，曾毅译. —北京：北京大学出版社，2019.1
（西方古典学研究）
ISBN 978-7-301-30012-1

Ⅰ. ①奥… Ⅱ. ① M…②刘…③曾… Ⅲ. ①史诗—诗歌研究—古希腊 Ⅳ. ① I545.072

中国版本图书馆 CIP 数据核字（2018）第 247233 号

The World of Odysseus, by M. I. Finley
All rights reserved including the right of reproduction in whole or in part in any form.
This edition published by arrangement with Penguin Books, an imprint of Penguin Publishing Group, a division of Penguin Random House LLC.

书　　　　名	奥德修斯的世界 AODEXIUSI DE SHIJIE
著作责任者	[英] M. I. 芬利（M. I. Finley）著　刘　淳　曾　毅 译
责任编辑	欧　阳　王晨玉
标准书号	ISBN 978-7-301-30012-1
出版发行	北京大学出版社
地　　　　址	北京市海淀区成府路 205 号　100871
网　　　　址	http://www. pup. cn　　新浪微博：@ 北京大学出版社
电子信箱	pkuwsz@126.com
电　　　　话	邮购部 010-62752015　发行部 010-62750672　编辑部 010-62752025
印　刷　者	北京中科印刷有限公司
经　销　者	新华书店 730 毫米 ×1020 毫米　16 开　15.5 印张　250 千字 2019 年 1 月第 1 版　2021 年 8 月第 2 次印刷
定　　　　价	42.00 元

未经许可，不得以任何方式复制或抄袭本书之部分或全部内容。
版权所有，侵权必究
举报电话：010-62752024　电子信箱：fd@pup.pku.edu.cn
图书如有印装质量问题，请与出版部联系，电话：010-62756370

"西方古典学研究"总序

古典学是西方一门具有悠久传统的学问,初时是以学习和通晓古希腊文和拉丁文为基础,研读和整理古代希腊拉丁文献,阐发其大意。18世纪中后期以来,古典教育成为西方人文教育的核心,古典学逐渐发展成为以多学科的视野和方法全面而深入研究希腊罗马文明的一个现代学科,也是西方知识体系中必不可少的基础人文学科。

在我国,明末即有士人与来华传教士陆续译介希腊拉丁文献,传播西方古典知识。进入20世纪,梁启超、周作人等不遗余力地介绍希腊文明,希冀以希腊之精神改造我们的国民性。鲁迅亦曾撰《斯巴达之魂》,以此呼唤中国的武士精神。20世纪40年代,陈康开创了我国的希腊哲学研究,发出欲使欧美学者以不通汉语为憾的豪言壮语。晚年周作人专事希腊文学译介,罗念生一生献身希腊文学翻译。更晚近,张竹明和王焕生亦致力于希腊和拉丁文学译介。就国内学科分化来看,古典知识基本被分割在文学、历史、哲学这些传统学科之中。20世纪80年代初,我国世界古代史学科的开创者日知(林志纯)先生始倡建立古典学学科。时至今日,古典学作为一门学问已渐为学界所识,其在西学和人文研究中的地位日益凸显。在此背景之下,我们编辑出版这套"西方古典学研究"丛书,希冀它成为古典学学习者和研究者的一个知识与精神的园地。"古典学"一词在西文中固无歧义,但在中文中可包含多重意思。丛书取"西方古典学"之名,是为避免中文语境中的歧义。

收入本丛书的著述大体包括以下几类:一是我国学者的研究成果。近年来国内开始出现一批严肃的西方古典学研究者,尤其是立志于从事西方古典学研究的青年学子。他们具有国际学术视野,其研究往往大胆而独具见解,代表了我国西方古典学研究的前沿水平和发展方向。二是国外学者的研究论著。我们选择翻译出版在一些重要领域或是重要问题上反映国外最新研究取向的论著,希望为国内研究者和学习者提供一定的指引。三是西方古典学研习者亟需的书籍,包括一些工具书和部分不常见的英译西方古典文献汇编。对这类书,我们采取影印原著的方式予以出版。四是关系到西方古典学学科基础建设的著述,尤其是西方古典文献的汉文译注。收入这类的著述要求直接从古希腊文和拉丁文原文译出,且译者要有研究基础,在翻译的同时做研究性评注。这是一项长远的事业,非经几代人的努力不能见成效,但又是亟需的学术积累。我们希望能从细小处着手,为这一项事业添砖加瓦。无论哪一类著述,我们在收入时都将以学术品质为要,倡导严谨、踏实、审慎的学风。

我们希望,这套丛书能够引领读者走进古希腊罗马文明的世界,也盼望西方古典学研习者共同关心、浇灌这片精神的园地,使之呈现常绿的景色。

"西方古典学研究"编委会
2013 年 7 月

目 录

导　言 ... I

序言一——M. I. 芬利（Moses I. Finley，1978 年版） ... i
序言二——马克·范多伦（Mark Van Doren, 1954 年版） ... iv
地　图 ... viii

第一章　荷马与希腊人 ... 1
第二章　诗人与英雄 ... 15
第三章　财富与劳动力 ... 46
第四章　家庭、亲族与社群 ... 73
第五章　道德规范与价值观 ... 113

附录 I　重温奥德修斯的世界 ... 154
附录 II　施利曼的特洛伊 —— 一百年之后 ... 176
书目文献 ... 199
索　引 ... 207
译者说明 ... 214
译名对照表 ... 215

导　言

出版六十五年之后,《奥德修斯的世界》仍是英语世界中最著名的关于荷马的著作。然而它的成功在当时却是令人意外的。那时作者摩西·芬利四十一岁,是一名失业的学者,只发表过四篇文章。正如大多数博士论文一样,他的博士论文是一部循规蹈矩之作,由一家二流出版社出版,此前也没有为了出版而进行适当的修订,故此不足以让他在学术界得到晋升。他只是个普普通通的助理教授,并且已经在这个位置上呆了一年时间。他还从未离开过美国,而当时美国的古典学研究还没有今天的重要地位。此前他不曾造访英格兰,却将在那里度过余生。

随着时间的流逝,以及社会主义在中国和其他地方取得胜利,另外那些不利于他的标签已经成为过去。芬利曾是美国共产党党员,为时大约十年。在第二次世界大战中,他还曾担任一些组织的领袖。这些组织呼吁美国与苏联携起手来,向红军和苏联难民——尤其是因为纳粹入侵而面临种族灭绝威胁的犹太人——提供物质支援。他在纽约从事这样的工作,也在纽约的哥伦比亚大学研究古代史。战争结束后,美国政府转而与其社会主义盟友为敌,并将芬利和别的美国共产主义者视为内奸。与其他许多人一样,芬利也被列入黑名单。如果他留在美国,也许永远无法找到另一份大学教职。

II 奥德修斯的世界

芬利是犹太人。在他登上黑名单并受到政府监控这件事上，反犹主义和反共主义都起到了作用。受过古代史训练的美国人中，犹太人和共产主义者寥寥无几，而芬利正是其中之一，因此他受到的迫害尤其值得注意。

从事商业出版的维京出版社向芬利提供了一份合同，请他撰写一部面向普通读者的希腊史，但芬利连第一章的初稿都未能完成。荷马史诗中的历史维度吸引了他，让他转而写出了《奥德修斯的世界》。这本书在学术界内外一鸣惊人。就在出版当年，也就是1954年，他意外地收到了一份工作邀请，来自英格兰的剑桥大学。要不是美国的反共主义者让英国人提防他，芬利还有可能得到一份牛津大学的工作。这是牛津的损失，却是英格兰之幸。在1986年去世之前，芬利一直留在剑桥，并成为20世纪后半叶英语世界最有影响力的古希腊史学者。他的影响一直延续至今。

正如芬利本人所指出，《奥德修斯的世界》是第一次将荷马史诗视为历史文献的研究尝试，而荷马史诗又是关于公元前第一个千年早期希腊人生活最重要的资料。他在阅读荷马史诗的过程中运用了20世纪早期社会科学的一些根本概念，尤其是马克斯·韦伯（Max Weber）和卡尔·波拉尼（Karl Polanyi）所阐明的那些。韦伯提出的概念是社会地位（social status），不同于社会阶级或种族身份；波拉尼则提出了作为一种社会交流形式的赠礼（gift-giving）这一概念。这两种观念都不见于马克思主义作家的著作，却与芬利在他身为共产主义者的十年中所吸收的几种马克思主义根本原则没有冲突。首先，他相信荷马史诗所描述的希腊世界划分为不同的社会阶级。其次，他认为虽然这个古老的时代远远早于任何城市无产阶级或工业无产阶级的出现，其中却有某种程度的阶级意识——尽管还没有出现阶级斗争。他最后提出：作为恩格斯的社会发展五阶段中的第二阶段，奴隶社会已在古希腊早期出现，却还没有获得公元前第一个千年后期的成熟形态。

芬利为出版于1965年的《奥德修斯的世界》修订本撰写了导言，并在导言中这样解释：本书描绘了"一幅社会图景，基于对《伊利亚特》和《奥德赛》的细读"；并且，这幅关于"社会体制与价值观"的"图景"是自恰的，也是自成系统的。这些提法表明了芬利的雄心：他要为荷马史诗提出一种在人类学上和社会学上站得住脚的解读，尽管荷马史诗实际上是由一名或多名歌者创造的两部冒险故事，而这些歌者基本上或者完全没将两部史诗转化成书面形式的有利条件，而是在几代人的时间里，对或多或少是想象的内容进行了创作。在处理这些素材的过程中，芬利放弃了它们与古希腊诸近邻的早期文学之间的比较，从而将自己置于一个不利的位置上。例如，他完全没有提及古美索不达米亚人的《吉尔伽美什史诗》。作为替代，他所比较的是古希腊和原始社会。芬利的方法是实证主义的：他完全可以像别人一样，把讲述当成事实，把事实当成比较对象。此外，他也没有掌握大量用以验证荷马史诗的考古学证据——这至今仍是历史学家们面对的难题。

尽管如此，《奥德修斯的世界》仍然做出了众多令人瞩目的正确论述。在此前两千多年的荷马研究历史中，这些观点从来不曾出现过。在本书的49页，芬利评论道：

> 一道水平方向的深邃鸿沟将荷马史诗（的世界）分成两半。位于分界线之上的是 *aristoi*……其他所有人则位于这条分界线

的下方。……除了在战争……等不可抗的事件中，鲜有人能跨越两个阶层之间的鸿沟。……主要分界线之下还有各种细分，然而，与（贵族和平民之间的）主要差异相比……其他分界线都显得模糊。

按照马克思对这一提法的理解，芬利所说的 *aristoi* 指的是一个统治阶级，然而他们并不是这个希腊语词似乎暗示的"贵族"。相反，这些人是牧人，是海盗。他们掌握的生产技能相当有限，而且掌握得不好。位于"主要分界线之下"的人群并不能简单地被归为奴隶、农奴或受雇者。芬利对他们的描述所根据的是他们的韦伯式社会地位和他们所从事的工作。不过，阶级分界线仍然存在，而芬利是第一个指出这条分界线的位置和划分对象的作者。

为了描述荷马史诗中的社会，芬利创造了"阶级、亲族和 *oikos*（家庭）"这一公式。这三种社会分类之间的关系解释了为何阶级斗争没有出现。尽管 *aristoi* 构成一个阶级，但他们又进一步按亲族和家庭划分。出于同样的原因，全体人口中的从属群体也和贵族家庭有联系，并且彼此之间还有亲族关系。赠礼行为则可以帮助君王和贵族招募并供养支持者。

在这种复杂的状况下，斗争既会发生在阶级内部，也会跨越阶级分界线，但那并不是阶级斗争，因为 *aristoi* 从不陷入与芬利所谓的"主要分界线"下方的广大群体之间的矛盾。芬利认为：某些君王和平民反而可能与贵族及其家臣发生冲突。这样的冲突很快导致荷马式君主制的崩溃，而寡头制或民主制的城邦也随之出现。

芬利也是最早强调荷马史诗中的奴隶制问题的作者之一。更早的学者则倾向于低估或无视这一现象。在奴隶欧迈俄斯的一次抱怨中，我们可以看出奴隶制对社会和阶级意识造成的冲击。欧迈俄斯声称：在沦为奴隶那一天，人会失去一半良好的德性。(《奥德赛》17.322-3）。在他早年所写的一篇评论中，芬利就曾谈到过古希腊的奴隶制，但在《奥德修斯的世界》里他才第一次就奴隶制问题展开详细探讨，而这一问题也成为他的主要关注点之一。长久以来，古希腊史领域一直以对英雄和公民的研究为主。芬利关于奴隶制的研究更多地强调人数众多的底层而不是占少数的顶层，是他为将古希腊史转化成关于全体古希腊人生活中每一种元素的历史所做出的杰出贡献。毫不夸张地说，古代研究中的社会史这一领域正是芬利的创造。《奥德修斯的世界》在此前研究古希腊的历史学者那里找不到先例。同样地，我们也无法在研究罗马和古代近东世界的历史学者那里为它找到先例。

芬利的另一个主要贡献在于经济史。在这个领域中，他将"阶级、亲族和家庭"这一范式应用于古典时期和罗马帝国时期更为先进的城市经济。正如他在研究荷马时所做的那样，他在此项努力中主要依赖文学文本，并因此无视钱币学和其他专门研究。这让他更容易遭到如下批评：他低估了古代经济史后期的原始资本主义元素和理性主义元素。尽管如此，《奥德修斯的世界》仍能帮助我们了解芬利关于经济的思考，一如它帮助我们了解了芬利的奴隶制研究。

我还想就芬利的写作风格说两句。他的行文特征鲜明，刘淳和曾毅这样的译者完全可以把握。这是一种生动、直接而又诚挚的风格，反映了身为马克思主义者、共产主义者、纽约人，特别是演讲者的芬利的生活。在很大程度上，造就这位影响深远的学者的，既是20世纪中叶的英美知识界环境，也是他多年的社会活动生涯。

关于芬利的简要参考书目

Finley, M. I. 1952. *Studies in Land and Credit in Ancient Athens.* New Brunswick, NJ: Rutgers University Press. [Columbia University dissertation].

——1954. *The World of Odysseus.* New York: Viking Press.

—— 1965. *The World of Odysseus.* New York: Viking Press. Revised edition.

—— 1973. *The Ancient Economy.* Berkeley: University of Californian Press.

—— 1998. *Ancient Slavery and Modern Ideology. Expanded from the original 1980 edition and edited by Brent Shaw.* Princeton: Markus Wiener Publishers.

Harris, W. V, editor. 2013. *Moses Finley and Politics. Columbia Studies in the Classical Tradition,* no. 40. Leiden: Brill.

Naiden, F. S. and R. Talbert, editors. 2013. *Moses Finley in America: The Making of an Ancient Historian. American Journal of Philology,* vol. 135, no. 2.

F. S. 奈登（F. S. Naiden），北卡罗来纳大学教堂山分校

2018 年 9 月

序言一
——M. I. 芬利（Moses I. Finley，1978 年版）

对一名作者来说，为一本 22 年前首次出版、已经以 10 种不同的语言屡次重印的书的新版作序是一件让人难为情的事。这本书已经在无数书籍和文章中被引用、讨论、攻击，并被其他研究社会和观念的历史学家们视为研究的出发点。本书以含蓄的方式提出了一些方法论问题。如果为了对这些问题或其他争议话题进行论辩而将文本拆得七零八落，那将是错误的做法。要了解这些内容，读者可以参阅这一版新增的两篇附录以及书末关于参考文献的文章。

本书文本本身必须自成一体，保持它一直以来的样子：它是一幅社会图景，基于对《伊利亚特》和《奥德赛》的细读而描绘，并辅以对其他社会的研究以帮助澄清诗中一些模糊之处。史诗中的社会体制与价值观构成一个自洽的系统。从我们今天的视角来看，这个系统极为异质，却并非不可能，在现代人类学的经验中也并不陌生。那种认为后世的古希腊人和 19 世纪的古典学者们只能依赖譬喻和象征"解读"的方式来理解它的看法是错误的，而认为史诗叙事从头到尾就是一连串虚构的说法同样站不住脚。

荷马研究领域已经有了著述数量无法节制的不良名声。在迈克尔·文特里斯（Michael Ventris）成功释读了线形文字 B 泥板之后，浩如烟海的发表作品又让这种状况变得更加严峻。在过去的25年中，有一些专家在荷马研究领域和迈锡尼研究领域的阅读比我更多，更有规律，更成系统，但这样的人应该不会很多。因此，如果本书的这一新版并没有大面积的更改，我就应该为此做出解释。我从不仅仅为了风格上的改善而重写任何东西，也不会仅仅为了重写而重写。我修订了错误；一旦有新的信息或新的洞见为我所知，并且看上去符合我的讲述，我也把它们添加进来。然而，对那内容丰富的三章，我并未发现任何做出重大修改的理由。相反，我认为这几章中所描绘的图景在晚近的研究中得到了进一步的支持。1974年，我对古典学会发表了一篇主席致辞（附录I），提出第3章中关于普通人的讲述尤其需要重新审视。然而即使是这一章，最后我仍未发现更好的或者其他的组织方式，只能在措辞的细微之处做一些小小修改。

在其中一个主题上，这种支持是如此之强，使我可以放手进行大量的删节。50年代初我写这本书时，人们普遍相信奥德修斯的世界大体上就是迈锡尼世界，而迈锡尼世界则在公元前1200年前后突然湮灭。一小撮持不同观点的异端在论争中处境艰难，而我正是其中之一。1956年，我添加了一篇附录——"关于荷马与迈锡尼泥板的笔记"。这篇附录出现在本书后来的各个版本中。今天，尽管人们仍然常说《伊利亚特》和《奥德赛》反映了迈锡尼社会，但这已经不再是一种严肃的主张了。我们需要注意到：它只是一种现代的建构，不为任何古希腊人所知。对线形文字B的释读，再加上考古发现，已经摧毁了老旧的正统观点。由于这个缘故，我删去了那篇附录，不过我仍然想要指出：对社会体制和社会历史的恰当关切走在了前面，引领了后续的文献学和考古学发现。

与此相较，关于口头诗歌及其技巧的内容变更（头两章中）虽然数量不多，却相当显著。米尔曼·帕里（Milman Parry）的发现为我们关于英雄诗的理解带来了一场革命。我最初写作这部分内容时，他的发现正为英语世界的学者们所消化，在其他地方还基本无人留意。从那时到现在，这一领域已经发生了长足的进步，而我也因此对我的文本进行了修订。这就是说，在一个依旧争论不休的主题上，我选择接受了那些自己最能认同的观点。关于它的争议集中于所谓"程式化内容"的相对稳定性或不稳定性、每部诗作的结构统一性以及那让我们所见的《伊利亚特》和《奥德赛》得以流传的诗人（们）的创造天赋。

　　不过，我仍然保留了对来自一些现代作者、如今已经"过时"却仍然不失正确的观点的引用，以对那些在一开始影响了我的思考的作者表示再次感激。出于同样的理由，我也要再次感谢我在初版中提到过的那些朋友们：C. M. 阿伦斯伯格（C. M. Arensberg）、内森·哈尔珀（Nathan Halper）、赫伯特·马库斯（Herbert Marcuse）、马丁·奥斯特瓦尔德（Martin Ostwald）、弗里德里希·索姆森（Friedrich Solmsen），还有已经过世的帕斯卡·科维奇（Pascal Covici）和卡尔·波拉尼（Karl Polanyi）。

M. I. F

关于荷马史诗引文的提示

　　本书所有来自两部荷马史诗的引文都以卷和行数标示。《伊利亚特》中的各卷以罗马数字标明；《奥德赛》各卷则使用阿拉伯数字。这样一来就不必每次都提及引文是来自哪一部史诗。

序言二
——马克·范多伦（Mark Van Doren, 1954 年版）

芬利先生向诸位荷马读者奉献了一项服务，其中最值得称道之处正是这一奉献过程的谦卑与克制。这一服务甚为紧要，然而芬利先生从未声称自己的成绩超越了自己许下的承诺——即对荷马眼中自己的英雄们所属的人类社会进行大体的描绘。当阅读不是自己所在时代的故事时，我们有必要了解这样的事实，即有必要认识到那些时代人们的行为动机和道德，它们与我们认为存在于自己同代人中的行为动机和道德不同，不论这种差异的性质和程度如何。然而，我们很可能被一类打算完成这种任务的学者迷惑——他出于自己学识的骄傲，认为没有他的帮助，我们根本无法理解这种故事，或者无法感受到故事的力量。芬利先生拥有学识，却没有这样的傲慢。他从未错误地假定：我们的那位最伟大的故事讲述者一心想要传达一套行为动机和道德，而如果不用考古学来加以简化，这些动机和道德就无法为我们所理解。芬利先生很清楚：如果以上的假定为真，荷马就不会是我们最伟大的诗人。他同样很清楚：奥德修斯和阿喀琉斯与我们只有程度上而非类型上的差异；他们从前是，现在也都是奇特之人，然而仍能为我们所理解；事实上，他们身上永远都有那种我们认为一切故事中（哪怕是当代故事中）的英雄都应该拥有的奇特性，同时也另有一种熟悉性——否则他们就会成为可怕的或是荒诞不经的怪物。在处理英雄的这种奇特性的时候，芬利先生没有否定或贬低他们的熟悉性。没错，他的主要精力都放在了差异上，并且有充分的理由如此，然而他从未对英雄与我们的共同点产生怀疑，这正是他的伟大之处。

芬利先生提醒我们：与他之后的莎士比亚一样，荷马在一个比他自己的时代更早却绝非与之割裂的世界中自由地展开想象。莎士比亚在他的历史剧中（无论是以英国还是以罗马为背景）重建了一个业已消失，却仍未离开人们视野的社会。这个社会与伊丽莎白女王的时代既相仿，又有不同。次一等的诗人会将自己局限于差异之中，从而很快被人们淡忘。然而，福斯塔夫既远在天边，又近在眼前，而理查二世和波林季洛克同样如此。也许，正如我们已经提到的，任何希望让自己声名长存的诗人都必当如此；当他处理当代题材——军人、侦探、政客、娼妓和贵妇时——也同样必当如此。当托尔斯泰在《战争与和平》中写到罗斯托夫家族时，写到包尔康斯基家族时，他讲述的只是一代或者顶多两代人之前的事，而且这些人在某种意义上就是作者自己的祖辈。然而这些人物在托尔斯泰手上变成了什么样呢？他们既遥远，又仍可辨识，既浪漫，又真实。他们都是丰满的人物，而且没有任何其他方式能让他们如此丰满。

然而，讲故事的艺术又是另一个问题。这门艺术的规则从未改变。仅仅是能正确看待过去或是现在，或者进而能同时正确看待这两者，仍然是不够的。均衡、次序、同情、强调和悬置，都是诗人必须精通的技术——无论他身处哪个时代，无论他所写的是哪个时代。荷马自然是此道中的佼佼者，而芬利先生也从未让这一最重要的事实变得模糊不清。令人震惊的是，得到完美讲述的故事竟如此之少。荷马的故事自然在这少数之中，因为他知道如何讲述。当我们提到荷马时，这一点也许是我们最应该想到的，也许又是最不需要指出的。荷马是最好的诗人，因为他是最好的艺术家。也许我们应该感谢芬利先生，因为他从不假设我们对此一无所知，也不假设作为读者——普通的、自然的读者——的我们不是合格的评判者。我们当然是合格的评判者。这就是说，我们是唯一知道自己在阅读时是否被强烈吸引的人。我们之前的无数代人同样如此，而我们的后代们也将如此。

我们也许会期待，荷马的英雄们会做出我们以为自己在相似情景下或是身处其中时可能做出的反应。芬利先生希望能让我们免于这种期待。在荷马的那个世界，在专属于荷马的那个世界里，有一些东西是芬利先生认为我们应该了解的——以免荷马被我们指责为不正义的，或者仅仅是怪诞的。芬利先生以他最大的明晰和良好的判断将这些东西告知我们。举例来说，荷马的世界是一个贵族世界，莎士比亚的世界也是如此，而托尔斯泰《战争与和平》的世界同样如此（尽管在后期那些关于工匠和农民的故事中并非如此）。那个世界关于好客之道的看法甚为奇特；那个世界里的神比他们之前和之后的神都更像人。那是一个专属于或几乎专属于战士和国王们的世界；那个世界里只有财富、勇猛和荣誉等寥寥几事值得重视。那是一个主要属于男性，而非女性和儿童的世界；那是一个战争的世界，里面有奴隶、俘虏，也有酋长、家长。芬利先生让这些事实变得异常清晰，之后他又把那位诗人交给我们。这位诗人受到以上各种事实的限制，却为我们留下了他的杰作，让我们自身的想象自如地沉浸其中。正如希腊人在荷马去世一个世纪之后所认识到的,正如此后所有读者——无论他们身处哪个时代或哪种社会——所了解的,这正是荷马作品的终极魅力所在。

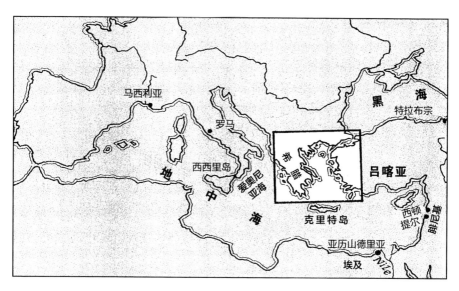

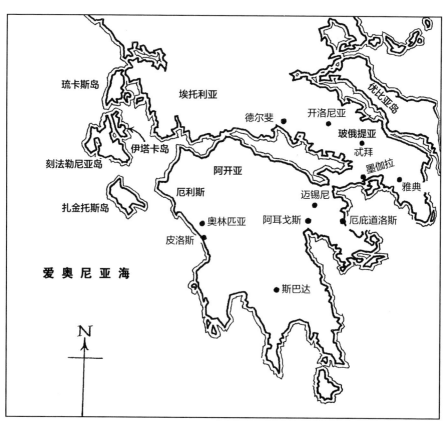

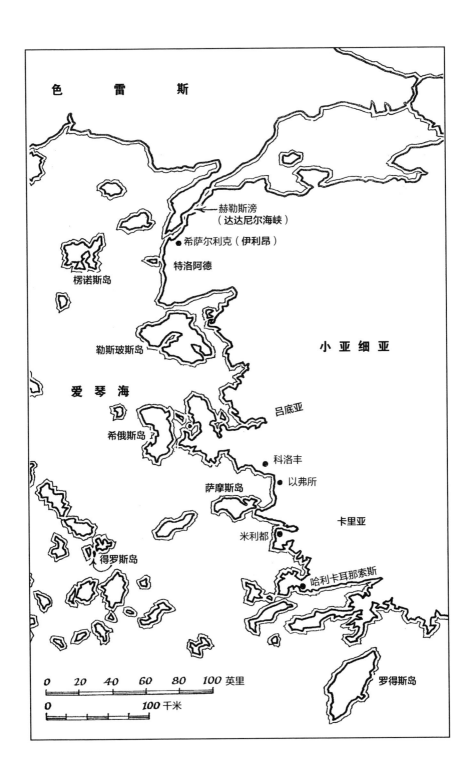

第一章　荷马与希腊人

"基于批评界的普遍共识，"约翰生博士曾写道，"对天才的歌颂应首先归于史诗作者，因为史诗写作需要集合所有才能，而其他文体的写作只需要这些能力中的一种就足以完成。"约翰生博士当时想到的人是约翰·弥尔顿。他以下面的话为这位英国诗人的一生作结："他的诗作不是英雄诗中最伟大的作品，这仅仅因为它不是第一部。"最伟大的英雄诗这一荣耀永远归于荷马——那个希腊人只用"诗人"这个词来称呼的人。

在整个历史上，没有其他任何诗人——事实上，没有其他任何文学人物——在其同胞的生活中占有与荷马一样的地位。荷马是希腊人民族性最杰出的象征，是希腊人历史之初无可置疑的权威，是希腊万神殿创造过程中的决定性人物，也是希腊人最爱戴、引用最多的诗人。柏拉图曾告诉我们（《理想国》606E）：有的希腊人坚信荷马"是希腊人的教育者，理当被视为对人类事务进行管理和令之变得高尚的导师，而人们应该通过追随这位诗人来规训自己的全部生活"。看到这样的评价，读者在第一次打开《伊利亚特》或《奥德赛》时，会期待它是一部圣经，或是一部伟大的哲学论著，然而他会发现这只是两部叙事长诗，其中一部的全部篇幅都在描述希腊人与特洛伊人的十年战争中的短短几天，而另一部则只讲述了奥德修斯（即罗马人口中的尤利西斯）在归家旅程中遭遇的磨难。

关于荷马，可以确定的一点是：荷马是一个人的名字，而非希腊语中"无名者"的同义词。至于这个人是谁，在哪里生活，在何时写作，我们则没有可靠的答案，不比古希腊人知道得更多。事实上，我们读到的《伊利亚特》和《奥德赛》很可能是两个人而非一个人的作品。这两部史诗屹立于留存下来的希腊文学的源头，因而也成为欧洲文学的源头。与它们并肩的，还有曾经生活在希腊中部玻俄提亚（Boeotia）地区的赫西俄德（Hesiod）的作品。现代学者们认为《伊利亚特》的创作地点必定不是希腊本土，而是在爱琴海中的某个岛屿，甚至在更远的东方小亚细亚半岛（即今天的土耳其），而《奥德赛》很可能也是如此。他们还认为这些最早文学作品的出现时期是公元前 750 年至公元前 650 年之间。

至于荷马和赫西俄德之前的漫长希腊历史，我们如今只掌握零星的证据，仅限于公元前 14 至前 13 世纪间的几千块线形文字 B 泥板，外加考古学家发掘出来的那些沉默无声的石块、陶器和金属制品。对遗物和地名的细致分析业已表明：使用希腊语（或原始希腊语）而又尚未掌握书写技艺的人们第一次出现在历史舞台上的时间是在公元前 2000 年左右。[①] 没有人知道他们来自何处。到了大约 1500 年之后的柏拉图时代，这些人已经遍布于黑海东端

---

① 一些专家认为这个年代应该还要晚几百年。

附近的特拉布宗（Trebizond）与法国和利比亚地中海沿岸之间的广袤地区，总数可能有500万到600万。不论从何种意义上说，这些移民都不是希腊最早的居民，也并非一些高度文明的、击败了当地野蛮部落的外来征服者。关于相对发达的前希腊文明的存在，考古学家们已经发现了足够的证据。其中一些可以远溯到公元前6000年之前的石器时代。大体而言，这一地区当时的社会和物质发展水平远高于新来者。那些说希腊语的人并非由某次大规模迁徙带来，并非以一个单一的、毁灭性的部落的面目出现，并非经历了一次穿越希腊北部崎岖山地的艰难跋涉，也不是一支有组织的殖民远征队，而是经历了长近千年的渗透过程，期间可能有一两次规模较大的迁徙较为显著。①

当我们对遥远的过去加以考察时，我们的人类头脑会在时间视角上玩一些古怪的花招：一个世纪看起来就像一年，而一千年看上去不过是十年。我们需要有意识地努力，才能做出必要的修正，才能体会到：对身在其中的人而言，长达几个世纪的渗透过程根本不会表现为某种独立而连贯的运动。换言之，无论是希腊人还是希腊人所进入的那片土地上的居民，都不太可能意识到某个历史性的重大事件正在发生。相反，他们只会看到一些孤立的事件。这些事件有时寻常，丝毫不会引起注意，有时则造成麻烦，甚至会暴烈地摧毁人们的生命和生活方式。无论在生物学意义上还是文化意义上，这几个世纪都是一个完全混合的过程。《奥德赛》中仍有一处清晰地保存着这种情形的痕迹（19.172-7）——

---

① 值得注意的是，希腊历史上有大量城镇和地区保留了它们在前希腊时代的名字。

奥德修斯曾夹杂着希腊名词和土著名词说出下面的话："在那深浓如酒的大海中央，有一座海岛叫做克里特……那里的人口不可胜数，拥有九十座城池，语言也五花八门。那里有阿开亚人（Achaeans），有心胸宽广的本地克里特人（Eteo-Cretans），有库多尼亚人（Cydonians），有长发飘舞的多里斯人（Dorians），也有了不起的裴拉斯吉亚人（Pelasgians）。"古人的遗骨显示了生物学上的融合，而语言和宗教则提供了文化融合方面的主要证据。长约千年的融合最终造就了现在被我们称为希腊人的历史民族。重要的是，最初的那些移民并非希腊人，而是一些说原始希腊语的人。他们将成为后来的复合族群的一部分，而只有这个复合族群才有资格据有"希腊人"这个名字。我们可以拿不列颠岛上的盎格鲁人和萨克逊人做一个方便的类比：他们不是英国人，但将在后来成为英国人。

希腊人用了一千多年，才获得了属于自己并且共同认可的名称，而现在他们已经有了两个名字。在希腊人自己的语言中，他们是 Hellenes，他们的国家是 Hellas。*Graeci* 则是罗马人给他们起的名字，后来在欧洲被普遍采用。此外，在上古时期，希腊人的东方邻居还给他们起了第三个名字——爱奥尼亚人（Ionians），即《旧约》中的雅完（Yavan）后裔。在荷马的作品中，这三个名字从未作为统称出现，因此都是后来的用法。荷马将自己的同胞有时称为阿耳戈斯人（Argives），有时称为达那奥斯人（Danaans），大多数时候则称为阿开亚人（Achaeans）。

这一命名法的历史十分模糊不清。在荷马史诗中，Hellas 只是忒萨利南部的一片地区，而 Graia 则位于玻俄提亚，毗邻雅典。

荷马之后，阿开亚和阿耳戈斯这两种说法保留了下来，却被"降级"为希腊南部的本土地名。关于 Hellas 和 Graia 为何得以"升级"，人们莫衷一是，而罗马人选择后者作为希腊通名的原因同样不明确（从公元前 4 世纪晚期开始，希腊文献中也出现了这种说法，但并不十分普遍）。① 此外，我们也无从确定某个名字从何时开始被人们普遍使用。鉴于线形文字 B 泥板中没有给出任何线索，我们就得以《伊利亚特》为起点。某个（或某些）通名在其中的出现标志着真正意义上的希腊历史在那时已经开始。然而《伊利亚特》中出现的名字不止一个。这也成为一种标志，显示了那种自希腊早期开始贯穿其整个历史，并赋予其特征的社会多元性和文化多元性——尽管这种多元性在两部荷马史诗中并不多见。

然而，有一个要素在各个时期都保持了相当的稳定。迁入希腊的移民们所使用的语言被列入了成员众多的印欧语系大家族。印欧语系包括印度（梵语）、波斯和亚美尼亚的古代语言，各种斯拉夫语，几种波罗的海语言（立陶宛语就是其中之一），阿尔巴尼亚语，各种意大利语言（其中包括拉丁语及由其派生的各种现代语言），凯尔特语族（其中的盖尔语和威尔士语至今仍有一定生命力），各种日耳曼语言，以及诸多曾在地中海地区使用、如

---

① 几个公元前 1400 年至前 1200 年间的赫梯语文本中出现了阿克奇亚瓦（Achchiyava）这个地名，而两种公元前 1200 年前后的埃及文献中又出现了一个被称为埃克维什（Ekwesh）的民族，让情况变得更加复杂。这两个名字都强烈地让人想要将之等同于荷马史诗中的阿开亚人（我在本书的一些较早版本中就受到了这样的诱惑），然而晚近的研究已经有效地将这种等同关系破除了。

今已经消亡的语言，例如赫梯语（如今已得到重生）、佛律癸亚语（Phrygian）和伊利里亚语（Illyrian）。

在很长一段时间里，直到公元前300年，希腊语都是一种由许多方言组成的语言。然而各种方言之间的主要差异只在于发音和拼写；词汇和句法方面的区别则较小。这些差异相当明显，然而还没有大到让在一种方言环境下长大的人完全无法听懂另一种方言的地步。举一个极端的现代例子：古希腊方言之间的差异可能还不如一个来到威尼斯的那不勒斯人所感受到的方言差异大。荷马的诗歌用语主要基于埃俄利亚方言（Aeolic），却以爱奥尼亚方言作为框架，还为满足格律要求而创造了许多词汇和形式，可以说是一门人造的方言，但在整个希腊世界中，无论白丁还是鸿儒显然都能很好地理解荷马使用的语言。

希腊人开始书写的确切时间不为我们所知。这个秘密仍被锁在用线形文字B书写的那些泥板上。根据最新的研究，这个时间可能早至公元前1500年。然而决定性的转折（即希腊人开始采用所谓腓尼基字母）要比这晚得多。和腓尼基字母符号一起进入希腊的还有腓尼基字母的名称，于是那些好端端的闪米特语词汇——如 *aleph*（指一头牛）、*bet*（指一座房子）——变成了无意义的希腊音节：*alpha*、*beta*，以及其他。实际的借鉴过程难以精确描述，其时间也难以确定：证据倾向于公元前800年至前750年之间。关于这一借鉴，可以确定的一点是：它具有主动和理性的特点，因为无论借鉴者是谁，他所做的远不止模仿而已。他并没有简单照搬腓尼基符号系统，而是对之进行了大幅的修改，使之适合与闪米特语族毫无关系的希腊语的需要。

以这一令人赞叹的创造为工具，希腊人从此可以记录一切能想象到的东西——从刻在泥罐上的主人名字，到《伊利亚特》这样大部头的诗歌。然而，希腊人写下的东西的数量和它们留存至今的数量完全不成比例。在广义上包括了科学、哲学、社会分析和纯文学的古代文学遭遇了艰难的生存挑战。荷马、柏拉图和欧几里得的作品都是手写在纸卷上的，而纸卷通常用纸草制成。人们根据原稿制作副本时只有手抄一途，使用纸草或是后来的羊皮纸（或牛皮纸）。这些材料都难以久存。除了个别例外，留存下来的都是在几百年的古希腊历史和更长的拜占庭历史中被认为值得一再复制的作品。而在这许多个世纪里，价值观和风尚的改变发生了不止一次，并且往往异常剧烈。

不难看出，在这样的筛选过程中幸存下来的作品是多么稀少。名字为我们所知的古希腊悲剧作家约有150人，然而，除开那些被后来的希腊罗马作者和文集编撰者所引用的零散碎片之外，只有3位公元前5世纪的雅典悲剧作家的戏剧至今尚存。这还不是全部。埃斯库罗斯一共创作了82部戏剧，只有7部得以完整留存；索福克勒斯据称共有123部作品，留下来的也只有7部；欧里庇得斯的92部戏剧中我们还能看到的有19部。[①] 此外，如果我们读的是希腊原文，那么我们能看到的都是对中世纪抄本进行仔细校勘后得到的文本。这些抄本多来自公元12世纪至15世纪之间，是经过了不知道多少次重新抄写后的最终产物，因此总是不免可能的抄写错误。

---

① 欧里庇得斯作品的具体数量取决于我们是否承认《瑞索斯》（*Rhesos*）为他的作品。

只有在埃及，由于当地特殊的气候条件带来的自然脱水过程，写在纸草上的文字才能长久保存。希腊人在亚历山大大帝的帝国时代控制了埃及，此后他们开始大规模向尼罗河流域迁移。从公元前3世纪开始，直到一千年后被阿拉伯人征服，埃及的书面语言一直都是希腊语。许多发现于埃及的纸草文献中都包含着远早于那些中世纪抄本的文学残篇。有时纸草文献甚至让一些完全亡佚的重要作品重见天日，比如抒情诗人阿尔开俄斯（Alcaeus）和巴库利德斯（Bacchylides）的作品、米南德（Menander）的一些喜剧、赫罗达斯（Herondas）的默剧（mimes），以及亚里士多德的一本关于雅典宪法的小书。然而这样的情况仍然少之又少，正说明了古希腊文献在中世纪基督教僧侣抄写员的时代之前早已开始散佚的事实。公元前3世纪，埃及的希腊统治者在亚历山德里亚（Alexandria）建起了古代世界最伟大的图书馆，然而在这座图书馆中只能找到欧里庇得斯92部戏剧中的74部或78部。这说明短短两个世纪中就有大量作品消亡了。在亚历山德里亚和其他地方，当时的学者和图书馆员们努力对抗散佚，保存了许多公众对之兴趣消退甚至完全遗忘的作品。然而到了基督教时代早期，连这样的努力也不复存在，古代作品以惊人的速度消失。

　　埃及的纸草文献同样足以证明：在文学作品的存世竞争中，荷马没有任何可堪匹敌的对手。截至1963年，已出版的埃及出土文学作品片段和残篇中有1596种书籍可以确认作者。这个数字指的是作品的份数，而非不同标题的数量。在这1596种作品中，有接近半数是《伊利亚特》或《奥德赛》的抄本，或是关于这两部作品的评论。其中《伊利亚特》抄本与《奥德赛》抄本的数量之比约为 3∶1。荷马之外，最"受欢迎"的作者是演说家德摩斯特尼（Demosthenes），其作品占去了纸草文献中的 83 份（同样包括评论作品）。接下来是欧里庇得斯的 77 份和赫西俄德的 72 份。柏拉图作品在纸草文献中只有 42 份，而亚里士多德只有 8 份。当然，这些数字只是亚历山大大帝之后埃及的希腊人誊抄书籍情况的反映，然而各种证据仍表明它们大体上很好地代表了古希腊世界的普遍情况。只要一名古希腊人拥有书籍（即纸草文卷），那么他拥有《伊利亚特》和《奥德赛》的可能性几乎和拥有希腊文学中任何其他书籍的可能性一样大。①

并且，如果一个希腊人受过良好的教育，他就很可能能够背诵这两部史诗中的大段文字。公元前 5 世纪的保守派雅典政治领袖尼西亚斯（Nicias）更进一步——他为了让自己的儿子成为一个体面的绅士，竟让后者将两部史诗全文背了下来（色诺芬《会饮》3.5）。一些古希腊思想家对这种状况是否合宜或者值得追求提出了怀疑。柏拉图在回答那些将荷马称为希腊的导师的人时说（《理想国》607A）：是的，荷马是"所有悲剧诗人中的第一个，也是他们中最具诗性的"，然而一个合理的社会应当禁止一切诗歌，"除了对诸神的颂歌和对善的赞美之外。"在柏拉图之前两个世纪，哲学家色诺芬尼（Xenophanes）也曾抗议说"荷马和赫西俄德把人类一切可耻和不当的品质都赋予诸神——偷盗、通奸，

---

① 这些数字系我从 R. A. Pack, *The Greek and Latin Literary Texts from Greco-Roman Egypt* (2nd edn., Ann Arbor: University of Michigan Press, 1963) 中汇总而来。鉴于辨识并非全部可靠，我给出的部分数字可能过高了。

还有欺骗"。① 远在柏拉图之前，色诺芬尼就意识到了荷马对希腊人的巨大影响力，并且认为这种影响毫无益处。

我们切不可忘记的是，荷马并非仅仅是一位诗人。他是一位神话和传说的讲述者。希腊人的神话创造过程当然在荷马之前很多世纪就开始了。并且，只要是有希腊人的地方，这个过程就一直在继续当中——其方式总是口头的，其场合则往往是仪式性的。神话的创造是最具社会（及人类）重要性的一种活动，而非此地某个诗人或彼地某个想象力丰富的农夫异想天开的白日梦。传说最重要的主题在于行动，而非理念、信条或是象征性的表达。它关乎各种事件和意外，比如战争、洪水，比如在陆地上、海洋里和天空中的冒险，比如家庭纷争、诞生、婚姻和死亡。当人们在仪式中，在庆典赛会中，或是在其他社会场合倾听这些讲述时，他们会体验到一种代入感。他们对这些讲述毫不怀疑。"神话想象总是暗示着一种**信仰**行为。缺少了对神话事物之真实性的信仰，神话就会变成无根之木。"②

关于这一点，也许有人会反对说：只有野蛮人才会如此。然而希腊人并非野蛮人，他们的文明程度很高，不会真的相信海神波塞冬亲自出手，阻碍奥德修斯回到他伊塔卡（Ithaca）的家园，不会相信宙斯化身成天鹅让勒达（Leda）受孕，也不会相信世上有像喀耳刻（Circe）那样能将人变成猪猡的女巫。这些都是象征性的故事，是寓言，是比喻，也许是潜意识的梦境化反映，其中

---

① Fragment 11，Diels-Kranz 版。
② Ernst Cassirer，*An Essay on Man* (Oxford University Press, 1944), p. 75.

包含着精心编织的伦理和心理分析，以及洞见。

没有什么比上面这种看法更远离事实了。当一名人类学家有机会研究"活生生的神话"，而非"木乃伊化的"和"被奉于那牢不可破却毫无生命力的死亡宗教陈列馆的神坛上的"神话时，他会发现神话"本质并非虚构……而是鲜活的现实，让人们相信它的确曾经发生"。① 荷马时代的希腊人并非马林诺夫斯基（Malinowski）笔下的特罗布里恩人②那样的原始人。他们生活在传统所谓的古风社会中，并且在此后的几个世纪中希腊人的文明程度都相当高。然而色诺芬尼在公元前6世纪和柏拉图在公元前4世纪发出的怨言恰好证明：就神话而言，他们许多同胞的看法仍与特罗布里恩人并无二致，或者至少更近于特罗布里恩人的而非象征主义的看法。柏拉图本人就对荷马所讲述的**历史**深信不疑。他拒斥的只是其中的哲学和道德观，其中关于正义、诸神以及善恶的概念，而不是特洛伊的故事本身。

后世的人们解开了荷马的故事那紧密的网罗，重新创造了没有阿波罗之箭的特洛伊战争，以及没有波塞冬的狂风之息的《奥德赛》。我们不可低估这样的智识成就。很少有古希腊人能像色诺芬尼那样直接地拒斥传统神话。在色诺芬尼式的极端拒斥和原始的全盘接受之间，有许多中间立场。在每一个这样的立场上都

---

① B. Malinowski,"Myth in Primitive Psychology"，重印于其著作《巫术、科学与宗教，以及其他文章》（*Magic, Science and Religion and Other Essays* [*New York: Anchor Books*，1954]，pp. 100-101）中。

② Trobianders，系生活在今巴布亚新几内亚的特罗布里恩群岛（Trobriand Islands）的土著居民。亦译作超卜连人。——译者注

可以看到古希腊人的身影。历史学家希罗多德在公元前 5 世纪中叶后这样写道（2.45）："希腊人讲述许多故事，却缺乏严格的辨别。他们讲述的关于赫剌克勒斯（Heracles）的可笑神话就是其中之一。"这个神话描述了赫剌克勒斯（他的拉丁文名字"海克力斯"[Hercules] 如今更为知名）前往埃及的故事。他本来要在那里被献祭给宙斯，却在最后一刻杀死了所有俘虏他的人。这是多么愚蠢，希罗多德说，因为对埃及习俗的研究表明：人牲祭祀对他们来说是不可想象的。然而希罗多德并不怀疑赫剌克勒斯曾在历史上真实存在。不仅如此，他还认为曾有两个赫剌克勒斯。希罗多德游历甚广。他发现，与希腊社会中一样，从腓尼基的提尔（Tyre）到埃及，到处都有被他判定为赫剌克勒斯神话和赫剌克勒斯崇拜的现象，或与之类似的东西。他尝试从传说中找出真实的成分，弥合各种矛盾和偏差。在他得到的结论中，有一条认为赫剌克勒斯这个名字起源于埃及（后来的普鲁塔克 [Plutarch] 因此指责希罗多德"热爱野蛮人"），并且有两个人物共享这个名字：一位神祇和一位英雄。

希罗多德别无选择。当时关于早期希腊历史能找到的唯一资料来源就是这些在许多个世纪里积聚起来的神话和传说，无论它们是庄严还是低俗。其中一些内容从一开始就自相矛盾。一方面，就其政治组织而言，古希腊人从来都是一个分裂的民族。在希罗多德的时代，以及之前的许多年里，希腊人的定居点不仅遍布现代希腊所在的地区，还出现在黑海一带那些今天属于土耳其的海岸、意大利南部和西西里岛东部、北非海岸，以及法国南部沿海地区。在这个从一端到另一端长约1500英里①的椭圆内，有数以百计的希腊人群落。他们通常具有不同的政治结构，并总是坚持自己的独立主权。无论在当时还是在古代世界的任何时期，都不存在一个领土统一、主权单一，并被称为希腊（或希腊的任何同义词）的国家。

这样一个世界不可能产生统一的、逻辑一致的民族神话体系。在历史早期，当神话的创造正处于最有生命力的活跃期，各种神话必然被不断改动。每一个新的部落，每一个新的社群，每一次贵族精英阶层中的权力关系变动，都会为神话英雄的谱系、过往家族仇怨的结局以及人与神之间的微妙关系带来一些变化。显然，在一个地区出现的新神话版本不会与其他许多地方的新旧版本一致。人们也并没有追求一致。神话的讲述者和听众都不是学者。他们只参与各自的社会活动，对别人的神话毫不关心。然而，到了像希罗多德这样的历史学家涉足比较神话学研究时，世界已经变得完全不同。此时就有必要对传统记述进行处理——处理，而非丢弃。人们对素材的内在一致性进行检查，纠正其中的错误，并利用从其他民族（尤其是埃及人和巴比伦人）古老得多的记录和传统中获得的知识对它们进行扩充，尽可能地将神话理性化。如此提纯之后的神话可以被当作"历史"——甚至更多的东西——保留下来。

没有一个已知人类社会没有自己的神话。事实上，没有神话的社会是否有可能存在都是个问题。人从其最原始起点进步到被

---

① 1英里约等于1.6公里。——译者注

我们称为文明的阶段，其衡量标准之一就是他对自己的神话的掌握，对不同行为领域的辨别能力，以及他在何种程度上能将自身行为越来越多地置于理性掌控之下。希腊人在这一进步过程中的表现十分优异。也许他们最伟大的成就就在于他们发现了——更准确地说，苏格拉底发现了——人类是一种"在被问及一个理性的问题时，能做出理性回答的生物"。① 荷马距离苏格拉底的时代太过久远，久远得他甚至无法将人概念化为一个拥有统一心理结构的整体。尽管如此，荷马仍旧在希腊人掌控自己的神话的历史上占据了第一页。就其对神话的处理而言，荷马的诗歌往往具有前希腊色彩，然而它们中也闪耀着一些别的东西，那是天才的火花。它为世界立序，创造出人与自然、人与神祇之间的和谐关系。在后来的世纪里，人们将他的做法加以扩展和提升，直至成就希腊文化的辉煌。

如果说欧洲历史确以希腊人为开端，希腊的历史则确以奥德修斯的世界为其源头。并且，与所有人类的起源一样，这段历史的背后还有另一段漫长的历史。这是因为，如雅各布·布克哈特（Jacob Burckhardt）所言，历史乃是一个无法从其开端开始研究的领域。

---

① Caissirer, *Essay on Man*, p. 6（这句表述来自 Caissirer，而非来自苏格拉底）。

第二章　诗人与英雄

关于人类退化与堕落的故事有许多种讲法。其中一个版本的模式甚为精致，可能起源于伊朗。在这个版本中，人类注定要经历4个时代，也就是使他们距离正义和道德，距离诸神最初将他们安放其中的天堂越来越远的4个阶段。每个时代都以一种金属为象征，按照先后顺序分别是黄金时代、白银时代、青铜/红铜时代和黑铁时代。

这一神话在后来向西流传到了希腊。我们在希腊与它最早的相遇是在赫西俄德的《工作与时日》中（156-173行），然而此时它已经被赋予一种全新的元素。在青铜时代与"当下"的黑铁时代之间，赫然出现了一个新的时代。①

> 然而，当这（青铜）一代也被大地湮没，克罗诺斯之子宙斯又在丰饶的大地上创造了另一代人，即第四代。这一代人更加高贵正义，是一个近于神的英雄种族，被称为半神。他们是我们这一代之前的一代，遍布于无垠的大地上。严酷的战争和恐怖的战斗将他们中的一部分埋葬。一些人为俄狄

---

① 赫西俄德用的是"种族"（genei）一词而非"时代"，然而后者才是现代语言中更好的对应词。

浦斯的子嗣而战，死在卡德摩斯（Cadmus）的国土，死在七门之城忒拜（Thebes）。另一些人为了秀发的海伦，乘船渡过广阔的海湾前往特洛伊。在那里他们中的一些人被死亡的宿命吞没。然而对另外一些人，克罗诺斯（Cronus）之子众神之父宙斯让他们活下来，赐予他们远离人群的居所，让他们居住在大地尽头。这些人住在福人之岛，在那幽深而汹涌的大海沿岸无忧无虑地生活。丰饶的大地为这些幸福的英雄长出果实。它们像蜜一样甜，并且一年成熟三次……①

我们无从知道到底是赫西俄德还是哪位无名的前人将关于四个时代的东方神话转变为这种希腊化的五时代神话。这也并不重要，因为事情的本质已经一目了然：人们将独立的希腊传统加在了一个舶来品上，并且两者只是松散地结合在一起。在这个东方神话来到希腊时，希腊人已经将一个英雄时代深深植入自己的过往历史。他们无论如何都不会放弃那个短暂却光辉荣耀的时代。于是他们转而将之插入到四种金属构成的时代次序中，却把其中的粗糙之处和矛盾之处留给了现代学者们去发掘，去寻求解释。

几乎没有希腊人对这个英雄时代曾经真实存在表示怀疑，无论他们身处的时代早晚。他们了解英雄们的一切：他们的名字、他们的谱系，还有他们的勋业。荷马是他们最权威的资料来源，然而绝非唯一的来源。不幸的是，荷马和赫西俄德都对我们关于历史概念的可能理解毫无兴趣。诗人们的关注点都在于过去的某些"事实"，而非它们与其他过去或现在的事实之间的关系。就荷

---

① 译文来自洛布古典丛书中 H. G. Evelyn-White 的译本。

马而言，他甚至对事实的后果也毫不关注。特洛伊战争的结局、特洛伊的陷落和毁灭以及希腊的胜利结果对研究这场战争的历史学家至关重要，然而《伊利亚特》的作者却对这些问题无动于衷，《奥德赛》的作者也几乎同样冷漠。关于人类各个时代的神话也是如此。琐罗亚斯德教版本具有一种数学上的精确：每个时代的长度都是 3000 年；在每个时代中正义与道德都向下堕落四分之一。然而赫西俄德对日期和时间长短只字不提，正如荷马一样：除了提到"过去"一词之外，荷马从未告诉我们任何关于特洛伊战争的年代信息。

详细的年代表是后世希腊人的创造。尽管他们不能完全达成一致，但几乎所有人都将特洛伊战争的时间定于公元前 1200 年左右，并将长约 4 代人的时间设定为英雄时代。他们确信荷马生活在英雄时代之后 400 年，而赫西俄德与他处于同一时代。有一种观点甚至认为荷马和赫西俄德是表亲。

当然，英雄无处不在。任何时候都有人被称为英雄，这一点很容易误导我们，因为这种标签式身份掩盖了惊人的本质差异。从某种意义上说，英雄们总是追求荣誉和辉煌，然而如果不进一步定义荣誉的内容和通往辉煌的路径，这个说法就仍然是有误导性的。历史上，或者说从公元前 5 世纪的雅典戏剧直到今天的文学中，很少有哪位英雄像荷马史诗中的英雄们那样单纯。对荷马的英雄们而言，一切都由荣誉和美德中的一种元素决定——力量、无畏、血气之勇，以及骁悍英武。与之相对，只有一种东西可称为软弱的、非英雄的：那就是怯懦，以及随之而来的、在追求英雄目标时的无能为力。

"啊，宙斯和诸神在上，"赫克托耳祷告道，"请让我的这个儿子和我一样成为特洛伊人中的翘楚；请让他和我一样强壮，一样英武；愿他以强力统治伊利昂（Ilion）。那时，当他从战场返回，人们会说：'他比他的父亲还要勇猛得多。'愿他带回的战利品沾染他所杀死的敌人的鲜血，愿他母亲的心充满欢喜。"① 这些话语中看不到社会良知，看不到"十诫"的痕迹，看不到除却家庭之外的责任，也看不到英雄对他人或其他任何东西所负的义务，只有个人的骁勇，个人对胜利和权力的渴求。

因此，荷马所理解的英雄时代，乃是一个人们在一些数量极为有限的特定方面突破各种后世标准的时代。在某种程度上，这些美德，这些价值和能力为当时的许多人所共享，否则我们就无法从青铜时代与黑铁时代之间找到一个清晰可辨的英雄时代。在《奥德赛》中，"英雄"这个词更是成为一个适用于整个贵族群体的阶层名词，在某些时候甚至几乎适用于所有自由民。"明天，"雅典娜指示忒勒玛科斯，"将阿开亚英雄们召集起来。"（1.272）在此她的意思就是"召开伊塔卡的常规公民大会"。

事实上，希腊从未有过一个跨度为4代人，如荷马所描述那般精确而自成一体的英雄时代。这一点几乎不需要证明。对历史学家来说，关键的问题在于确定史诗中是否有一些内容与社会和

---

① 《伊利亚特》VI 476-81。请注意此处有一个翻译的问题。在荷马时代的心理学中，每一种感情、情绪或是观念都对应身体的一种器官，比如心脏或是我们无法知的 thymos。有的时候感情本身就被赋予对应器官的名字。这样的用语很少能够被翻译出来。我通常将这些词汇都译作"心"，以使之符合我们习惯的比喻用法。然而在荷马的诗中这些词汇的意思更接近其字面义。

历史现实相关，以及在何种程度上相关。也就是说，奥德修斯的世界在何种程度上仅仅存在于诗人的头脑中，又在何种程度上存在于诗人头脑之外的时空。首先需要考虑的问题是：关于那个世界的概念、那个世界的战争故事，以及那个世界中英雄们的私人生活，诗人是从何处得知。

我们必须将以《伊利亚特》和《奥德赛》为至高典范的英雄诗与诸如《埃涅阿斯纪》(Aeneid)和《失乐园》(Paradise Lost)这样的文学史诗区别开来。英雄诗从来都是口头诗歌，往往由不识文字的吟游诗人以口头方式创作，并以咏唱的方式向听众讲诵。在形式上，它以各种语句、诗行乃至段落的不断重复为特征。荷马作品几乎总是以如下的方式描述黎明："当那有着玫瑰色手指的晨光之女黎明女神到来。"当描写到一条口头讯息的传递时（荷马诗中的讯息从来不以书面形式传递），诗人总是让信使听到讯息原文，并让他向收信者一字不差地重复。雅典娜总是"有猫头鹰一样的眼睛"；伊塔卡岛总是"四面环海"；阿喀琉斯(Achilles)总是"破城者"。然而这并非简单和单调的重复。以阿喀琉斯为例，他一人就有 36 种特性修饰形容语（epithet）；对特性修饰形容语的选择则严格地由其在诗行中的位置和句法形式决定。据统计，在《伊利亚特》的头 25 行中，就有约 25 种程式化表达或其片断。全诗约有 1/3 的诗行或片段在诗中出现不止一次，而《奥德赛》同样如此。

饱读印刷书籍的读者往往将"重复"这种手法误会为缺乏想象力和诗歌艺术尚处于原始形态的标志。正因如此，16 世纪和 17 世纪的法国批评家们才会将维吉尔置于荷马之上，因为前者从不自我重复，总是能找到新的说法和新的词句组合。这些批评家们未能认识到的是：重复的程式化语言对英雄诗乃是不可或缺的。吟游诗人在听众面前直接进行创作，而非背诵记忆中的诗行。1934 年，在米尔曼·帕里（Milman Parry）教授的请求下，一位没有阅读和书写能力的 60 岁塞尔维亚吟游诗人向他讲诵了一部篇幅堪比《奥德赛》的诗歌。他一边讲诵一边创作，同时又能合乎格律和形式，逐步构建起复杂的叙事。诗人每天早上和下午各讲诵两个小时。表演一共花了两个星期，外加其中的一个星期间歇。

这样的精彩表演对吟游诗人及其听众的精力集中程度都有很高的要求。表演之所以能够成功，要归因于以下事实：诗人经过了多年的专业训练，能够自由地运用他需要的原始素材，即在他之前一代又一代歌手积累起来的大量的事件和众多的程式化内容。希腊的这一资料库里包括品种繁多、相互矛盾得难以调和的神话（这些神话的产生与希腊人的宗教信仰和宗教活动有关），包括各种关于人类英雄的故事（其中一些异想天开，另一些却合情合理），也包括适用于任何事件的程式化内容，比如黎明与夜幕的降临、战斗、葬礼和饮宴等场景，人们的日常活动（如起床、饮食和做梦），对殿宇和草地、武器和财宝的描述，又比如各种关于大海和牧场的比喻，诸如此类，不可胜数。诗人使用这些"建筑材料"搭建自己的作品，而每一部作品，或者说每一次表演，都是新的，尽管组成它的元素可能全都由来已久、人所共知。

重复为人熟知的内容对听众而言同样重要。一个故事篇幅巨大，千头万绪，往往需要许多个日夜才能讲完，而且诗人在讲诵时使用的也并非日常用语,其中富于诗人出于格律限制而加以改造的词序,还有新奇的语法形式和词汇。理解这样的讲诵对听众而言也绝非易事。让他们做到这一点的,正是那些对创作者也不可或缺的程式化手段。可以说,由于"有着玫瑰色手指的黎明女神"和被逐字重复的讯息等人们耳熟能详的内容频繁出现,诗人和听众也就都能频繁得到休息。在休息时,诗人会酝酿下一诗行或者下一个事件,而听众则可以准备好投入其中。

现在看来,我们所知的《伊利亚特》和《奥德赛》极有可能是通过书写而非口头创作的作品。此外,它们的天才程度也无可争议地高于其他任何英雄诗,哪怕其中最杰出的作品如《贝奥武甫》(*Beowulf*)、《熙德之歌》(*Cid*)或《罗兰之歌》(*Song of Roland*)也不能例外。即便如此,《伊利亚特》和《奥德赛》仍然展示了世界上各种口头英雄诗的全部重要特质。在这两部史诗背后,是吟游诗人技艺的长期实践。这种实践发展出了一种令人惊叹却又完全是人为创造的诗歌语言。没有一个希腊人会在口头使用这种语言,然而它却永久性地被确定为希腊史诗用语。另外,这两部史诗的背后还有着许多代人的努力——他们创造了那些作为史诗"建筑材料"的程式化元素。

随着《伊利亚特》和《奥德赛》的出现,希腊英雄诗达到了顶峰。很快,在讲诵中创作的吟游诗人就让位于以背诵诗行为主要任务的史诗吟唱者,以及制造文辞粗疏的改写版本的文人。各种新的书面文学形式——先是短篇的抒情诗,然后是戏剧——取代了口头史诗,成为艺术表达的载体。专家们对这种转变在何时发生争论不休,似乎没有达成一致的可能。一种越来越得到认可的观点认为《伊利亚特》在公元前8世纪下半叶具备了我们今天看到的形式，而《奥德赛》和赫西俄德的诗歌的出现则要晚一到两代人时间。

这一断代方案引入了两个荷马，两者相隔不少年头，因此初看上去似乎不太可能。在长达两千多年的时间里，那些深具品味、智力和专业知识的人从未质疑过《伊利亚特》和《奥德赛》同出一人之手这一传统认识，而他们几乎一致的结论还得到这两部史诗的风格和语言的佐证：除开某些词汇选择上的有趣倾向，它们在这两点上几乎无法区分。然而，当我们重新发现了古代吟游诗人的创作技术，并随之发现了史诗风格统一性具有欺骗性这一秘密之后，就能全面觉察到这两部史诗之间的差异。这些差异中的一部分在古代就已经引起了评论。罗马人老普利尼①留意到《奥德赛》中有更多关于魔法的内容。他在某种程度上是正确的。在《伊利亚特》中，神祇的干预以一些次要奇迹为特征，就连阿喀琉斯也没有任何魔法的力量，尽管他身为神祇的母亲忒提斯（Thetis）时刻照拂着他。《奥德赛》中也有类似的神祇干预，但它还包含了喀耳刻的故事，而这个故事有赖于一系列在性质和形式上都至为精确的、关于魔法的程式化素材。

在英雄与神祇之间的关系上，我们可以看到一种更为惊人的差异。奥林波斯诸神做出的决定在这两个故事中都频繁出现，然而《伊利亚特》中来自神祇的干预总是让人猝不及防，而在《奥

---

① 原文仅作 Pliny，但应为老普利尼（Pliny the Elder），他在《自然史》（*Naturalis Historia*）30.2 中持此论。——译者注

德赛》中,奥德修斯和忒勒玛科斯(Telemachus)却得到雅典娜的逐步指引。《奥德赛》以雅典娜请求宙斯结束英雄的磨难开篇,又以这位女神消弭英雄与被他杀死的求婚人的亲族之间的血仇为结束。两部史诗中诸神的行为动机也有差异:《伊利亚特》中诸神的行为出于个人动机,是各个独立的神祇对这个或那个英雄的爱憎表达;在《奥德赛》中,对正义的追求则成为个人因素的补充,尽管这种补充只是部分意义上的,并且尚显粗浅。

英雄的行动是《伊利亚特》的主要内容。哪怕在偏离阿喀琉斯之怒这一核心主题时,《伊利亚特》的关注点也从未脱离英雄的行迹和兴趣。《奥德赛》的篇幅更短,却拥有三个彼此迥异并在本质上无关的主题:奥德修斯的童话式漫游、伊塔卡的权力斗争,以及墨涅拉俄斯(Menelaus)、阿伽门农和其他英雄的归程。《奥德赛》的故事发生在英雄时代,诗中却只有一位真正的英雄,就是奥德修斯自己。奥德修斯的同伴们不过是些面目模糊的寻常人。他的儿子忒勒玛科斯令人喜爱,也富于责任心,也许在长大之后会成为一名英雄,然而诗人述不及此。珀涅罗珀(Penelope)的求婚人都是恶棍,这就构成了一种不协调,因为"英雄"和"恶棍"在那个时代并非恰当的对立词,甚至不是一对可以相互度量的名词。这就是《伊利亚特》中没有恶棍出现的原因。珀涅罗珀本人则几乎没有超出一个"为神话需要而创造的权宜人物"(mythologically available character)①的范畴。她在后世才成为一

---

① Rhys Carpenter, *Folk Tale, Fiction and Saga in the Homeric Epics* (University of California Press, 1946), p. 165.

名女性道德楷模，成为良善与贞洁的化身，与不忠而毒辣的阿伽门农之妻克吕泰墨涅斯特拉（Clytemnestra）形成对比。然而在英雄时代，"英雄"这个词并没有阴性形式。

最后一点，同样以希腊为立足点，《伊利亚特》的视野集中在东方，而《奥德赛》则把注意力投向西方。希腊人与西方之间的关系开始相对较晚，不早于公元前9世纪末，并且起初颇具尝试性质。直到接下来的一个半世纪，这种关系才演变为对西西里岛、意大利南部及更远地区的大规模渗入和移民。因此，我们可以猜测《奥德赛》利用了传统素材，使它们面向西方，以此反映希腊历史中这一新的情况。这并非等于认为奥德修斯在幻想世界中的旅程可以在真实的地图上觅得踪迹：从古至今，有许多人做出过这样的尝试，他们无一例外都失败了。正如伟大的地理学家厄拉托色尼（Eratosthenes）在公元前3世纪末所言，"要是你能找到将风袋缝上的鞋匠，你就能找到奥德修斯漫游的足迹。"（斯特拉波 [Strabo]，1.2.15）就连奥德修斯的家乡伊塔卡岛的地理细节也被证明是一团大杂烩——有几处关键之点颇为符合邻近的琉卡斯岛（Leucas）的特征，却绝不可能是伊塔卡。

尽管有着这样的差异，在与赫西俄德的诗歌尤其是他的《工作与时日》相较时，《伊利亚特》和《奥德赛》仍属同一类。尽管赫西俄德也使用英雄诗的用语和程式化内容，我们却不能将他完全归于英雄诗人。当他处理并非明显属于神话的材料时，以及描述人类社会和人类行为时，赫西俄德总表现出个人色彩和时代色彩。他的主人公不是英雄，也不是古代的凡人，而是他自己、他的兄弟、他的邻人，以及他的主君。赫西俄德在整体上都是其所处的黑铁时代的一部分，更准确地说是公元前 8 世纪到前 7 世纪早期古风希腊世界的一部分。

《伊利亚特》或《奥德赛》则并非如此。它们的着眼点是一个过去的纪元，它们的内容无疑也是古老的。《奥德赛》尤其覆盖了广阔的人类活动领域，其中有社会结构和家庭生活，有王族、贵族和平民，也有饮宴、耕种和牧猪。关于《奥德赛》可能的创作年代中的这些事物，我们有所了解，而那与《奥德赛》中的陈述完全不是一回事。我们了解的情况足以表明：城邦（polis）这一政治组织形式在当时的希腊世界中已经十分普遍，至少以可识别的萌芽形态存在；然而就政治意义上的城邦而言，两部荷马史诗中不存在任何与之有关的痕迹。"城邦"一词在荷马那里仅仅表示某处设防的地点，即，某个城镇。与赫西俄德不同，创作《伊利亚特》和《奥德赛》的诗人们大体而言在讲述时既没有表现出个人色彩，也没有表现出他们所处时代的色彩。

在我们现在见到的文本中，两部史诗各自被分成 24 "卷"，每卷对应希腊字母表中的一个字母。这大概是出于后世的整理，要归功于亚历山德里亚学派的学者们。尽管其中许多卷的自足程度都相当高，让人不禁猜测它们是为了一气呵成的讲诵而设计，但每卷的长度各不相同，也并非总是具有内容上的统一性。要正确地分割这两部史诗，我们必须无视亚历山德里亚学者们的整理，如此才能清晰地看出：在《奥德赛》中，特洛伊战争的故事、与求婚人的斗争以及一个童话（希腊版本的水手辛巴达历险记）是如何与其他众多小故事编织在一起的。阿瑞斯与阿佛洛狄忒之间的风流事、冥界神话以及关于某个年轻王子（牧猪人欧迈俄斯

[Eumaeus])遭到绑架并被卖为奴隶的记述都属于此类小故事。《伊利亚特》也许并未包含同样明显独立的长篇故事,但其中的小片断却数不胜数。每一次回忆和每一个谱系故事都可以作为一篇独立的短小史诗而得以流传,而事实也的确如此。关于帕特罗克洛斯(Patroclus)葬礼竞技会的讲述只需要做一些人名改动,就能用在任何关于英雄葬礼的叙事中。关于奥林波斯诸神的片断则适用于任何地方。

《伊利亚特》与《奥德赛》的天才之处主要并不在于各个独立的故事,甚至也不在于语言,因为那不过是任何吟游诗人都可以大量取用的寻常素材。某个被称为"荷马"的诗人(A Homer)之所以超越群伦,在于他所涉及的范围,他的复杂叙事中体现出的优雅和结构一致性,他对那些重复的典型场景所做的精妙改动,他对语调和节奏的感觉,他的中断与延宕,也在于他那在文学史上无人比肩的长篇明喻,简而言之,在于他在自己创造内容和处理他所继承的内容时体现出的新颖性。吊诡的是,积累下来的材料越多,诗人就越自由——只要他有欲望也有能力去实现它。运用自己的天才,某个被称为荷马的诗人可以创造出一个具有惊人统一性的世界。一方面,这个世界会与他从前代诗人那里继承的在细节上,甚至在某些核心内容上有所不同;另一方面,它仍然保留了传统世界的大量内容,没有脱离吟游诗人的已有传统。

《伊利亚特》和《奥德赛》的篇幅之长是空前的,而在它们所处的时代,关于特洛伊战争及其余波的一种历史也开始得到接受。然而,仅就其作为叙事而论,这两部史诗略去了这一历史中的大部分内容。这是出于一种自由抉择，因为诗人们不仅清楚了解整个历史的主要轮廓，也了解他们未曾讲述的许多细节，而他们相信听众也同样了解。《伊利亚特》与《奥德赛》在后世的统一文体很容易形成误导：它们在许多个世纪中以口头方式传颂；传颂者遍及希腊，其中有合格的，也有不合格的，有职业的，也有业余的；这不可避免地造成许多变体。① 其他明显逊色的史诗的创作依靠的是同一个传统材料库，直到形成作品数量为 7 部的经典史诗系。这些史诗讲述的故事上起诸神的诞生，下及奥德修斯之死和忒勒玛科斯与喀耳刻成婚。它们一度都被归于荷马名下。因此，色诺芬尼所抨击的荷马很可能指的是作为一个集体名词的特洛伊史诗系。② 尽管《伊利亚特》与《奥德赛》无与伦比的品质早就广为人知，但直到公元前 4 世纪或前 3 世纪，人们才得出结论，认为荷马并非史诗系中其他作品的作者。其余史诗此后又流传了 500 年至 600 年，然后便亡佚了，只在一些引文或文集中留下一些句子。

即使吟游诗人们在创作《伊利亚特》和《奥德赛》时用的是书写方式，这两部史诗的流传主要仍以口头方式进行。公元前 8 至前 7 世纪的希腊世界已经引入了字母表，然而其居民基本

---

① 有一件精美的雅典陶缸被称为"弗朗索瓦陶缸"（François Vase），由克利提亚斯（Clitias）绘制于公元前 575 年前后（比《伊利亚特》的创作晚了超过一个世纪）。陶缸上的场景之一表现了帕特罗克洛斯的葬礼竞技会，然而画中提到名字的 5 名驭手里，只有狄俄墨得斯与《伊利亚特》中提到的参赛者重合。

② 长寿的色诺芬尼生于公元前 575 年前后。其批评的严厉正证明了"荷马"在公元前 6 世纪中期的巨大公共影响力。这个世纪末，雷朱姆的忒阿革涅斯（Theagenes of Rhegium）写下了第一篇有据可查的荷马作品注释，可能就此开启了后世广为流传的譬喻式阐释法（allegorical method of interpretation）。

上还是不通文字的。事实上，希腊文学此后很长时间里仍然保持着口头形式。以悲剧作品为例：它们当然是书面的创作，但能够阅读它们的人大概仅以百计；同时它们又在成千上万人之间口耳相传，遍及整个希腊。英雄诗、抒情诗和戏剧诗的背诵向来是众多宗教节日上的重要内容。这一做法的起源已经湮没在史前时代——学界有一种看法认为：部分神话在当时就是一种仪式性的戏剧，即一种在人群面前进行的生动再现行为，而再现的对象可以是季节的变换，也可以是其他任何促使人们举行典礼的现象。尽管如此，在古代的得墨忒耳（Demeter）崇拜中，以及其他任何被统称为"秘仪"（mysteries）的仪式中，仍存在着一丝仪式性戏剧的暗淡阴影。然而这些并不是进行戏剧表演和诗歌背诵的重大节庆场合。荷马的舞台是在向奥林波斯众神致敬的官方庆典上。这些庆典有的是泛希腊的，有的是泛爱奥尼亚的（例如为得罗斯的阿波罗 [Delian Apollo] 而庆祝的节日），还有一些基本上是本地性的，比如一年一度在雅典举行的泛雅典娜节。① 仪式性戏剧在这些场合是缺席的。人们用另外的方式向诸神致敬——这种方式在人与神之间造成的沟通更为间接，也不那么"原始"。

很大一部分背诵者与表演者都是职业的。并且，世界上许多地方的社会历史事实中都有这样一个有趣的现象：这些人首先打破了人必须在自己的部落或社群中生活、工作，和死去的原始规则。《奥德赛》中便暗示了这一点——牧猪人欧迈俄斯将一个外乡

---

① 奥林匹克竞技会则是一个显著的例外。在其长逾千年的历史中，奥林匹克竞技会都保持了纯粹的运动竞技特征。这一点因运动在希腊人生活中的特殊地位而重要，并不是对诗歌的贬低。

来的乞丐带到了宫中举行的宴会上，因此受到斥骂，而他针锋相对，机智地反问（17.382-5）："谁会从外乡招来一个陌生人，把他带来这里呢？除非那人是个身具技艺的人（*demioergoi*）[①]，或是能预言未来，或是能治疗病患，或是能制作木器，要么至少也是一位受到神启的诗人，能用他的歌令人心中快乐。"当然，此处的参照系是私人性的，是完全意义上的世俗宴会，而非宗教节日。然而更原始的社会中也存在着漫游的仪式表演者，乃至有组织的表演团体，比如社会群岛（Society Islands）的阿瑞奥伊（Arioi）和夏威夷的呼啦舞（Hula）。旅行艺人在整个希腊历史中都占有重要地位。柏拉图的《伊安篇》（*Ion*）便得名自一名史诗吟唱者——来自小亚细亚以弗所（Ephesus）的伊安。对话开始时，伊安告诉苏格拉底说自己来自厄庇道洛斯（Epidaurus），曾在那里四年一度的阿斯克勒庇俄斯（Asclepius）竞技会上因背诵荷马作品而赢得头奖，并十分期待在雅典将要举行的泛雅典娜节上取得同样的成功。

口头传播的方式，再加上政治权力的分散，终将导致不同版本的《伊利亚特》出现，并越来越偏离"原版"。仅仅是出于政治目的，对文本进行篡改的诱惑也必定是巨大的。作为早期历史的公认权威，荷马史诗经常会带来尴尬。雅典就是一例：它在那场对抗特洛伊的伟大"全国"战争中的地位微不足道，这与它在希腊政治事务中日益显赫的角色越来越不相称。然而，在公元前6

[①] 后文中作者直接使用 *demioergoi* 一词之处，除个别例外（如对荷马的直接引用中），均保留原文，不再译出。——译者注

世纪，在为争夺雅典港口门户萨拉米斯岛（Salamis）控制权而与墨伽拉（Megara）展开的尖锐斗争中，雅典却能够用历史根据来为自己的主张辩护。《伊利亚特》中有这样的描述（II 557-8）："埃阿斯 [Ajax] 率领 12 条战船从萨拉米斯岛出发，将它们带来，部署在雅典舰队旁边。"面对这样的说法，墨伽拉只有一种回应，那就是指控雅典人篡改了荷马的作品，因为荷马所记载的历史的准确性及其在领土争端中的适用性都是无可置疑的。墨伽拉人声称，"将它们带来……"这一句来自雅典人的恶意篡改，根本不是真正的原文。

在萨拉米斯岛的问题上，后世亚历山德里亚学派的学者们倾向于赞同墨伽拉人的说法。他们认为篡改者是公元前 545 年至前 527 年间的雅典僭主庇西特拉图（Pisistratus）。此人与梭伦（Solon）合作，从墨伽拉人手中夺取了萨拉米斯岛。比这个问题远为重要的是，人们普遍认为庇西特拉图任命专家对荷马史诗的文本进行修订，并推出其正式版本，从而可以说一劳永逸地解决了荷马史诗权威文本的问题。另一种与此竞争的传统观点认为做到这一点的是梭伦，即公元前 594 年那场伟大的雅典宪法改革的主导者。根据公元 3 世纪的《哲人言行录》作者第欧根尼·拉尔修（Diogenes Laertius）的说法（他在此处只是引述一位公元前 4 世纪作者所著的《墨伽拉历史》），是梭伦"规定史诗吟唱者必须按照固定的顺序背诵荷马，以便当一位吟唱者中断背诵时，另一位可以从中断处继续。"（1.57）。

对《伊利亚特》和《奥德赛》所用方言的细致研究似乎证明：我们目前所见的文本确实在公元前 6 世纪经历过一次雅典方面的

修订。我们也有理由接受庇西特拉图是那个"版本"的推动者的说法。将之归功于梭伦的做法听起来更为可疑，像是一种来自后世的努力，将功劳从一位僭主那里转移到希腊人眼中与僭主对立的象征身上：梭伦是一位拥护宪政的温和贵族，既反对僭主政治和专制，也反对"大众的暴政"。

庇西特拉图版本的荷马带来两个问题。第一个问题较为简单：我们目前所见的荷马史诗文本来自中世纪的抄本（这些抄本没有一部早于公元10世纪）和许多写在纸草上的残篇，后者中的一部分可追溯至公元前3世纪。古代文本的传播依赖手工抄写，而从庇西特拉图时代以来，抄写员的错讹、审查或其他任何对所有古代文本造成破坏的灾难在多大程度上改变了文本？对这个问题的回答主要有赖于将文本与柏拉图、亚里士多德和其他希腊作者对荷马的大量引用加以比较。答案是：除开那些只有文献学者感兴趣的文字改动，差异并不大；实际上，可以说差异小得惊人。

然而，公元前6世纪的雅典版本与原版的差异程度又如何呢？对此我们几乎一无所知。有一点似乎可以确定：荷马史诗的内容并未遭到大规模的篡改。雅典的编校者们不时会将他们自己的语言习惯遗留在文本中。也许他们还增添了声称埃阿斯将自己的12条船泊在雅典舰队旁边的诗行。然而，他们并未有意识地对这两部史诗加以时代化。对此我们有相当大的把握。此外他们也并未对诗中的政治含义加以重大的修改以使之符合公元前6世纪雅典外交事务的需要。即使他们尝试这样做，也很难成功。两部史诗已经流传得太广，在希腊人的头脑中（以及，从某种意义上说，在他们的宗教情感中）扎根太深，已经有了崇高的地位。此外，公元前 6 世纪的雅典根本不具有足够的政治或智识权威，不足以将篡改扭曲后的荷马史诗强加在其他希腊人头上。当然，所有这些因素都不是决定性的，不过历史学家已经能够据此对《伊利亚特》和《奥德赛》展开工作。他仍需要谨慎，需要保持怀疑，但已经可以合理地确信：自己所研究的，大体上是与公元前 8 世纪或前 7 世纪的史诗相当接近的版本。

荷马史诗的早期传播、公开表演和文本保存是一段晦暗不明的历史。在这段历史中，一个来自希俄斯岛（Chios）、自称 Homerids（字面上的意思是"荷马后裔"）的群体可能自始至终扮演了关键角色。他们是职业的史诗吟唱者，以某种公会形式组织起来，声称自己是荷马的直系后代。这群人的来历已经无迹可寻，但他们的存在至少延续到公元前 4 世纪，因为柏拉图曾在《斐德若篇》（252B）中写道："然而我相信，一些荷马后裔曾背诵两句关于爱神的诗，来自未曾公开的诗篇。"就我们所知，荷马后裔们也许真的与"荷马"有血缘关系。在现代的斯拉夫吟游诗人中，就有吟唱技艺在一个家族中流传数代的突出例子；在原始社会和古风社会中，各行各业各有家族专精也是一种普通的现象。然而这一点并不重要。无论这种说法是真实的，还是一种为人接受的虚构，在长达 2 至 3 个世纪的时间里，荷马后裔们的确是受到承认的荷马权威。我们也许可以相信：他们会努力反对任何彻底改写文本的努力，无论这种努力来自庇西特拉图还是其他任何人，因为那会损害他们的知识优越性，削弱他们的专业地位。

在某种意义上，荷马后裔们自己也会造成错谬。史诗吟唱者通常会用短小的序诗为自己的背诵开场。这些序诗有时是他们自己的作品。他们因此代表着某种介于诗人和演员之间的过渡形态。作为公认的荷马"未发表作品"的拥有者，荷马后裔公会的成员可以声称他们所写的序诗是直接出自荷马之手。这些序诗中存世的那部分在古典后期得到收集，与5篇更长的神话诗合并起来，归于一个标题——《荷马体颂歌》（*Homeric Hymns*）。组成这个标题的两个词都有误导性。这33首诗中有一部分极有可能出自公元前7世纪至前6世纪的荷马后裔之手。其中献给阿波罗的那首篇幅最长，其第一节以如下极具个人色彩的诗行作结：

> 今后若是有某个大地上生出的凡人，某个见多识广，饱受苦难的外乡人来到此地问起："少女们，在常来此地的人中，你们认为谁的歌声最甜美，让你们最欢喜？"请你们记住我。你们所有人都要同声回答："他是一个盲人，住在岩石丛生的希俄斯岛；他的歌永远是最好的。"至于我，无论我走到哪里，到了哪座繁荣的人类城市，我都传播你的声誉。他们将相信我，因为此事千真万确。①

就连古代世界最谨慎、最具卓越怀疑精神的历史学家修昔底德（3.104.4）也明确同意这首颂歌是荷马的作品，并接受了最后几行中的个人暗示。这无疑是一个惊人的判断错误。这些"颂歌"的语言的确是荷马风格的，然而两者之间的相似点仅此而已。它们不仅在文学水平上低于荷马史诗，就其所描述的概念世界和对诸神的看法而论，同样不如荷马史诗。

"因为此事千真万确。"希腊人相信他们的盲诗人荷马能够忠

---

① 洛布古典丛书，H. G. Evelyn-White 译文。

实地歌唱发生在他之前 400 年的事件，只有极少例外。如果有人要求他们对此做出解释，他们会求诸代代相传的传统，会求诸神圣的启示。"一位受到神启的诗人，"牧猪人欧迈俄斯曾这样说道。希腊语中的 *thespis* 一词的字面意义就是"由神创造或展示的"。它为《伊利亚特》的开篇第一行提供了必须的参照系："歌唱吧，女神，请歌唱珀琉斯（Peleus）之子阿喀琉斯的愤怒。"

赫西俄德的《神谱》以一段更长的序言作为开篇。简单的祷告在此变成了一幅完整的画面，一种个人的启示：

> 有一天，当赫西俄德在神圣的赫利孔山上放羊时，她们（缪斯们）教给他一首动听的歌；这些女神首先对我说……：
>
> "你们这些田野里的牧羊人啊，可悲又可鄙，只知道填饱肚子。我们知道怎样将众多虚构的故事说得像真的，但是只要我们愿意，我们也知道怎样叙说那无疑的真事。"
>
> 伟大宙斯巧言的女儿们如是说。她们从坚韧的橄榄树上折下一枝，当作手杖递给我，这手杖令人惊叹；她们向我心中注入神圣的声音，于是我便能歌颂那过去的事情；她们吩咐我歌唱万福永生的诸神之族，但是永远要在开始和结尾的时候歌唱她们自己。

赫西俄德的神圣歌声听起来就像是引用了《伊利亚特》中关于预言者卡尔卡斯（Calchas）的描述："（他）知晓眼前、未来和过去之事。"（I 70）诗歌与关于过去和未来的神圣知识之间的这一紧密联系在俄耳甫斯身上体现出来。俄耳甫斯是传说中的一位歌声动听的歌手。在许多个世纪中，大量关于神秘和巫术的著作被归于他的名下。似乎是为了强调这一点，当希腊人不可避免地要为荷马创造一份谱系时,他们将他的血统上溯了10代,恰好到俄耳甫斯。

将这些说法仅仅视为诗歌想象是错误的。吟游诗人斐弥俄斯(Phemius)在《奥德赛》(22.347-8)中曾声称:"我无师自通;神明将各种歌谣注入我心中。"对诗人和他的听众而言,这句话是真诚的,并且应当与诗中其他所有内容得到同等的看待——如奥德修斯与独眼巨人(Cyclops)的故事,以及奥德修斯使用那张其他人无法拉开的弓来证明自己身份的故事。故事的证人就是奥德修斯自己。这位英雄曾隐瞒身份来到淮阿喀亚人(Phaeacians)的国王阿尔喀诺俄斯(Alcinous)的宫廷。那里有一位名叫得摩多科斯(Demodocus)的吟游诗人,"从神明那里得到了无人能及的歌唱技艺"(8.44)。在他讲述了关于特洛伊战争的各种故事之后,奥德修斯告诉他(8.487-91):"得摩多科斯,我敬你高于一切凡人。不知你的技艺是得自宙斯的女儿缪斯,还是阿波罗本人。因为你真确地唱出了阿开亚人的命运……好像你曾身临其境,或是曾听他人诉说。"

在一个既不知道荷马,也不曾了解他所继承的那些程式化内容的人身上,我们也能找到这样的回声。此人是一位19世纪的喀拉-吉尔吉斯①吟游诗人,来自兴都库什山(Hindu Kush)以北地区。他曾这样说道:"我能唱出所有的歌,因为神将歌唱的天赋注入我心中。我无需自己努力寻找,神将言辞赋予我的舌头。

---

① Kara-Kirghiz,意为"黑吉尔吉斯",20世纪20年代之前人们对吉尔吉斯人的称呼,用以区别于同样被称为吉尔吉斯人的哈萨克人。——译者注

我从未学过任何一首歌。所有声音都从我的内心发出，来自我本身。"①

显然，历史学家的结论既不能来自神授诗歌的信念，也不能来自以下这种曾经流行的观念——足够古老就能保证真实。北欧君王传奇《挪威列王传》(Heimskringla)的序言就是这样说的："我们可以确信的是，智慧的老人们认为它们是真的。"历史学家已经确认了一点：就其本质而论，《伊利亚特》和《奥德赛》看起来并不属于它们所在的时代。接下来他们就需要审视这两部史诗对过去的呈现有多么可靠。希腊历史上，在人们失去了超自然力量的干预和超人的能力之后，是否有过一个生活方式如诗中所描述的时代呢？然而，我们首先应该问的是：是否真的有过一场特洛伊战争？

人人都知道海因里希·施利曼(Heinrich Schliemann)的传奇故事。他是一位德国商人，颇有眼光，并且痴迷于荷马的语言。他在小亚细亚进行发掘，让特洛伊城重见天日。②在距离达达尼尔海峡(Dardanelles)约3英里远、如今被称为希萨尔利克(Hissarlik)的地方有一座土丘，属于几乎可以被确定为古代人类居住遗迹的那一类。在仔细分析了古代文献中的地形描述之后，施利曼认为伊利昂的遗址就在这座山丘之下。伊利昂是后世的希腊人建立的城市，坐落于他们所认为的特洛伊所在地，在罗马帝国灭亡时仍然存在。施利曼在土丘上打开隧道，发现丘下有多层

---

① 引自 C. M. Bowra, *Heroic Poetry* (New York and London: Macmillan, 1952), p.41。
② 参见附录 II。

遗址。我们如今已经知道，其中最古老的可追溯至公元前 3000 年，并有两层确凿无疑地毁于暴力。在更多的发掘之后，人们确定这些遗址中的第 7 层就是普里阿摩斯和赫克托耳的那座城市。荷马故事的历史真实性经由考古学而得到证实。

施利曼的成就开创了一个时代。然而，一个不可改变的事实是：尽管他们提出了种种声称，但无论是施利曼还是他的后继者，都没能发现能将特洛伊 VIIa 的毁灭与迈锡尼希腊或来自任何其他方面的侵略联系起来的证据，一件也没有。无论是在希腊和小亚细亚的考古中，还是在线形文字 B 泥板中，都没有发现任何符合荷马所讲述的故事的内容：一支庞大的联军从希腊启航，攻打特洛伊。我们想象不出任何合适的动机。特洛伊 VIIa 不过是个穷得可怜的小地方，既无财宝，也没有任何庞大宏伟的建筑，没有任何东西与宫殿有一点相似之处。现存的赫梯语或其他语言的文献中没有提到过它，也没有提到过"特洛伊战争"。此外，关于这个故事还有其他考古学方面的困难，尤其是年代问题。

比特洛伊这座城市的消失更引人思索的，是特洛伊人自己的消失。首先，作为《伊利亚特》中的一个民族，他们并无明显的特征。当然，诗人以一些细微却巧妙的手段贬低了他们。这种做法很容易被现代读者忽略。特洛伊军队被比作一群绵羊或一群蝗虫，希腊军队则从未被如此比拟。并且，在不断重复的战斗事件中，某个特洛伊人有时会用矛刺中希腊人，却无法刺穿盔甲，并会在企图将矛拔出时被另一名战士杀死。希腊人也会失手，但以上两个步骤从未连续发生在他们身上。不过，尽管诗中有这样的笔触，特洛伊人却与他们的对手同样"希腊"，在行为与价值观上也同样富有英雄色彩。《伊利亚特》全诗第一行介绍的是阿喀琉斯，最后一行则是对特洛伊第一英雄赫克托耳的道别："他们便为驯马者赫克托耳举行了葬礼。"

赫克托耳是一个希腊名字（与特洛斯 [Tros] 和其他有着"特洛伊"特征的名字同样出现在线形文字 B 泥板中）。晚至公元 2 世纪中叶，在希腊本土玻俄提亚地区的忒拜城，人们仍会向旅行者展示赫克托耳的坟墓（距离俄狄浦斯之泉不远），并告诉他们：赫克托耳的骨骸是应德尔斐（Delphi）神谕的要求从特洛伊带来的。这个典型的虚构故事无疑表明忒拜曾有一位名叫赫克托耳的古老希腊英雄，其神话早于荷马史诗。尽管荷马永久性地将赫克托耳定位在了特洛伊，忒拜人仍坚信自己的英雄，并从德尔斐神谕那里得到必要的支持。

特洛伊人的盟军中，有一些人显然不是希腊人。卡里亚人（Carians）便是其中的一支。他们被诗人赋予 barbarophonoi（说蛮语，或说话难懂的）这个特性修饰形容语。卡里亚人在历史上甚为有名。"陵墓"（mausoleum）这个词就来自公元前 4 世纪的卡里亚人国王摩索罗斯（Mausolus）的坟墓。其他特洛伊盟军也能在历史中找到痕迹。因此，特洛伊人自己（与阿喀琉斯率领的密耳弥冬人 [Myrmidons] 一样）完全消失这一事实就显得更加古怪。就算我们接受古人对这座城市的消失的解释——它被战胜者完全毁掉，"没有留下一丝墙垣的痕迹"（欧里庇得斯《海伦》108），我们也难以找到与特洛伊人神秘的消失无踪类似的例子，何况那又与施利曼及其后继者们对城墙的发现构成新的矛盾。

在希腊一方，《伊利亚特》中出现的重要地名与现代考古学家重新发现的所谓迈锡尼文明的各个中心之间有着某种对应性，不过奥德修斯的伊塔卡岛上的发现寥寥无几，是一个显著的例外。公元前 1400 年到前 1200 年之间是希腊地区这一文明的鼎盛期。关于这一点，施利曼作为首位发现者的荣誉是无可怀疑的。然而，荷马与考古学很快再次分道扬镳。大体而言，荷马清楚迈锡尼文明在哪些地方最为繁荣；他的英雄们都居住在荷马时代所没有的宏伟宫殿里（然而这些宫殿与迈锡尼时代的宫殿并不相似，也与其他任何宫殿都不同）。事实上这就是他对迈锡尼时代的全部了解，因为他的错谬之处举不胜举。他所说的"武器"类似他所处时代的"盔甲"，与迈锡尼时代的差异甚大——虽然他坚持称它们都是用过时的青铜打造，而非用铁。他所描述的诸神都有神庙，而迈锡尼人不建造神庙；迈锡尼人为他们的首领修筑巨大而有穹顶的陵墓，荷马的英雄则都被火葬。战车也为我们提供了一点有用的线索：荷马听说过战车，却没有真正呈现过人们在战场上如何使用战车。因此他的英雄们总是从大约 1 英里或更短距离外的营帐驾车出发，然后小心下车，步行作战。

荷马史诗的世界与线形文字 B 泥板所揭示的那个社会之间的对比同样完整。这些泥板的存在本身都是决定性的：荷马史诗中的世界没有文字，也不保存纪录，而是一个过于简单的社会体系，其中的社会活动也太过有限，规模过小，并不须要泥板中所记录的清单或管理能力。人们已经从泥板上辨识出大约 100 种不同的农业和手工技能。荷马只知道十多种，并且让牧猪人欧迈俄斯一人轻松将它们包揽，外加照顾奥德修斯的畜群。关于迈锡尼文明中的行政制度和对生活各方面的管理，我们可以在同时代近东诸王国中找到对应；然而，在希腊世界中，从荷马时代直到亚历山大大帝征服东方，这种对应都不存在。

我们很容易忘记一点：荷马对迈锡尼时代的存在并无概念，也不了解迈锡尼文明与其毁灭之后的新时代之间的截然断裂。迈锡尼时代纯然是一个现代的建构。在诗人信念中，他所歌颂的则是一个过往的、属于他自己的英雄时代，一个希腊世界；他对这一过去的了解来自前代诗人的口头传承。史诗的原材料是大量继承而来的程式化内容和故事。它们在一代又一代诗人之间传承，不断经历改变。这些改变部分是诗人们有意为之（可能出于艺术的理由，也可能出于更无趣的政治考虑），部分则来自他们对历史准确性的忽视，外加在一个没有书写文字的世界中不可避免的错误。毋庸置疑，《伊利亚特》和《奥德赛》中有一个迈锡尼时代的内核，然而这一内核在史诗中仅存的部分已经被扭曲得超出了理解或认知的范围。材料往往互相矛盾，却不影响使用。诗歌传统需要古老的程式化内容，而无论是诗人还是他的听众都对核实细节毫不关心。因为劫走海伦而开启祸端的那个人有两个名字：亚历山大（Alexander）是希腊名字，帕里斯（Paris）则不是（与此类似，他的城市既称为伊利昂，也称为特洛伊）。他既是一个懒散的好色之徒，又是一名战士。后世的人们照例为此寻求解释，但《伊利亚特》的作者却无此打算。

也许我们可以认为迈锡尼时代显然发生过一场"特洛伊"战争，更准确地说，可以认为发生过许多场"特洛伊"战争。在那个世界里，战争是司空见惯的事。不过一场长达十年的战争（或任何短一些但长度仍以年计的战争）则是不可能的。"如果我还在青春盛年，如果我还像当年一样有力——如同我们为掳掠牲口而与厄利斯人争斗一样……那次我们一起从平原上带走的战利品丰盛无比，有50群牛，同样多的绵羊，同样多的猪群，同样多的山羊，还有150头棕马，全都是母马……涅琉斯（Neleus）为我高兴，因为我第一次上战场就获得这样多的战获"（XI 670-684）。

这是涅斯托耳（Nestor）讲述的一场"典型"战争，即一次为获取战利品而进行的劫掠。就算这样的战争连年重复，仍然只能算是单独的劫掠。《伊利亚特》第3卷中有这样一幕：海伦与普里阿摩斯在特洛伊城头同坐，帮助这位年老的国王辨认阿伽门农、奥德修斯和其他一些阿开亚英雄。这一幕在战争之初也许是合理的，然而在战争的第10年就毫无道理可言了（除非我们打算相信诗人无法找到更好的办法来介绍一些无足轻重的细节）。在一场短暂的战争中，这种情况也还说得过去。也许它可以用来说明一点：这场战争被夸张到长达10年之后，故事中的一个传统片断仍然得以保留，并变得不合常理了。随着战争不断膨胀，诗人们并没有做出恰当的安排，用新的人物来代替战死者，为围城者和被围者提供食粮，或是在战场和希腊人的大本营之间建立某种联系。

对不重要的事件的歌颂是英雄诗中的常见现象。法国史诗《罗兰之歌》讲述了公元778年发生在隆塞沃（Roncevaux）隘口的一场大战，对阵双方是查理曼（Charlemagne）军与撒拉逊人（Saracens）。与荷马一样，这部法国史诗的作者身份不明，但他无疑生活在公元12世纪的十字军东征时代。与荷马不同的是，这位作者有阅读能力，并且可以接触到编年史——如他自己所明确表示。然而事实却是这样的：在隆塞沃真正发生的那场战斗只是查理曼军中一小股人马与一些巴斯克（Basque）劫掠者在比利牛斯山（Pyrenees）中的小冲突。这场战斗既不重要，也没有十字军东征的色彩。诗中的12位撒拉逊酋长以及他们的40万大军完全是虚构的，被冠以日耳曼式、拜占庭式或杜撰的名字。甚至罗兰其人也很可能是想象的产物。① 我们可以将《罗兰之歌》与书面纪录相对照，对《伊利亚特》和《奥德赛》则不能如此。此外，在历史细节方面，我们也没有办法逆向还原扭曲的过程，没有办法重建故事的原初内核。

《罗兰之歌》与《伊利亚特》和《奥德赛》还有另一个否定式的共同点：无论是它所描述的政治，还是关于战争和战士们的细节，都与其创作时代的社会状况不相符。这并不意味着它缺少现实主义色彩。恰恰相反，英雄诗的一大核心就是："既然英雄们在一个号称真实的世界中行动，他们的背景和所处的环境就必须"总是"以现实主义和客观的手法讲述"。② 具体而言，罗兰的背景被设定为诗人所处时代之前约100年。这一年代"背离"的关键在于程式化的内容。它们具备必要的弹性，可以让故事随着世界本身而发生变化，同时又不会变得过度"现代"——这是一种限制，其设定的目的在于保持一种"很久很久以前"的形象。就荷马而言，技术性的语言分析已经证明：程式化内容或是不断消亡，或是被再创作，或是被取代，而这些现象的发生总是有其

---

① 参见 P. Aebischer, "Roland. Mythe ou personage historique?" in *Revue belge de philology* …, 43 (1965), pp.849-901。

② Bowra, *Heroic Poetry*, p.132.

逻辑。因此，关于海洋的用语较为古老而稳定，而对头盔或盾牌的描述则不断变化。

奥德修斯的世界并非 5 至 7 个世纪之前的迈锡尼时代，但它与公元前 8 世纪或前 7 世纪的世界也不是一回事。大量当时的社会体制和社会活动在奥德修斯的世界中都付阙如。这份缺失清单名目繁多，并且非常根本：奥德修斯的世界中既没有爱奥尼亚，也没有多里斯人；没有书写，也没有铁制武器；战场上没有骑兵；没有殖民，没有希腊贸易商，也没有不归君王统治的人群。因此，如果一定要将奥德修斯的世界置于某个时间点的话（因为我们从英雄诗的比较研究中了解到的一切都要求如此），最有可能的答案是公元前 10 世纪和前 9 世纪。当时，那场摧毁了迈锡尼文明并震撼整个地中海东部地区的大灾难已经被人们遗忘了。[①]或者，它已被转化成关于一个消失的英雄时代（一个属于纯正希腊英雄的时代）的"记忆"。真正希腊人的历史自此而始。

就其本质而言，荷马史诗所呈现的社会及其价值观是一致的。来自不同时代的碎片粘附其上，其中一些太过古老，而另一些（尤其是在《奥德赛》中）则十分晚近，反映出诗人本身所处的时代。对历史研究而言，社会体制上和心理上的精确很容易与那些显而易见的错谬区分开来——后者包括关于宫殿或文化中其他类似物质元素的错误，以及关于各种故事和叙事细节（即人们的行为）的错误。"荷马"，亚里士多德曾这样写道（《诗学》

[①] 同时代的赫梯人统治着小亚细亚的大片地区，并控制叙利亚北部和塞浦路斯，但是他们也同样被遗忘了。存世的希腊传统文献对他们只字不提。

24.13），"在许多方面值得赞扬，尤其是，他是唯一意识到自己的应有角色的诗人。诗人提及自己的时候应当越少越好……"然而我们不应像另一位同样天才的批评家柯勒律治一样，被这一技术性的优点（它在另一个世界中成为诗人的过错）误导。浪漫主义者柯勒律治得出结论："荷马诗歌中绝无半点主观性"，既没有"在每部作品中都将自己置于自己面前的弥尔顿所代表的诗人主观性"，也没有"莎士比亚所有杰作中那种角色（或戏剧化人物）的主观性"。①

这种与其创造的角色及他们的行动保持距离的做法是典型的荷马式技巧。它并非冷漠和无动于衷，也不代表不愿涉入其中。以一种看似冷静的精确，诗人传递了他继承得来的背景材料。这使得我们将他提供的材料当作研究一个真实人类世界（即历史世界，而非虚构世界）时可利用的原材料。然而这同时也为我们的分析布下了陷阱，因为我们总会受到诱惑，选择无视诗人有意无意的取舍背后的含义，将那些关于社会和政治事务（与叙事性事件不同）的明显含混与矛盾简单视为一位冷漠诗人的粗心之举。真实的社会从来不会如此简洁有序：荷马在这方面的含混（而非其绝对的一致和统一）更能保证他所呈现的图景的历史性。

当然，要将奥德修斯的世界确定于公元前 10 至前 9 世纪，我们还需要一点历史学家的特权，并且这种特权的范围还需要扩大。荷马史诗中有的部分在口头传统中很可能比其他部分起源更晚，比如阿瑞斯与阿芙洛狄忒的奸情，或是《奥德赛》第 11 卷

---

① 《桌边文谈》（*Table Talk*），1830 年 5 月 12 日。

中的冥界场景。我们在此运用特权，忽略这种差异中的大部分，正如有时候我们提及荷马时把他当作一个人，仿佛《伊利亚特》和《奥德赛》是出自一人之手。这样会带来某些歪曲，然而误差能够被控制在可以接受的最小范围内。这是因为我们提出的模式基于对荷马史诗的整体分析，而非其中某个单独的篇章、片段或是叙事事件；因为每个部分无论早晚，都是由程式化内容构造而成；也因为后世的希腊历史和对其他社会的研究共同为我们提供了有力的节制。例如，就那种由现代人类学从不同宗教和世界各大洲上找到了印证的礼物交换体制而言，没有哪一位诗人（或哪一种"诗歌传统"）能够以如此高的形式精确性将之创造出来并加以描述。①

最终，让我们将那场十年战争，将阿喀琉斯、赫克托耳和奥德修斯以及其他著名的名字保留下来，当作代表某些不知名的国王 X 和酋长 Y 的有用标签的，是一种权宜之计，而非特权。

---

① 参见第 3 章。另外，关于英雄诗中的一个显著而无疑是独立的对应例子，可参见 K. Kailasapathy, *Tamil Heroic Poetry* (Oxford University Press, 1968), p.13-15。

第三章　财富与劳动力

在《伊利亚特》的第 2 卷中，诗人列出了对阵两军的清单。在希腊一方，他给出的是主要首领和他们所率领的战船数量。"然而那些部众（即普通人）我无法一一讲述或给出名字，就算我有 10 条舌头，10 张嘴，也办不到"（II 488-9）。这份表上总计有 1186 条船，按照最保守的计算，那也意味着超过 6 万人。这个数字的可靠程度堪比《罗兰之歌》中 40 万撒拉逊人的说法。奥德修斯的世界就人口而论是很小的。我们没有统计数字，也没有办法做出合理的猜测，然而考古学家们发现的那块遗址只有 5 英亩大——其中还包括后世增添的部分。这让我们可以确定当时的单个社群的人口数量大约是在 4 位数，甚至 3 位数；此外我们也可以确定：诗中提到的数字——无论是战船、部队、奴隶的数量还是贵族的数量——都不符合现实，无疑是被夸大了。

战船清单中，最小的一支船队由奥德修斯率领，只有 12 条船（阿伽门农有 100 条船，还为内陆的阿耳卡狄亚 [Arcadians] 人提供了另外 60 条）。奥德修斯被称为刻法勒尼亚人（Cephallenians）的国王。他的子民居住在爱奥尼亚海中三座毗邻的岛屿（刻法勒尼亚、伊塔卡和扎金托斯 [Zacynthus]），外加两处显然位于附近大陆上的地点。然而人们总是将他与其中的伊塔卡岛直接联系在一起。要审视奥德修斯的世界，我们应当主要立足伊塔卡岛，而非奥德修斯后来所漫游的那个虚无缥缈的世界。

　　岛上的居民由一些贵族家族统治。这些家族中有的人参加了对特洛伊的远征，另一些人则留在家乡。后者中有一人名叫门托耳（Mentor）。奥德修斯请门托耳在自己离家期间照看他来自异乡的年轻妻子珀涅罗珀，还有他新生的独子忒勒玛科斯。接下来的20年里，伊塔卡岛上的政治领导权出现了奇特的断裂。奥德修斯的父亲莱耳忒斯（Laertus）仍然在世，却并未重登王位。珀涅罗珀身为女子，也不能执掌权柄。门托耳并非任何意义上的法定监护人，只是一个心地善良却没有什么作用的人物，没有发挥摄政王的作用。

　　在10年时间里，整个希腊世界都出现了类似的情况：除了极少例外，其他国王都前往战场。特洛伊毁灭之后，英雄们光荣返乡，生活也恢复了正常。死去的国王们被替换。其中一些（如阿伽门农）一回国就落入篡夺者和杀手的罗网；另一些人则重掌权力，重理国政。然而奥德修斯的命运却与他们不同。因为得罪了海神波塞冬，他继续颠沛流离长达10年，主要靠着雅典娜的干预才得到拯救，被允许回到伊塔卡。这第二个10年为他家乡的人们带来了困扰。没有一个希腊人知道奥德修斯的命运。他们不知道他是死在从特洛伊返回的途中，还是仍然在某处偏远之地活着。这部史诗第二个主题——求婚人的故事——便以这一不确定性为基础。

　　数字上的问题再一次出现了。据诗人所言，追求珀涅罗珀的贵族有108个，其中56个来自奥德修斯统治下的伊塔卡和其他海岛，52个来自附近的岛国。珀涅罗珀被迫要从这些人中选出奥德修斯的继任者。无论在古代还是在现代，这都不是寻常意义上的求爱。除了晚上回到自己家中过夜之外，这些追求者完全占据了漂泊在外的奥德修斯的家，吃喝不断，大量消耗他的贮藏。按照奥德修斯的牧猪人欧迈俄斯的说法，"20个人的家产加起来也不如他的多。"（14.89-9）在三年时间里，珀涅罗珀一直通过拖延的策略来保护自己，然而她的抗拒力量被逐渐消磨。她家中的宴饮无休无止；人们对奥德修斯永远不会归来的担忧日渐增长；而求婚人也发出公开的威胁，他们对忒勒玛科斯明言："（我们）要吃光你的产业和资财。"（2.213）这些因素都在发挥作用。然而奥德修斯假扮成一名流浪的乞丐，及时现身。他凭着自己的巧计和勇力，再加上一些魔法的帮助，成功地杀光了求婚人。在雅典娜最后的干预下，他夺回了自己的家长权柄，重新成为伊塔卡的国王。

在海外流浪之时，奥德修斯经历了漫长的斗争，对手有女巫、巨人和仙女。然而在伊塔卡发生的故事中，这些人物一个都没有出现。在伊塔卡岛上，我们面对的只有人类社会（从未缺席的雅典娜当然也在那里，然而从某种意义上说，希腊诸神向来是人类社会的一部分，通过梦境、预言、神谕和其他迹象发挥作用）。《伊利亚特》中同样如此。从阿伽门农羞辱阿喀琉斯到后者杀死赫克托耳之间短短几天的故事中，登场的人物全都是贵族，与伊塔卡岛上的主线情节一样。《奥德赛》也呈现了岛上的其他居民，但基本是将他们视为道具或脸谱化角色：牧猪人欧迈俄斯、老保姆欧律克勒亚（Eurycleia）、吟游诗人斐弥俄斯、无名的"切肉者"、水手、女佣，以及各种家臣。诗人的用意很明显：无论在战场上还是在伊塔卡主题所展示的权力斗争中，只有贵族才有亮相的机会。

一道水平方向的深邃鸿沟将荷马史诗的世界分成两半。位于分界线之上的是 aristoi（这个词的字面义是"最优秀者"），即无论在战争时期还是和平时期都控制着绝大部分财富和全部权力的世袭贵族。其他所有人则位于这条分界线的下方。我们没有一个专门的集体名词来指代他们，只能将他们称为大众。除了在战争或劫掠等不可抗的事件中，鲜少有人能跨越两个阶层之间的鸿沟。社会经济状况决定了新财富的创造和新贵族的产生都是不可能的事。通婚被严格限定于阶层之内，因此另一条提升社会地位的通道也被堵死了。

主要分界线之下还有各种细分，然而，与贵族和平民之间的主要差异相比，其他的分界线都显得模糊，往往难以确定。荷马史诗中没有表示"农民"或"工匠"的类名，而这也是理所应当。如我们所见，这个世界缺少线形文字 B 泥板或古代近东世界中那种清晰可辨的阶层分布。就连奴隶与自由人之间的差异也不是多么明显。例如，在《奥德赛》中，表示"劳作者或侍奉者"的 drester 这个词既用来指自由人，也用来指奴隶。无论是在主人手下还是在诗人心中，他们从事的工作和得到的待遇往往难以区分。

奴隶在这个世界中大量存在。他们是主人可以任意处置的财产。严格地说，大部分奴隶都是女性，因为战争和劫掠是主要的奴隶来源。无论在经济上还是在道德上，都没有太多理由让被击败的男子活命并成为奴隶。按照惯例，英雄们会杀死男子（或用他们来索取赎金），并带走女子，不论她们的阶层高低。在为自己的儿子向众神祈祷之前，已经明了自己命运的赫克托耳这样对妻子说道："比起特洛伊人今后将遭遇的痛苦，让我更为忧心的是……你的悲惨命运。某个身穿铜甲的阿开亚人会把哀哭的你带走。你会去往阿耳戈斯，在另一个女人的命令下在织机上劳作，从墨塞斯泉（Messeis）或是许佩耳瑞亚泉（Hypereia）中汲水，被迫终日操劳，不由自主"（VI 450-8）。

赫克托耳无需阿波罗的帮助就能预见未来。这种事在古希腊历史上从无例外：失败者的人口和财产归于胜利者，任由其处置。然而赫克托耳也表现出适当的节制，因为他的预言并不完全。女奴所属的位置是家庭之中，负责洗涤、缝纫、清洁、研磨谷物和侍候。并且，如果她们还年轻，就还需要在主人的床上侍奉，如布里塞伊斯（Briseis）之于阿喀琉斯，克律塞伊斯（Chryseis）之于阿伽门农。至于老保姆欧律克勒亚，诗人这样介绍她："当她青春年少之时，莱耳忒斯用（一些）钱财将她买来……却从未与她在床上交欢，以此避免妻子的愤怒。"（1.430-3）诗人之所以特别为此发出评论，一是因为莱耳忒斯少见的做法，二是因为他的妻子可能的愤怒。无论是习俗还是道德都不要求这样的节制。

在此探究数字问题是无谓的。据称奥德修斯拥有 50 名女奴，但这无疑是一个为了方便而采用的整数——同样的数字也被用来描述淮阿喀亚国王阿尔喀诺俄斯的家室。奥德修斯家中也有一些男性奴隶，牧猪人欧迈俄斯就是一例。他出身贵族，幼时遭腓尼基商人绑架，被卖作奴隶。男性奴隶与女奴一样在家中工作，也在农田和葡萄园里劳动，但从不会以仆人或信使的身份被派往别国。

伊塔卡人社群中的大部分既非奴隶也非贵族。其中一些据称是"自由的"牧人和农民，拥有自己的家产（不过我们不可想当然地认为此处的"自由"二字在其含义和特征上与后来古典时代的希腊或现代社会中的"自由"完全相同）。另一些是身负长技的人，如木匠、金属加工者、卜者、吟游诗人和医生。他们能够提供某些不可或缺的服务，并且技艺为贵族及其扈从中的非专业人员所不及，因此这些为数不多的人得以跻身社会阶层的中间等级。先知和医生有可能是贵族，其他人则无疑不属于贵族阶层——尽管他们非常接近贵族，有时甚至与后者在生活中有许多共同之处。吟游诗人斐弥俄斯的举止和受到的待遇可以证明这一点。

我们还记得欧迈俄斯曾将这些手艺人中的精英称为"身具技艺的人"（*demioergoi*）。这个词的字面意思是"为人们工作的人"（珀涅罗珀也曾将这一类名用在信使身上）。在荷马史诗中，这个词仅在以上两个片段中出现。人们据此推测 *demioergoi* 的工作方式在原始人群和上古人群中十分常见。阿尔及利亚的卡比勒人（Kabyle）即是一例："另一个手艺人是铁匠，一个外人。村人借给他一座房子，并且每家人按固定比例，以谷物或其他出产来支付他每年的薪水。"[①] 遗憾的是，我们在奥德修斯的世界中完全没有发现清晰的或是确定性的证据。有一次，涅斯托耳在家中打算举行献祭，便吩

---

① C. S. Coon, *Caravan: The Story of the Middle East* (London: Jonathan Cape, 1952), p.305.

咐他的仆人："'叫金匠莱耳刻斯到这里来，让他在牛角上包上黄金。'……金匠手中拿着工具来了，有砧、锤，还有制作精良的火钳。这些都是他的手艺所需要的工具，他用它们来制作金器。……年老的驭马者涅斯托耳将黄金交给他，他便熟练地将黄金包在牛角上"（3.425-38）。此处没有提到金匠的地位，甚至也没有提及在这里有他的住处。《伊利亚特》中那段关于一大块"生铁"的描述与此不同。阿喀琉斯从自己的战获中拿出这块生铁，用于一场投掷比赛。这块铁既是对胜者的考验，也是奖品。阿喀琉斯这样说：胜者可以得到它，"足敷五年之用，无需让牧人或耕夫因为缺铁而进城，因为这一块已经足够"（XXIII 833-5）。

荷马从未提到过酬劳的问题，但这并不代表社群中的每个家庭也会向铁匠或其他 *demioergoi* 支付固定的年薪份额。也许他们以一劳一酬的方式支付，只要这些人有能力向公众，向整个社群（*demos*）提供服务。有能力提供服务这一点足以很好地解释 *demioergoi* 这个词。

欧迈俄斯提出过一个问题："谁会从外乡召来一个陌生人呢？……除非那人是个身具技艺的人（one of the *demioergoi*）"，暗示了 *demioergoi* 的另一个特征（此处再次与卡比勒人的情况构成类比）。那么，这些人是按照大体固定的行程在各个社群之间奔走的旅行锅匠或歌手吗？实际上，欧迈俄斯所提问题的逻辑在于：所有应邀前来的外人都是手艺人，但并非所有手艺人都是外人。也许其中一部分如此，大多数则未必；的确是外人的手艺人也无须巡回工作。信使们无疑是社群的永久常驻成员，拥有完全的身份。吟游诗人们也许需要漫游（在荷马史诗作者的年代，他们一直漫游不停)。至于其他手艺人的情况,我们根本无从了解。

尽管 demioergoi 不可或缺,对于一片土地上的劳动总量来说,他们的贡献却只占一小部分。无论是田野中基本的放牧和耕种,还是家中的管理和服务,都不需要专业的人员:每个伊塔卡人都会放牧犁地,锯木切肉。那些拥有财产的平民自己就能干这些事。另一些人是奥德修斯与贵族们的固定从属,是他们家庭的组成部分,那些未具名的"切肉者"便是一例。那些被称为"帮工"(thetes)①的人最为不幸,是无所依附也没有财产的劳动者,受雇干活,并以乞讨来获取无法偷窃的东西。

"外乡人,"求婚者中为首的欧律马科斯(Eurymachus)对(奥德修斯假扮的)乞丐说,"如果我收留你,你可愿意做个帮工(thes),在我的田产边界上的农场干活,给我砌石墙,种大树?你不用担心酬劳。我会给你充足的谷物,蔽体的衣衫,还有脚上穿的鞋子。"充足的谷物、衣衫和鞋子便算得上一个平民的资财了,然而欧律马科斯不过在取笑奥德修斯,"好让他的同伴们放声大笑。"他这样做是受雅典娜的直接驱使,因为雅典娜"决不允许这些狂悖的求婚人不出口伤人,好让莱耳忒斯之子奥德修斯心中的创痛变得更深"(18.346-61)。

取笑之意部分在于"你不用担心酬劳"这句话。没有哪个 thes 可以不用担心酬劳。波塞冬曾经愤怒地质问阿波罗:为何众神中偏偏是他完全站在特洛伊人一边。你难道忘记,他问道,"我

---

① 后文中作者直接使用 thetes 或其单数形式 thes 一词之处,除个别例外(如对荷马的直接引用中),均保留原文,不再译出。——译者注

们曾为了约定的酬劳，做了一年帮工（thetes）"，替特洛伊国王拉俄墨冬（Laomedon）修筑城墙，放牧牛群？难道忘记到了年末，拉俄墨冬"拒绝支付酬劳，还威胁我们，将我们赶走"（XXI 441-52）？然而，真正的取笑，即欧律马科斯的提议中最刺人的讥嘲，在于邀请本身，而非暗示自己最后将拒绝支付。要看清这一点，我们可以转而审视一下冥界中的阿喀琉斯，而非奥林波斯山上的波塞冬。"光荣的奥德修斯，不要对我轻描淡写地谈及死亡，"阿喀琉斯的鬼魂说，"我宁愿依附一个没有田产的人，给他做帮工（thes），哪怕他家道艰难，也不愿在这些失去了生命的死者当中为王"（11.489-91）。

阿喀琉斯所能想到的世间最卑微的人不是奴隶，而是 thes。Thes 生活最可怕的地方在于无所依附，没有归属。凭借权力专制的"家"（oikos）① 这一核心，人们得以组织自己的生活。oikos 的好处不仅是满足物质需要（包括安全保护），也提供伦理规范、价值观念、职责、义务和责任、社会关系，以及人与神之间的关系。Oikos 不仅指家庭，也指整个家庭的成员、田产和资财的总和。因此，"经济"（economics，来自 oikos 的拉丁化形式 oecus，即对 oikos 的管理之术）一词就意味着管理家产，而非维持家庭和谐。

无论在习俗或法律义务的意义上，还是在个人家庭生活的意义上，我们并不清楚在他人的 oikos 中成为一个自由却又是固

---

① Oikos 一词有多重含义，可指家庭、家庭财产和家宅等，不易翻译。后文中作者直接使用 oikos 一词之处，除个别例外，皆只保留原文，以区别于家庭（household）、家族（family）等词。——译者注

定的成员意味着什么。诗人的贵族视角也不能提供什么帮助——通常而言他眼中的社会要比应有的真实情况更为和谐。就负面而言，成为他人之 oikos 的一员意味着丧失大量的选择自由和行动自由。然而这些人既非奴隶，也非农奴或契约奴。他们是家臣（therapontes），用服务来换取在家庭这一基本社会单位中的位置。这一成员身份也许更为薄弱，但能为他们提供生活保障，也能提供随依附关系而来的心理价值和满足感。总之，大贵族们将主要由女性组成的奴隶、各级家臣——外加帮工（thetes）——结合起来，组建起极为庞大也极为有用的家庭人力团队。在那个世界中，无论拥有地位和权力的人提出何种要求，这样的团队都能够完成。此外不容忽视的是，家臣的等级事实上可以达到相当高的程度。帕特罗克洛斯在幼年时被迫离家。珀琉斯将他收留在自己的宫廷中，让他"成为（年轻的阿喀琉斯的）家臣"（XXIII 90）。这让我们立刻想到的类比是某些近代宫廷中的贵族侍从，正如在门口迎宾并为宾客斟酒的"厄忒俄纽斯大人，墨涅拉俄斯的勤谨家臣"（4.22-3）完全可以与英国的宫务大臣相提并论。

在伊塔卡，一名 thes 甚至不必是外乡人，而也可以是伊塔卡人，但他并非 oikos 中的一员。从这个意义上说，他的地位较之奴隶犹有不如。奴隶是人，同时也是 oikos 中财产的组成部分，总而言之代表不错的境况。后来在希腊语中表示"奴隶"的标准用词是 doulos，在词源上似乎与劳动这一概念有关。荷马只有两次用到这个词，其他时候他用的是 dmos。后者显然与"家宅"（doma 或 domos）有关。荷马与赫西俄德之后，除了一些刻意仿古的例外情况（如索福克勒斯和欧里庇得斯作品中的那些），

dmos 这个词便不再出现希腊文学中。较之我们熟知的种植园奴隶制模式，荷马史诗世界中奴隶的待遇似乎更具"保护"色彩。得宠的奴隶欧迈俄斯甚至有能力为自己购买一名奴隶。当然，在奥德修斯成功回归后的屠杀中，有 12 名女奴被吊死，然而她们的死法本身就让她们与那些死于利箭和枪尖的贵族求婚人区别开来。

奴隶之间的结合十分少见，因为奴隶中男性数量太少。女奴所生的孩子几乎全是主人或家中其他自由男性的后代。在其他许多不同社会体系中，以及在后世的希腊社会中，这样的子女会和他们的母亲一样成为奴隶，正如撒哈拉沙漠中的游牧民族图阿雷格人（Tuaregs）对此的解释："孩子生于母腹。"然而奥德修斯的世界并非如此，其中起决定作用的是父亲的地位。因此，奥德修斯甫归伊塔卡，为了向欧迈俄斯隐瞒自己的身份，讲述了这样一个虚构的故事：他的父亲是一个富有的克里特人，母亲则是"买来的妾侍"；父亲死后，嫡子们瓜分了家产，只给他留下一间屋子和几样东西；后来，他靠着自己的勇力，娶了一个"富有家产之人"的女儿为妻（14.199-212）。女奴之子有时也许会是家庭中次一等的成员，但即便如此，他也属于 oikos 这个整体中更核心的圈子，拥有自由；他甚至无须背负我们所理解的私生子的烙印，更不会成为奴隶。

拥有地产的普通人与贵族之间（以及贵族与贵族之间）的根本区别在于他们各自的 oikos 的大小，因此也在于他们所能供养的家臣的数量。用更现实的话来说，区别就在于他们权力的大小。表面上，这种区别来自家世，以及血统差异。在过去或远或近的某个时间，征服或财富造成了最初的分别。后来这种分别固化下来，在家族谱系中延续。因此诗人们才会无休无止地背诵家谱。这些家谱往往始于某位神圣的祖先（表明他们的家族受到神的庇佑）。与此对比鲜明的是，在荷马史诗中有幸被提到名字的寥寥几个手艺人无一拥有父名，更不用说拥有家谱。

这种经济的本质让阶级的分界线得以固定和延续。在任何家产如此具有决定性的社会中，如果没有财富的流动，没有创造新财富的机会，社会结构就会变得像种姓制度一样僵硬。伊塔卡的情况就是如此。*oikos* 以地产为基础。在正常的和平情况下，很少有机会从定居区域中获取新的土地。理论上人们可以向定居区域的边缘之外扩张，获取无主之地，但是若非受到最激烈的逼迫，很少有人真正如此荒唐蛮干。流放之所以被认为是最悲惨的命运，并非仅仅因为人们对故土的依恋。被流放者也会被剥夺一切社会关系，而这些关系就意味着生活本身。从这个意义上来说，一个人无论是被迫离开，还是为了寻找新的土地而主动离开，都没有区别。

土地的主要用途是放牧。当奥德修斯在阿尔喀诺俄斯的宫廷中讲述他在独眼巨人中的历险时，他强调了这些巨人的原始和野蛮，以此作为他的故事的开头。首先，他们尚未学会农耕的技艺："他们既不播种，也不耕地。"（9.108）然而，奥德修斯自己的世界也更像是一个畜牧社会而非农耕社会（与荷马本人及赫西俄德时代的希腊社会不同，彼时农业已经占据了主要地位）。希腊土壤贫瘠，多石少水，因此整个半岛大概只有20%的土地适于开垦。某些地区曾经极为适于放牧牛马。事实上，整个希腊如今仍然适合绵羊、猪和山羊等小牲畜的放牧。荷马史诗中的家庭只进行最低限度的耕种，主要是经营果园和葡萄园。至于他们的衣物、畜力、运输和大部分食粮，都来自他们的牲口。

有了畜群和劳力，以及用于修建的充足石料和制陶用的黏土，庞大的家庭就几乎可以实现完全的自足理想。oikos 首先是一个消费单位。就满足物质需要的方面而言，其活动有一个准则：满足家主及其家中成员的消费需求，并尽量依赖家主土地上的出产，辅以战利品。然而，有一个因素阻碍着完全自足的实现——对金属的需求。这种需求无法取消，也无法以替代品来满足。希腊有一些零星的铁矿，但铁的主要来源还是外界，即西亚和中欧地区。

有了金属才有工具和武器，但金属还意味着其他也许同样重要的东西。忒勒玛科斯为寻找父亲而来到斯巴达，拜访了墨涅拉俄斯的宫廷。在其拜访结束之际，主人赠给他一些临别的礼物，"三匹马、一车光亮的金属，以及……一只精美的酒杯"，然而年轻人表示回绝："你如果真要送我些什么，就给我财宝好了。我不能把马带回伊塔卡……那里没有宽广的道路，也没有草场。"（4.590-605）传统中常被翻译成"财宝"的希腊语单词是 keimelion，字面意思指某种可以积蓄起来的东西。在荷马史诗中，财宝多指铜、铁或黄金，较少情况下指白银或精美的织物；它往往被制成酒杯、三足鼎或大锅。这些物品直接拥有使用价值，也可以提供审美上的满足——这通常是就其原材料的昂贵和工艺的精美而言。然而与它们作为象征性财富或声望财富的作用相比，这两种功能都不重要了。财宝有两种看似矛盾的用处，一是持有，二是赠送。在合适的赠礼时机到来之前，大部分财宝都会被深藏起来，用锁钥保管。"使用"这个词的狭义含义不适用于它。

当阿伽门农最终被说服，同意只有安抚阿喀琉斯才能让阿开亚人的军队免于毁灭时，他的办法是送上赠礼作为补偿。这些赠礼中有一部分是立刻交付的，另一些则以取胜为交付的条件。礼物的清单十分惊人：七座城市，许配一个女儿给阿喀琉斯为妻（外加"从未有人给出过的丰厚嫁妆"），引起双方争吵的少女布里塞伊斯，七名从勒斯玻斯掳来、精于技艺的女子，十二匹获奖的赛马；另外，在战争获胜后，阿喀琉斯还可随意挑选二十名特洛伊女子。其中除了马匹之外，别的礼物都是实用性的。然而阿伽门农首先送来的不是这些，而是"七只从未在火上炙烤的三足鼎，十塔兰特黄金，二十只光亮的大锅"；另外他还承诺从未来的特洛伊战利品中送出许多黄金和青铜，让阿喀琉斯装满他的船。① 这就是所谓财宝。诗人在这里和后文中都对之详尽列举，显示了财宝的重要性。墨涅拉俄斯送给忒勒玛科斯的赠礼也全都是财宝，并在《奥德赛》不同的 3 卷中反复出现 4 次之多。诗人每有机会便要歌颂某件具体赠礼的价值，极少略过。

无论金属的用途和来源是什么，它都为个体的 *oikos* 带来了一个特殊的物资分配问题。大部分时候，分配都是在 *oikos* 内部进行，不会造成问题。鲁滨逊·克鲁索的世界从来不曾存在；哪

---

① IX 121-56。第欧根尼·拉尔修的《哲人言行录》(3.41-3) 中保存了柏拉图的遗嘱。其中的遗物清单包括"3 迈纳的白银，一只重 165 德拉克马的银碗，一只重 45 德拉克马的小酒杯，共重 4.5 德拉克马的金戒指和金耳环"。这里财宝的范围已经缩小到金银。与阿伽门农的礼单一样，柏拉图的清单也不区分金属和金属制品。

怕最简单的人类群体也必须有某种分配体系。同一种体系，经过某种程度的外延，也适用于哪怕最复杂的君王之家（oikos）。一切生产工作，如播种、收割、碾磨和纺织，乃至狩猎和劫掠，虽然由个体实施，实施者却代表着整个家庭。可以用于消费的最终产品都会被集中收储，由中心再次分配。在专制的家庭中，由家主按照自己认为合适的时间和方式来实施分配。

无论是成员只有夫妻二人和一个孩子的家庭，还是像皮洛斯（Pylos）的涅斯托耳那样的oikos，都没有差别。后者有六个成年的儿子，还有好些女婿；儿子们拥有自己的武器和财宝，有的来自赠礼，有的来自战获；各人的妻女都有精美的衣袍和首饰。然而，除非男子离开由父权维系的家族，自立"门户"（oikoi①），他们的个人财产本质上就无足轻重。尽管荷马史诗中的证据并不完全清晰，也不完全一致，但按照诗中的说法，似乎只要父亲在世，儿子们就会留在家庭中。

从建筑的角度来说，这一体系的核心便是库房。忒勒玛科斯在准备前往皮洛斯时，先"来到他父亲那宽广高敞的库房。库中堆积着黄金和青铜、成箱的衣物、许多芬芳的油膏，还有装满陈香美酒的坛子，从未兑水，紧靠墙边排列整齐"（2.337-42）。当然，库房里还有大量的武器和谷物。荷马之后300多年的雅典人色诺芬（Xenophon）既非部族首领也非君王，只是一个颇有地位的农夫，却仍将照料好库房视为妻子美德中重要的一项。

只有在不得不超越oikos的范围进行分配时，才有创造专门

---

① *Oikos* 的复数形式。——译者注

的新工具的必要。在奥德修斯的世界里，人们并不区分战争和为了夺取财物而进行的劫掠。二者都是需要组织的事务，往往涉及多个家族乃至多个社群的组合。这样的行动无疑需要一位首领，其职责在于领导行动并分配战获，而战获首先都会被送往一处集中的存储点。分配以抽签方式进行，类似有多个继承人时对继承权的分配。例如，奥德修斯的归途历险并非都是悲剧性的。有两三次他们得以愉快地实施劫掠。"从伊利昂开始，"他这样开始讲述他的漂泊，"风把我带到喀孔人（Cicones）的伊斯玛洛斯（Ismarus）。我洗劫了那座城市，杀光其中的男子，夺走女人和许多财货。我们平分了战获，以免有人因为我而失去他应得的一份。"[1]

用强力夺取，再进行分配，这是从外部获取金属和其他货物的一种方式。为了在特洛伊战争的故事中发现某种历史事实内核，一些学者猜测这场战争是对重要资源的一次大规模劫掠。荷马史诗中没有一丝证据支持这种理解，也没有多少别的材料可以让我们认同它。当然，以劫掠为目的的小规模战争无疑是发生过的，并且掠夺对象不仅是野蛮人，也包括其他希腊人。不过，这种暴力解决手段并非总是可行，甚至并非总是人们想要的。如果受害一方足够强大，劫掠就会招致报复；如果时机合适，就算最凶暴的英雄也会更喜欢和平。因此，交换机制就成为唯一的替代手段，其中最基本的一种就是礼物交换。这并非希腊人的发明。恰恰相反，交换是许多原始族群中的一种基本组织方式。特罗布

---

[1] 9.39-42。最后一行也出现在《伊利亚特》XI 705 中。

里恩群岛便是一例:"几乎所有经济活动都是某种赠礼和回赠链条中的一环。"①

我们不应该误解"赠礼"这个词。它可以被表述为原始社会和上古社会中的一条简单规则:如果得不到合适的回报,人们从不向自己或亲人付出任何东西,无论是财物、效劳还是尊重,无论是真实的还是愿望中的,无论是眼前还是多年之后。因此,就其本质而言,给予这一动作总是一次相互行为的前一半,而后一半则是回赠。

就连临别赠礼也不例外,尽管临别赠礼会多一种风险。《奥德赛》的最后一个相认场景是英雄与他年迈父亲的会面。这一幕以传统的方式开始:奥德修斯声称自己是另一个人,一个从外乡来,打听"奥德修斯"消息的人。他对莱耳忒斯这样说道:你的儿子五年前拜访了我,从我这里得到体面的赠礼。"我送给他七塔兰特纯金,一只纯银的刻花碗,十二件单层外衣,同样数量的地毯、精织斗篷和衬衣,外加四名技艺精湛的美丽女子。"莱耳忒斯哭泣起来,因为他早已接受了儿子死去的现实。除了评论这一赠礼状况之外,他想不出更好的办法把儿子亡故的事告诉这位外乡人。"你赠给他重礼,却都是徒劳。如果你发现他还活着,还在这伊塔卡岛上,他必会赠你一份厚重的回礼,再送你上路。"(24.274-85)

《奥德赛》第 1 卷中,女神雅典娜假扮成塔福斯人(Taphians)首领门忒斯(Mentes)与忒勒玛科斯相见的一幕也颇为有趣。她

---

① B. Malinowski, *Crime and Custom in Savage Society* (London: Kegan Paul, 1926), p.40.

准备离开时，年轻的忒勒玛科斯遵循惯例，说道："请带着贵重而精美的礼物，愉快地回到你的船上去。那是我送给你的，正如亲密的宾友（guest-friend）间的相互馈赠。"① 这让女神十分为难：人们不能拒绝别人送出的礼物，而她却不能在假扮成一个凡人时收下赠礼（身为神祇者不光接受凡人的赠礼，还视之为当然，并主动索求）。她在诸神中最富诡计，很快就想到了完美的解决办法。"我急着上路，请别再耽搁我了。你出于朋友之义而要送给我的礼物可以等到我回程时再给我，方便我将它带回家乡。你挑选礼物时请务求精美，因为我会送给你不逊于它的回礼。"（1.311-8）

忒勒玛科斯并没有提到回礼的事，但他和"门忒斯"有着完美的默契：回礼与之前的临别赠礼一样是理所当然的。这个社会中的赠礼规则就是如此。回礼不必很快兑现，也可以有多种形式，但它通常不会落空。"在一个由对过去的尊重主导的社会中，传统的赠礼几乎就等于一种义务。"② 在《伊利亚特》和《奥德赛》里，英雄们生活中的其他任何单一细节都不像赠礼这样引人注目，并且赠礼场景总是会直率地提到丰厚程度、得体程度和回赠的问题。"然而克罗诺斯之子宙斯让格劳科斯（Glaucus）失去了理智，使他用自己的金甲交换堤丢斯之子狄俄墨得斯（Diomedes）的铜甲。前者值 100 头牛，后者只值 9 头。"（VI 234-6）诗人难得一见地做出了评论，反映了格劳科斯的判断失误是多么严重。

适用赠礼行为的情景范围几乎没有限制。更准确地说，"赠礼"

---

① 第 4 章中解释了"宾友"（guest-friend）一词。

② Marc Bloch, *Cambridge Economic History*, vol. I, 2nd ed. By M. M. Postan (Cambridge University Press, 1966), p.274。他提到的是塔西佗所描述的早期日耳曼世界。

一词是一大类不同行为与交易的统称。这些行为与交易在后来发生分化,各自有了不同的名称。"赠礼"中包括为他人的服务(已经完成的,或意欲、期待他人完成的)而支付的报酬,如今我们称之为费用、回报、价格,有时也会称为贿赂。在关于这些赠礼情形的描述中,程式化内容大量出现。如以下这段话所示:"外乡人啊,如果这些话能够成真,你很快就会得到我的友谊和丰厚礼物,让见到你的每个人都羡慕你。"① 在回应某个外乡人对神迹的吉利解读时,忒勒玛科斯说过这番话,而珀涅罗珀则说过两次。

此外,"赠礼"还包括应缴纳给贵族和君主的税金及其他义务,带有惩罚意味的赔偿(如阿伽门农送给阿喀琉斯的赠礼),乃至普通的借贷。荷马史诗中对这些事务的描述仍然是"赠礼"一词。为启程前往皮洛斯和斯巴达打听奥德修斯的消息,忒勒玛科斯向一名年轻的伊塔卡贵族借了一条船。这名贵族为自己的这一行为做出了辩解:"一个那样忧愁的人向我恳求,我还有什么办法呢?拒绝将这礼物给他是很困难的"(4.649-51)。在另一类"赠礼"中,服务的酬劳会与重要事件所要求的仪式感结合起来。《奥德赛》中有大量关于"求婚赠礼"的对话。成功的求婚人会让我们想起一场拍卖中的最高出价者,并且会收到嫁妆这一回礼,因为通常新娘总会带来嫁妆。一切如今被我们称为国际关系与外交的活动,如果以和平的形式呈现的话,也都是礼物交换。即使在战争中,有时也会出现双方阵营中的英雄在战场上停止战斗,在各自阵营其他英雄的许可和见证之下交换盔甲的情形。狄俄墨得

---

① 15.536-8;17.163-5;19.309-11.

斯与格劳科斯之间以及埃阿斯与赫克托耳之间的交换都是这样的例子。

奥德修斯的世界中的贸易与各种形式的礼物交换不同，因为贸易本身就是其目的。在贸易中，货物发生转手是因为双方都需要对方拥有的东西，而非（除了偶然的例外情况）为了报答服务，达成联盟或巩固友谊。对某件具体事物的需求是这种交易的基础。如果这种需求能够以其他方式得到满足，贸易就完全没有必要了。因此，用现代的话来说，促进贸易的只是进口，而非出口。奥德修斯的世界从来没有对出口本身的需求，只有一种出口必要性，即在不得不进口某种东西时，为了能获得对方的回礼而拥有相应的货物。

莱耳忒斯"用他的（一些）钱财买来"欧律克勒亚，并"付出了20头牛的代价"（1.430-1）。此处牛便是价值的量度。在这个意义上，也只有在这个意义上，牛才是货币。然而，牛或其他任何东西都不像后世的货币那样具备各种不同功用。毕竟，钱币这种仅以通过换手方式实现购买和出售的流通媒介在那个世界中并不存在。一切有用的东西都可以成为价值的量度。此外，我们还应注意到，牛这一价值量度本身并非一种交换媒介。莱耳忒斯买来欧律克勒亚时，使用的是某种未具体言明但等价于20头牛的东西。他决不会用牛来交换一名奴隶。

传统中使用的价值量度只是一种人造的语言，类似字母表中的 x、y、z 等符号。它本身无法决定多少铁或多少酒的价值等于一头牛。在亚当·斯密的世界里，这一决定过程发生在供求市场中，而供求市场这一机制在特洛伊或伊塔卡并不存在。市场需要有获利动机作为基础，而如果说荷马史诗世界的交换行为里有什么禁忌的话，那就是在交换中获利。无论是在贸易中还是在其他互动关系中，都需要遵守一条准则，即平等与互利。以他人为代价获取利益的行为属于另一个领域，即战争和劫掠。在这个领域里，利益通过勇武的行为（或威胁）实现，而非来自操纵和讨价还价。

这似乎暗示：交换时所用的比率必然是习惯式的和传统的。也就是说，并无哪个权威实体拥有制定等价关系的权力，如多少 x 等于多少 y。然而，长期的交换实践事实上将交换的比率固定了下来；这些比率众所周知，也受到尊重。即使在战利品的分配中，尽管分配者由家主（head of the *oikos*）、君王或统帅等核心权威担任，显然他仍须受到人们普遍承认的等价关系约束。那种权威者蔑视传统却无人能够惩罚的情形——如阿伽门农与阿喀琉斯之间的冲突——在此并不适用。《伊利亚特》的主题便是基于这起事件，这一事实本身就说明了阿伽门农的逾矩行为是多么危险。在这个世界中，传统习惯对个人的约束力之强与后世最严格的成文法相比也毫不逊色。需要补充的一点是，交换行为的参与者比战利品分配中那些被动的参与者要有优势。如果规则明显遭到了破坏，或者哪怕只是他认为如此，他总是可以拒绝完成交换。

这并不能证明从来没有人在交换中获利。然而，一个基本的事实远远比那些例外情况更值得我们注意：从严格的意义上说，以贸易活动为职业在奥德修斯的世界的伦理中是受到禁止的。在贸易中，哪些行为可以接受，哪些行为不可以接受，这并不决定于贸易本身，而是决定于贸易者的地位和他的交易方式。人们对金属的需求十分紧迫，因此即使是一位国王也会郑重地出海寻找金属。当雅典娜以塔福斯人首领门忒斯的形象向忒勒玛科斯显现时，她编造的故事是自己正将铁运往忒马萨（Temasa），以换取铜。① 这个故事没有造成问题，而她的拜访最终也结束于一场关于宾友之间交换贵重礼物的对话。

拥有一条船的外乡人并非总是这样受欢迎或不受怀疑。他完全可能与来到伊斯玛洛斯的奥德修斯类似，或者像阿喀琉斯那样："听我说，在特洛伊这片肥沃的土地上，我乘船攻灭了十二座城市，又从陆上攻灭十一座。从这些城市中我获取了许多贵重的财宝。"（IX 328-31）无怪某些希腊人后来会反对同胞们将荷马视为导师：荷马颂扬劫掠，批评偷盗（暗中窃取财物），鼓励抢劫（以物理上的强力夺取财物和人口），的确让人觉得那是一个道德标准混乱的世界。"窃取财物是卑劣的，"柏拉图批评道（《法律篇》941B），"以暴力抢夺财物则是无耻的；宙斯的儿子们既不喜爱欺骗或暴力，也没有那样的行为。因此，在这类事情上，人们不应错误地受诗人或某些神话讲述者蛊惑。"

然而这种道德准则中存在着一种模式，也存在着一致性，并且因其前提而合乎情理。区别在于具体的社会结构：这种社会结构中包含着牢固的观念，规定了在涉及财产之时，一名男子应该如何对待他人才算合宜。当奥德修斯初到淮阿喀亚人的国度，尚

---

① 作为地名的塔福斯（Taphos）和忒马萨（Temasa）均不见于其他文献。将它们定位于某处采矿区的种种尝试都失败了，这再次说明将荷马史诗"历史化"的努力是徒劳的。

未揭晓自己的身份和讲述自己的漂泊时，他受到国王阿尔喀诺俄斯的款待。在饮宴之后，年轻的贵族们开始竞技。过了一会儿，国王之子拉俄达玛斯（Laodamas）来到奥德修斯面前，邀请他参与比赛。

> 来吧，外乡的长者，如果你擅长某种运动，就请加入比赛。看起来你是熟稔竞技的人，因为，人生在世，凭手足之力赢得的荣耀最为辉煌。

以自己沉重的悲苦为托词，奥德修斯谢绝了。于是另一名年轻贵族插嘴道："并非如此，外乡人。善于竞技的人很多，但我不相信你是其中的高手。你更像是惯乘多桨的船，统领航海客商的人；你一心想着运货，管理你的货物，只为获取利润"（8.145-64）。

这样的侮辱在任何情况下都不可接受。在荷马的听众看来，这侮辱对奥德修斯而言还有额外的刺痛效果——奥德修斯的英雄地位本来就有争议，因为他最出名的能力是他的智计。就连他的血统也有软肋：他的外祖父、好汉奥托吕科斯（goodly Autolycos）"在偷窃与咒术上无人能及，因为那是来自天神赫耳墨斯的赐予"（19.395-7）。后来，许多希腊人的怀疑演变成直白的蔑视和谴责。"我很清楚，"在索福克勒斯的剧作《菲罗克忒忒斯》中（*Philoctetes*，407-8 行），菲罗克忒忒斯这样说道，"他凭着一条舌头，便要说出许多恶语，施展各种奸谋。"荷马史诗中的奥德修斯之所以没有被描述得那样不堪，是因为他的计谋都是为了英雄的目标而施展。正因为如此，虽然诡计和隐匿之神赫耳墨斯赐给奥德修斯魔法，让他能够抵挡女巫喀耳刻，但保护着奥德修斯并鼓舞他完成英雄功业的却是雅典娜。对于在淮阿喀亚受到的侮辱，奥德修斯首先以愤怒的演说进行回击。然而较之其他人，奥德修斯尤其不能光凭言语就确立自己的地位。回应完毕，他一跃而起，连外衣也没有脱，便拿起一块比那些年轻人所投掷的都要沉重的重物，将它掷得远远超过他们的最远落点。

也许，在那些不善于竞技的人中，确有极少数在社会的缝隙中生存，乘坐多桨的船，贩运货物。然而无论是《伊利亚特》还是《奥德赛》中，都没有出现过任何与"商人"意义类似的词。大体而言，无论希腊世界以和平手段从外界获得什么东西，掌握其供应的都是非希腊人，尤其是腓尼基人。腓尼基人是一个真正的贸易民族，航行所及跨越了整个已知世界，运输的货物有奴隶、金属、珠宝和精美的织物。如果说这些人受到利润驱动，是"以航海闻名的贪婪之人"，希腊人则并非如此——他们只是贸易行为的被动参与者。

对金属的需求（或其他任何类似需求）是属于 oikos 的事务，而非个人事务。因此，无论是通过贸易还是掠夺来获取金属，都是由家主负责的家族集体行动。这种行动的规模也可能变得更大，涉及许多互相合作的家族。家族内部的情况则全然不同。从定义上说，家族内部不可能发生交易行为：oikos 是一个单一而不可分割的单位。由于人口中很一大部分都受到大家族的羁縻，这些人因此也没有机会参与贸易活动，无论是内部的还是外部的。最后，"帮工"群体则更是完全被排除在贸易之外——他们一无所有，没有可以用来交换的东西。

这样一来，就只剩下那些非贵族的小牧人和小农了。这些人的家庭经常处于物资匮乏中，就算没有遭到作物绝收或畜群遭灾造成的完全匮乏，也逃不过产出的不平衡带来的部分匮乏。他们的困苦不是英雄诗的主题，无论《伊利亚特》还是《奥德赛》都没有提供太多这方面的信息。然而，我们应该可以推测：他们的部分困难可以通过以物易物来缓解；这种以物易物主要在个体之间进行，而非通过正规的市场机构——后者在这个世界中根本不存在。他们交换自己的生活必需品和主要产出物，并且无疑遵循同样的等价原则，按照惯例确定的比率进行交换，不追求盈利。

牧人和农人，包括帮工（thetes）在内，都有另外一种资源可以利用。他们可以工作。与贸易不同，手工技能和劳动在荷马史诗中从未受到鄙夷。在这个领域，社会的道德判断并不指向劳动行为本身，而是指向个人和境遇。在已经回到伊塔卡，但尚未脱去乞丐的伪装时，为了回答欧律马科斯的假意工作邀请，奥德修斯向这名求婚人发出挑战，要和他比赛犁地，正如他在这一合宜的伪装下曾夸口自己长于划船和投掷重物。然而奥德修斯并不需要靠犁地来谋生。事实上，尽管他懂得怎样犁地、放牧，也懂得怎样建造木筏，但他在自己的土地上极少劳动，只是参与竞技。这就是被迫从事劳动者和不必如此者之间的巨大鸿沟。吟游诗人和金属工匠等拥有精巧技艺的人则在前者中属于精英群体。毕竟，区别的标准在于，"成为自由人的条件就是不受他人的束缚"。[①] 因此，那些虽然从事劳动但仍多少保留着自主权的独立牧人或农夫

---

① 亚里士多德：《修辞学》1367a32。亚里士多德在此讨论的正是劳动。（亚里士多德此处指的是不必从事下层劳动的人是自由的，因其不必依赖于他人。——译者注）

和另一类人（奴隶和 thetes）之间也存在一条分界线；后者的生计不由自己掌握。至少，奴隶们往往会沦为偶然性的牺牲品。在这种意义上，帮工（thes）的境况最为不堪：他通过契约，主动将对自己劳动的掌控交付给别人；换言之，他付出的是自己的真正自由。

人们对劳动怀有矛盾的心态：一方面他们尊崇技艺，另一方面又鄙视劳动者，认为他们本质上是无可救药的低等人。这种心态在奥林波斯山上也有不少表现。诗人为众神赋予了人格，并且保持了足够的一致性，将劳动也纳入天神的事务中。然而这就造成某种困境。宙斯是难以餍足的好色之徒；阿波罗既是射手又是歌手；阿瑞斯执掌战事。以上都是种种高贵品质与高贵行为的体现，很容易以人的形象复现。然而那些修筑宫殿，打造武器、餐盘和饰物的工匠如何能与他们同列，同时又不致影响价值和地位的等级体系呢（这种等级体系乃是社会的基础）？只有一位天神能为诸神铸剑，并且在某种程度上他也必须与其他天神区别开来。

诗人给出了一个巧妙的，事实上堪称绝妙的解决方案。赫拉之子赫淮斯托斯承担了天神中的工匠角色。他的技艺精湛绝伦，而诗人也从不吝于赞美：他总是流连于赫淮斯托斯的锻炉和他的造物，尽管他从未如此歌颂过伊塔卡的铁匠。以上便是那种矛盾心态的积极一面。其另一面则是：在所有天神中，唯独赫淮斯托斯是个"跛足的庞然怪物"，"脖子粗壮，胸口覆毛"（XVIII 410-5）。赫淮斯托斯天生跛足，并且其整个人格都被打上了耻辱的印记。其他神祇要不是长期把赫淮斯托斯当作笑柄，恐怕还会显得更缺乏人性。有一次，宙斯与赫拉剧烈地争吵起来；跛足神试图调解，为全体天神的杯中斟满甘露。"万福的众神看到赫淮斯托斯在宫殿中忙碌的样子，爆发出不可遏抑的笑声"（Ⅰ 599-600）。奥德修斯的世界中的那种社会体系由此得以保全。

事实上，奥林波斯山上的人间镜像还要更微妙。在艺术与技艺方面，雅典娜常与赫淮斯托斯联系在一起，正如一个将一名金匠拿来做比较的明喻所示："一个蒙赫淮斯托斯和帕拉斯·雅典娜赐以各种技巧（*techne*）的人，手艺精湛。"（6.232-4）然而雅典娜不愧为其父亲最宠爱的天神，其形象中绝无一丝畸形或一丁点滑稽的色彩。雅典娜的手工技艺无须解释，因为女性在劳动模式方面有所不同。她们不能选择英雄的生活方式，不能在武勇和竞技中建功立业，也不能在任何有组织的活动中担任领袖。无论身处哪个阶层，她们都要从事劳动。瑙西卡是淮阿喀亚国王的女儿，也有侍女，却还得为家人浣洗衣物。王后珀涅罗珀用计拖延求婚人，凭的是她的纺织劳作。她的办法是在夜间拆掉白天织好的布料，竟然在长达三年的时间里都没有被揭穿，直到一名侍女发现了她的秘密。这说明她的劳作并非必不可少。在贵族阶层中，女子与男子一样，拥有各种必需的技艺，并且比男子更经常使用。不过，她们的真正角色仍然是管理者。家宅就是她们负责的领域，涉及烹饪、洗涤、清扫和制作衣物。这个群体中也有一条分界线，即在多大程度上需要亲自参与家务。这条线的一边是为消磨时间而劳动的管理者，另一边则是那些受情势所迫，辛勤从事烹饪和缝补的人。

第四章　家庭、亲族与社群

英雄诗的主题是英雄，而英雄是这样一种人：他们以特定的方式行动，通过个人的勇气和胆量来追求特定的目标。不过，英雄生活在一个特定的社会体系和文化中，而这个社会体系和文化也塑造了英雄，只有参照他们，才能理解英雄的行为。即使诗人的叙述看似忽略了英雄以外的所有人和事，这一点仍然适用。

任何读过《伊利亚特》的人，都很难不为其战争描写的独特之处所震撼。战场上有成千上万的士兵，但诗人所关注的无非是埃阿斯或阿喀琉斯或赫克托耳或者埃涅阿斯。就其本身来说这样的文学手法，实在再寻常不过了；很少有哪个艺术家能够同时拥有足够的理性和天才来重现战场上的人海。也并没有什么史实，可以反驳像阿喀琉斯和赫克托耳之间的那种勇士与勇士的单打独斗，或者是埃阿斯和赫克托耳之间在某种方面更有意思的争斗——他们最后打了个平手，以交换赠礼作罢。不妥当的感觉出现在大规模战斗的描写中。其中的混乱难以形容；没有人统领全局，没有人发出指令。参与战斗或者离开战场，都是各自随其所欲；每个人都自己挑选各自的对手；他们结队和再次结队，都是出于纯粹的个人原因。这里的毫无秩序，还不像斯蒂芬·克莱恩（Stephen Crane）的战争小说《红色英勇勋章》（*The Red Badge of Courage*）中的混乱无序；它并不是原有行动计划失败的后果，而是因为诗人所关注的，就是作为单独个体的英雄。诗人不得不描绘军队整体，以保持战争故事必要的真实感，但他一有机会，就马上回到核心人物。

在战场之外，还有成百上千微小的细节，在本质上，它们与关于英雄的叙述和行动毫不相关。绞死十二个奴隶女孩，门忒斯的铁器船货，莱耳忒斯购买欧律克勒亚，忒勒玛科斯探查库房——这些琐碎的片段太过零散，无法成为独立的事件；在某种意义上，整个故事的发展也并不需要它们。然而诗人却处处都在讲这些细节，简略地，用几行、几个短语来勾勒，可又极具技巧，深思熟虑。叙事的伟大艺术性，以及接受和信服这种艺术性，很大程度上靠得都是这些小事。它们强调并阐释了行动，让事件真实可信，反反复复提醒听众这个故事的可靠性。如今，它们也令我们得以理解那个复杂的社会体系及其价值观。

在单个英雄的行动中，身份也许是最主要的决定因素。无论在 *oikos* 内部还是之外，一个人的工作和对他技巧的评价，他在获取和处置财物时做过什么、哪些不应该做，都受身份的约束。这是一个有着多重标准和价值观的世界，有着形形色色被允许和被禁止的事。我们已经看到，关于工作和财富，决定性的因素永远是某个人所隶属的、特定的社会群体，而不是某个个体的技术、欲求或进取心。主要的英雄都是单独的个体，并不机械呆板。然而，在他们的所有行为中（并不仅仅限于经济领域），个人的进取心和脱离正轨的行为可以被容忍的范围是非常小的（而这种约束是含蓄地表达出来的）：就贵族而论，能够被容忍的仅仅在于一个人的力量和勇武程度，他争取荣誉的野心有多大，以及他对何为合宜之事形成理解的过程。人物的性情会各有不同，比如奥德修斯的诡计多端，阿喀琉斯特别直截了当的应答，但大多数时候这些差异都更令人困惑而不是相反。

要说明身份的深远影响，阿伽门农是一个合适的例子。他多次被称作特洛伊英雄中"最为高贵的"，而且这种说法显然没有讽刺意味；不过，在个人能力或成就方面，他显然不是最具英雄特质的。他并不是凭着个人的本事赢得了攻城大军的领袖位置；之所以能身居此位，是他与生俱来的更高权势的结果，因为他带来的那支队伍最为庞大，有100艘船。他的地位赋予他指挥权，随之而来的还有分配战利品、选取最贵重利物的权利。尽管阿喀琉斯的勇力无疑是更为出众的，但因为阿伽门农的地位，权利被冒犯的阿喀琉斯也没有违抗他，只能生了好大一场闷气，用消极的方式表达不满。

或者看看忒勒玛科斯的例子。无疑，他还只是个少年，但雅典娜那句"你不可再继续这孩子气的行为，既然你已不再是那个年纪"（1.296-7）显然带着恼怒。成熟可不只是按时序进行的事；出身于这样血统和阶层的二十岁，就应该成长得更快更远，也应该更早去应对那些要求成年人行为的境况。

雅典娜在严厉地敦促忒勒玛科斯，因为求婚人造成的局势已经非常严峻。她指出俄瑞斯忒斯（Orestes）这个榜样。"难道你没有听说过著名的俄瑞斯忒斯在人间赢得了怎样的荣誉？他杀死了谋害自己父亲的人，狡诈的埃癸斯托斯（Aegisthus）。"① 珀涅

---

① 1.298-300.《奥德赛》中每次提到俄瑞斯忒斯的时候，都没有明确提到他也杀死了自己的母亲克里泰墨涅斯特拉。然而这确是希腊戏剧中有关俄瑞斯忒斯的悲剧的主题。不管人们如何解释荷马对此事的沉默，这种反差，以及戏剧中明显属于当前时代的内容——最明显的是法庭场景，都再一次说明：通过荷马之后对古老神话的处理得来的信息，在研究奥德修斯的世界方面，可以说是有害无益。后世的诗人和剧作家自由地改写这些素材，完全没有历史的考虑。

罗珀的求婚者们并没有杀过人，也不曾威胁过要杀死谁（后来，他们尝试伏击刺杀忒勒玛科斯，但没有成功）。不过，如果完全不算光荣与名誉这样的英雄主旨，俄瑞斯忒斯这个榜样仍然适合奥德修斯的儿子。两个年轻人都面临着同样的义务，也就是说，来自家庭的义务：一个要为父亲之死报仇，另一个要保全父辈留下的家园。

俄瑞斯忒斯和埃癸斯托斯，忒勒玛科斯与108位求婚者，都是贵族。不过，在同一个社会阶层中，还有另一种群体关系和群体忠诚，那就是家族关系。也许已有人注意到，阿伽门农有统领希腊军队的权利，是基于这一事实：他的兄弟墨涅拉俄斯的权利受到了伤害，需要报复。当涉及犯罪行为的时候，是家族，而不是阶层（也不是这个社群整体），来承担维护行为准则、惩罚违规举动的责任。

在历史上，犯罪概念向公共罪行的延展，与亲族群体的权威，二者是相悖的关系。已知的最原始的社会中，不可能找到任何"公共"责任来惩罚做错事的人。要么由受害者和他的家属来复仇，要么就根本没有任何报复。犯罪概念的发展，以及刑法的发展，几乎可以说就是早期家庭无所不包的力量被逐渐削弱的历史。在俄瑞斯忒斯和忒勒玛科斯的时代，这个逐渐瓦解的过程才刚刚开始不久，而所开始的那些方面，也不是拥有特定伦理传统的现代西方人确定会主动选择的。杀人是一个最明显的例子：在很大程度上，这仍是一件私事。尽管集体的良知可能认为惩罚大有必要，它仍无法在亲族之外提供惩罚的手段。于是，他们就拒绝对正当的杀人和恶意的杀人做出区分。奥德修斯杀死一众求婚者后,他们的父亲和亲属拿起了武器。安提诺俄斯(Antinous)的父亲说,"倘若我们不为被杀死的儿子和弟兄们报仇,哪怕后代人听说了,也会因此蒙羞。"要不是雅典娜出面干预——这部史诗由她开启,也由她来结束——在伊塔卡没有任何人能阻止更多的流血。

在希腊人的整个历史中,亲族联系的深度直接体现在他们对家族谱系的热情。这一点在任何时候都不曾发生根本的改变。不过,描述家族的措辞却变化了,而且有范围变窄的趋势。举一个明确的例子来说:荷马有一个特别的词,*einater*,来指代丈夫兄弟的妻子;这个词很快就从日常词汇中消失了。消失的理由不难发现。在涅斯托耳那样的家庭里,有六个女子,她们间的关系是互为丈夫兄弟的妻子。当这种大的家庭单元消失后——也就是说,女儿们都到各自丈夫的家中生活,儿子们在父亲还在世的时候,就各自建立家庭——这时,*einater* 的精细区分就变得过于精细了。更宽泛的词汇 *kedeste* 就足够指代各位姻亲了。

正是阶级、亲族和 *oikos* 这三个各自不同又互有重叠的群体在物质和精神上界定了一个人的生活。这三者的要求未必总是一致;当它们公开发生冲突时,就会不可避免地产生紧张的局势和不稳定。这种情况还涉及第四个群体。雅典娜给了忒勒玛科斯一点决心之后,他立刻在她的建议之下召集了伊塔卡人的集会。第一个说话是年迈的贵族埃古普提俄斯(Aegyptius),他询问是谁召集了会议,要议论什么事情。忒勒玛科斯的回答部分地重复了问题中的措辞:"我也没有听到任何大军[也就是说,奥德修斯和他的手下们]归来的消息……也不是要公布或者谈论什么别的公

共事务。"接着，他补充道："我要说的是我个人的事情，因为灾难降临到我的家庭，一个双重的灾难。"（2.42-6）

这双重的灾难，是指奥德修斯未曾返家，而求婚人则拒绝离开。求婚人的事，完全是忒勒玛科斯个人的。但年迈的埃古普提俄斯以为召集集会是为了公共事务，他有这样的想法本身就很值得注意。在独眼巨人那里，这样的集会（agora）① 是闻所未闻的；奥德修斯列举了若干条未开化状态的标准，没有集会是第二条（第三条是没有 themis）。② 集会并不是一个简单的机构。它要求有一个相对稳定的、定居生活的群体作为前提，其中包含多个家庭和亲族群体；换言之，是强加在亲族之上的某种地方性的上层建筑。这就意味着几个家庭和大的家族群体，以某种程度的共存、一个社群、进而对各自独立性部分的放弃，取代了现实中保持一定距离的并存。在这种新型的、更为复杂的社会结构中，私人事务的处理权仅限于家庭和亲族群体内部，而公共事务则由每个单独群体的首领共同商讨、决定。

很难描述古希腊社群的发端和早期历史。最初迁徙到地中海东部地区的希腊人并非原始的狩猎者。他们是畜牧民族，而且种种迹象似乎表明，他们也学会了农耕的技能。很明显，他们的组织是部落式的，在迁移过程中，也会有一些暂时的权宜调整。

---

① "集会"是 agora 一词原初的意思，既指集会的地方，也指集会本身。现代概念中经常把它同市场的意思联系在一起，但市场的意思是很晚之后才有的。荷马史诗中完全没有这个意思。——译者注

② Themis 很难翻译。它是诸神的恩赐，是文明生活的标志，有时也指正确的习俗、适当的程序、社会秩序，有时候则仅指诸神的意旨（通过预兆等解释出来），但几乎不包含正义的概念。——译者注

但他们所抵达的世界要复杂得多，尤其从边界来说：在埃及和近东，在大规模的地域组织方面已有长久的经验。在接下来直到奥德修斯时代的约一千年的时间里，社会和政治组织有一个相对复杂的历史。这一千年当然不是停滞不前的，但发展也不都是一条直线，其上下起伏也不都是朝着一个方向。这几个世纪中充满了暴力剧变和灾难，它们在考古记录中留下的痕迹，即使不太可读，也仍是清晰无疑的。如果它们发生时的力量足够大，那么，在摧毁石头城墙、摧毁人们生命的同时，它们也摧毁了制度。

与先前几个世纪的很多文明中心相比，奥德修斯的伊塔卡更受到家庭和亲族的约束，整体而言不那么像是一个公民社群。我们由此得到的结论是，约公元前1200年发生在希腊的大规模的、现实中的毁灭性事件（也扩大到地中海东部其他地区）也毁掉了很多当时的政治结构，取而代之的是不受控制的亲族原则。不过，更进一步的可能结果是，社群的缓慢回归对于史诗中的英雄们来说不再是一件新鲜事；*agora* 和 *themis*，以及公共事务和私人事务并存的观念，可能在他们心中是根深蒂固的。被召集的伊塔卡贵族们对忒勒玛科斯吁求的很多方面都表示困惑；但对于如何进行集会这样的事情，他们没有任何不适应或者不确定的表现。

规则相当简单。集会通常由国王随心所欲地召集，事先并无通知。如果大家正在外参加战争，也可以在军营中召开集会，商讨与战争有关的事情。① 不论在家园还是在战场召开会议，都没

---

① 公元前3世纪末，埃托利亚同盟中被征募的武装军会议（武装招募军会议）有时会充当联盟的常规集会。

有既定的日期，也没有固定的开会次数。奥德修斯离家期间，伊塔卡有二十多年不曾召开集会。不过，如果其他人愿意，似乎他们也有权召集集会，比如阿喀琉斯就曾在战场召集阿开亚人的集会，尽管大军的总指挥是阿伽门农，而不是他。埃古普提俄斯在伊塔卡的询问，并没有质疑忒勒玛科斯召集会议之合理性的隐含意思；老人只是很想知道，是谁打破了二十年的沉寂。

集会往往在黎明举行。"当早晨的孩子，有着玫瑰色手指的晨曦女神初现的时候，奥德修斯的爱子就从床上起来，穿上衣服……他即刻命令嗓音清亮的传令官召唤长头发的阿开亚人集会议事。传令官通知了众人，他们便迅速集合起来。"（2.1-8）议事日程上唯一的事情就是召集人想要讨论的事。任何有意发言的人都会起立讲话；他说话时，会握着传令官递到他手中的权杖，这里的意思是很直接的：即魔力之杖能保护说话人不受身体上的侵害。按照习俗，最年长者有最先发言的机会。接下来的说话次序就会跟着讨论的进程走，并不遵循固定的年齿排序。如果再没有人要讲话，会议就解散。

集会既不投票，也没有决议。它有两重作用：调动正反两方的论点，并向国王或战场主帅展示大家的情绪所在。检测意见的唯一办法就是呼声表决，不少时候表现得没有什么秩序，比如，一个不受欢迎的演讲可能会被嘘声淹没。国王完全可以无视这些表达出来的情绪，坚持己见。实际上，正是这样的情况引出了《伊利亚特》的主题。一位祭司来到阿开亚人的大营，想要赎回被俘的女儿克律塞伊斯。在他简短的恳求之后，"所有别的阿开亚人都发出欢呼，愿意尊重这位祭司，接受可观的赎金。可这却不能让阿特柔斯（Atreus）之子阿伽门农满意，于是他粗暴地斥退了祭司。"① 大为震怒的神明阿波罗走下奥林波斯山，接连不断地将箭矢射向阿开亚人，一连九天，"于是，焚化死者的火葬堆挤挤挨挨，烧个不停"，直到赫拉起了怜悯之心，让阿喀琉斯召集会议。阿伽门农与阿喀琉斯激烈地争吵一番，最终屈从于阿波罗，同意放归祭司的女儿；可接着却做出了个人的单方面决定：用阿喀琉斯的战利品、女俘布里塞伊斯来他帐内代替。

在这次会议中，阿喀琉斯说话 6 次，阿伽门农 4 次，但整个过程中，他们直接话来话往，就像两个在自己家中私下争吵的人。中间有一次，阿伽门农中断了跟阿喀琉斯的谈话，转向集会的全体成员，宣布他决定放弃克律塞伊斯，以及接下来要采取何种举措来让神明息怒。除了这一刻，一直都是争论双方之间的对话。在集会接近尾声时，涅斯托耳出声干预，敦促双方和好；但他也只对这两位英雄说话。最后，"当两人结束了这唇舌之争，他们就解散了阿开亚舰队旁的集会。"（I 304-5）这个例子，与《伊利亚特》中的其他集会不同：大军没有表现任何偏好或者情绪。

这样的行为，以及如此非正式的集会制度，无法简单地依照议会制来衡量。国王或统帅并没有召集会议的义务，但所有贵族——在一定程度上甚至民众——都有权讲话，否则，除了国王就不会有别人也能发起召集了。贵族头领们以元老会议的形式为国王服务，不过，他们的建议也没有任何约束力。这种情况的一个例子是，国王阿尔喀诺俄斯召集了淮阿喀亚人的"首领和统

---

① I 22-5, I 376-9 两次重复了这一段。

帅",通知他们自己决定护送奥德修斯回伊塔卡,接着就把他带到宴席上,并不曾停下来倾听这些人的评论或反应。

不过,《伊利亚特》和《奥德赛》中处处可见的集会和讨论,可不都是做做样子。从正式权力的狭义概念来看,国王有独立决策权,不需要咨询任何人。他也经常会这么做。但还有 *themis*——习俗、传统、民风、*mores*(道德观),不管我们把它称作什么——即一种巨大的、"合乎(或者不合)规矩"的力量。奥德修斯的世界,对什么是得体的,什么是妥当的,有极高的意识。在两部史诗中,只有一次,一个叫作忒耳西忒斯(Thersites)的平民,虽然没有家世赋予的权利,却放肆地在集会中发言,于是他立刻被奥德修斯打倒了。忒耳西忒斯的行为是不合规矩的:民众只在聆听时表达认同或反对,但他们自己并不提出建议。这是贵族才有的特权;他们的角色是向国王进谏,而国王的角色是在愿意的时候加以注意。在一次长老们的集会中,涅斯托耳对阿伽门农说:"你比任何人都更有责任发言和谛听。"(IX 100)国王也有权忽略占主导地位的情绪,不过这样做他要冒风险。那些受法律或习俗的约束而服从他的人,有朝一日可能会通过消极的抵抗或公然的反叛拒绝服从,任何统治者都得估量一下这种可能。如此,荷马史诗中的集会便让国王们得以检验舆论,而长老会议能展现贵族中的情绪。

较大程度的随意性、流动性和灵活性,是这个时代所有的政治体制的特征。在责任和权力之间有界限,而且这界限大多是不言自明的,但它们常常交叠起来,于是麻烦就来了。虽然国王可以无视集会上的意见,不管这意见是多么一目了然、毫无异议，同样可以肯定的是希腊世界要是十年没有国王，也一样过得去——在伊塔卡，这种状况持续了二十年。这种情况之所以可能发生，是因为在家庭-亲族系统之上添加的社群，也就是国王治下的地域单位，仅仅削弱了前者的主导地位，而且只是部分地、在某些方面削弱了。社群的主要活动是战争，特别是防御战，而和平时期的日常工作，诸如获取物资、社会交际、司法、与诸神的关系，甚至与外界的非战关系，在很大程度上都跟从前一样，是通过 oikos（家庭）、亲族和阶层等环环相扣的通道来完成的。

亲族关系的思维方式贯穿于方方面面。即使是相对晚近、非亲族关系的社群机构，也尽可能地符合家族和家人的概念。最完美的符号当然是国王作为父亲的比喻（在奥林波斯山上，宙斯被称作"众神之父"，但严格按照字面意思来说的话，他只是一部分神明的父亲，并不是所有神明之父）。国王在他的某些职能中，其实扮演了族长的角色——比如，在集会中，或是在向神明献祭的时候。希腊语动词 anassein，意思是"做统领""统治"；它在荷马史诗中既用于国王（basileus），也用于一家（oikos）之主，几乎完全不做区分。它也同样适用于诸神，比如，宙斯"统治（anassein）众神和凡人"（例如 II 669）。

说到底，统治就是拥有权力，不管所掌控的是事物、凡人（由其他凡人或某个神明掌控），还是所有凡人和诸神（由宙斯掌控）。吟游诗人的程式性用语有时会稍稍添上一笔，却特别有启发。在五个例子中，anassein 一词有修饰它的副词 iphi，"通过强力"，故此国王的统治便是通过强力的统治（但从未用在一家之主身上）。在任何情况下，都不应该认为这种用法表达的意思是专制暴政，即令人憎恨的暴力统治。当赫克托耳祈祷自己的儿子能够"以强力统治伊利昂"（VI 478）时，他是恳求诸神能让这孩子继承王位，却不是祈求他被赋予暴君的性格。当阿伽门农给自己的一个女儿取名伊菲阿那萨（Iphianassa）时，他只是把她称作"公主"，正如伊菲革涅亚（Iphigenia）——即"血统强大"——这个名字意在表示王族的出身。

不经意间，*Iphi* 这个词将我们的关注点引向了一家之主与国王之间类比的限度。最关键的标准在于传承制度。就像赫克托耳一样，国王们从他们个人的角度，都愿意将这种与家庭的类比推及这一点——他们的儿子也能像继承 *oikos*（家庭）中的地位一样，自动继承他们的王位。"旧王已死！新王万岁！"这欢呼是君主制朝代更替原则的最后胜利。但在奥德修斯的世界里，从未有传令官如此宣告。王权的发展程度尚不及此，别的贵族常成功地以武力促成另一种宣告："旧王已死！可以开始争夺王位了！"《奥德赛》中整个伊塔卡故事的主题正可以如此概括。"以强力统治"，如果换一个说法，意思是软弱的国王就算不得国王，国王要么以强权来统治，要么就根本不要统治。

在某次与求婚人相互羞辱的对话中，忒勒玛科斯说了几句很奇怪的话："毕竟，在大海环绕的伊塔卡还有很多别的阿开亚人的王侯（*basileis*），有的年老，有的年轻，他们中有一个会登上王座，因为显赫的奥德修斯已经不在了。"（1.394-6）这个评论，跟涅斯托耳说阿伽门农"最是王者"不同：那里是把阿伽门农与其他在特洛伊参与集会的英雄相比，他们中的很多人确实是国王，而这里忒勒玛科斯指的是伊塔卡的贵族们，他们谁也不是国王。

如果这个段落是个特例的话,就可以无视它,把它看作是忒勒玛科斯想要模仿父亲之狡猾的第一次生涩的尝试:他的成长进程,那一天才刚刚开始。但是,在荷马史诗其他地方以及其他早期作者那里,也曾出现过同样的情况:basileus[①]一词的意义在二者间摇摆,可以指国王,也可指头领——也就是说,某个拥有仆役和随从的贵族家庭的首领。在这些措辞中可以看出,贵族有将王权削弱到最小的权力。贵族统治在逻辑上、历史上和社会上都先于王权。尽管承认君主的统治,贵族们仍打算保护他们最根本的优先地位,让国王虽位居首席,却仍是同等身份之人。

最根本的冲突,在《奥德赛》首卷就已充分展现出复杂性。忒勒玛科斯提及伊塔卡有许多王侯,是回答求婚人安提诺俄斯的挑衅:"愿克罗诺斯之子[即宙斯]永远不让你为王,统治大海环绕的伊塔卡,尽管这是你生来就该得的祖产。"忒勒玛科斯悲哀地做出让步,承认他希望并预言的事儿很可能成真;接着便要求收回自己的家园,因为家园跟王权是两回事。另一位求婚人,更为狡猾的欧律马科斯答道:"忒勒玛科斯,谁能在大海环绕的伊塔卡做阿开亚人的王,决定权在众神手中。不过,你可以保有自己的财产,做你自己家园的主人。"(1.386-402)让珀涅罗珀选择一个接替奥德修斯的人来做丈夫,和平就会重回伊塔卡。成功的求婚人登上王位,忒勒玛科斯就能"愉快地享用他全部的祖产,大吃大喝,而她则去料理另一个人的家园"(20.336-7)。否则的话,这场消耗之战还要以日日宴饮的方式继续下去,直到有一天,忒

[①] *Basileis* 的单数形式。——译者注

勒玛科斯意识到自己已经没有什么值得继承的家业了。

暴力的因素是赤裸裸的，毫无掩饰。最终的决定权可能在诸神手中，但英雄们还是必须靠手中的武器，尝试控制。忒勒玛科斯第二日召集的集会很不成功；勒俄克里托斯（Leocritus）公然发出直白的恐吓："就算伊塔卡的奥德修斯本人回来，一心想要把在他家中吃喝的贵族求婚者都赶出去，他的归来也不会给她的妻子带来喜悦。相反，假若他胆敢跟这么多人对战，就会在家中迎来可憎的死亡。"（2.246-51）

勒俄克里托斯是个蹩脚的预言者。但事实在于，当奥德修斯回来的时候，并不能自动重登王位。他必须在极为不利的情况下战斗，调动他所有的勇力和智谋，以重获王位。勒俄克里托斯忽略了一件事，那就是雅典娜对奥德修斯的关注。"女神啊，要是没有你的教导，让我事事都做得不错，我肯定会因袭阿特柔斯之子阿伽门农的命运，在自己家中毙命。"（13.383-5）

当然我们可以反对说，这是把历史意义强加到原本不过是史诗故事的东西中。要是奥德修斯不曾回到家园，我们就不会有《奥德赛》；假如他遭遇了女神助他幸免的命运，我们就会有一个完全不同的故事。这没有错；但我们必须记住，奥德修斯只是我们用来指代某某国王的形式上的名字。去掉神话和叙事的细节，各种不同的归家故事正是那个世界中本会发生的故事，其中各方权力的平衡非常微妙，容易打破。涅斯托耳和墨涅拉俄斯尽管个人境遇不同，却都顺利地重拾远征之前的生活；阿伽门农被埃癸斯托斯谋杀；后者娶了他的妻子，接替他成了一家之主和国王；奥德修斯设法避免了那样的命运，尽管他所面对的是 108 个潜在的埃癸斯托斯。从历史和社会学的角度看来，这些故事只是说明，有些国王建立了无法挑战的个人权力和统治，有些被挑战了但没有成功，还有一些则认识到，在"同侪之首"的位置，就不该期待幸福舒适、长命百岁的生活。一场特洛伊战争也未必是其中的导火索，虽然很明显，国王被迫远离，确实方便了敌对力量的集结。

王权的不确定性，还可以进一步从奥德修斯的经历中探讨。莱耳忒斯是怎么回事？他是位老人，没错，但他并不衰迈。为什么不是他坐在伊塔卡的王座上？涅斯托耳只会比他更年老——在《伊利亚特》中差不多已是 70 岁——却不仅在战争前后都统治王国，还亲自陪伴大军到特洛伊城；在那里，尽管他对大军的价值主要是道德和心理方面的，他仍然是阿伽门农长老会议中的领导成员。还有年老的普里阿摩斯。在巨大的危机面前，他的儿子赫克托耳拥有实际的领导权，但普里阿摩斯仍然是毫无争议的国王。当阿喀琉斯与阿伽门农和解、重归战局之后，埃涅阿斯出阵挑战，要与之单打独斗。为什么？阿喀琉斯问道。"难道你迫切要与我一战，是冀望于今后继承普里阿摩斯的王权，统治驯马的特洛伊人？然而，即使你杀了我，普里阿摩斯也不会因此将王权交到你手中；他有自己的儿子，他身体强健，头脑也不糊涂。"（XX 179-83）

史诗中并没有任何奥德修斯篡夺了父亲王位的暗示；相反，最后一卷中的很大一部分，都是父子之间深爱与忠诚的场景。然而，这位曾经的国王是如此远离权力，以至于在求婚人差点毁掉自己儿孙产业的时候，莱耳忒斯什么也做不了，只能一个人躲进自己的农庄，在那里悲伤哀痛。贵族们住在镇上，而不是他们各自的庄园。可是，莱耳忒斯"不再到镇上来，却在远远的田间忍受痛苦，仆从只有一个老妇；每当他在葡萄园的高地，拖着脚步慢慢行走，被疲惫攫住四肢时，她给他奉上肉食和饮料"。①

是怎样的情景让奥德修斯代替莱耳忒斯坐上王位，光靠猜测是不行的。解释必须满足这个条件：在莱耳忒斯老得只能在葡萄园中拖着步子行走之前很久，他已经确实不能以 *iphi*，即勇力，来统治了。于是，王位便以某种方式传给了他的儿子。在某种程度上而言，这就保全了被现代的国王称作合法性原则的东西；而阿喀琉斯替埃涅阿斯阐明的，他在密耳弥冬人之中为自己和父亲珀琉斯守护的，也是同样的原则。当阿喀琉斯遇到拜访地府的奥德修斯时，这也是他关心的首要之事。"给我讲讲杰出的珀琉斯，如果你听到了什么消息。"他还坐在他应得的位子上，还是已经被迫退位，"因为衰老已从头到脚控制了他"？毕竟"日光之下，已不再有我做他的帮手"，用我的勇力保卫我们的统治（11.494-503）。

在伊塔卡，即使是傲慢的求婚人，也无法完全无视这个家庭对王座应有的权力，尽管他们公开以暴力威胁。从表面上看，求婚人将这场游戏继续了这么多年，并没有足够的理由。如果暴力是唯一的因素，那么勒俄克里托斯说得没错：他们在任何可能出现的对峙中都占了多数；而且，根本看不到会有什么对峙。可

---

① 1.189-93. 必须注意到，《奥德赛》中另一处出现的描写，远不如这里的描写引人怜悯；有些学者认为它的创作时间相对较晚："莱耳忒斯美好且精耕细作的庄园……那里是他的房舍，周遭环绕着棚舍，在那里食宿起居的是忠心耿耿的奴隶，按他的心意劳作"（24. 205-10）。也是在这一卷里，唯一一次明确提及莱耳忒斯曾经为王。

是，他们不仅没有谋杀莱耳忒斯和忒勒玛科斯以夺权（尽管在最后一刻，他们确实谋划要刺杀忒勒玛科斯）；他们不仅多次公开让步，认同忒勒玛科斯对他家园的权力；他们还把决定权放在了可以想象到的最奇怪的地方：一个女人的婚约。作为一个女人，珀涅罗珀的美貌、智慧和性情都不会给她赢得这种前所未有的、多余的决定权——一种纯粹的个人成就。从社会体制来看，这是个完完全全的父权社会，即使忒勒玛科斯也可以命令母亲离开宴会大厅，回到她应做的妇人活计上去。

作为父亲的继承人，忒勒玛科斯显然拥有一定的威权，而雅典娜则指明了一个办法。"至于你母亲，如果她心意已动，想要再婚，就让她回到她强有力的父亲的宫殿。他们会安排婚宴，陈列许多的礼物，所有应该陪嫁给心爱女儿的东西。"（1.275-8）在第二天的集会上，安提诺俄斯和欧律马科斯都给了他同样的建议，后一位的措辞与雅典娜完全一致。然而"聪慧"的忒勒玛科斯没有同意。"要是我主动把母亲送回的话，就得给伊卡里俄斯［珀涅罗珀的父亲］一大笔补偿金，这可不好。"（2.132-3）这"一大笔补偿"指的是嫁妆，在这种情况下必须归还。

在宴会上，奥德修斯突然表明自己的身份并屠杀求婚者之前，忒勒玛科斯对一个求婚者的话再次表现了他的权威，只是方向却不同。"我并不阻挠母亲的婚事；相反，我要求她嫁给自己合意的人，而我也会［主动］馈赠无数的赠礼。我耻于违拗她的意愿，用严词将她从这宫殿中赶走。"（20.341-4）但是，如果忒勒玛科斯有权在母亲再婚的事情上下命令，要么把她送回娘家，要么强迫（或阻止）她在求婚人中做出选择，那我们又如何从事实或法律层面解释这件事：当忒勒玛科斯在墨涅拉俄斯处逗留的时候，雅典娜匆匆赶到斯巴达，警告他即刻回家？女神说，"她[珀涅罗珀]的父兄正敦促她嫁给欧律马科斯，因为他的赠礼比别的求婚人都多，又大大增加了他的聘礼。"（15.16-18）①

有人认为，在这些混乱背后，有着可以理解的不确定性：奥德修斯生死未卜，珀涅罗珀算不算寡妇，尚无定论。或许，在《奥德赛》漫长的史前阶段，珀涅罗珀式的情况已如此模糊不清，其真实的社会和法律情况已经无法复原。有些学者急于解决问题，从这些记载中找出据说几个世纪前在希腊人中盛行的母权系统的痕迹。他们在淮阿喀亚的故事里也看到了类似的痕迹；确实，诗人对王后阿瑞忒（Arete）——国王阿尔喀诺俄斯（Alcinous）的侄女和伴侣——的描述措辞非常奇怪，甚至强调她"富有智慧"，有能力调解男人间的纠纷（7.73-4）。瑙西卡叮嘱奥德修斯，当你进入宫殿的时候，要走过我父亲的王座，径直走向我的母亲，向她发出请求。"如果她对你心怀善意，那么你就有希望再见到自己的亲朋，回到你宜居的家宅，回到你的故土。"②结果，阿瑞忒和阿尔喀诺俄斯都对奥德修斯很有好感，后者受到了极其热情的款待。与当时希腊社会的各种风俗相悖，王后从头到尾参与了宴会；当奥德修斯讲述了自己的许多经历之后，王后号召王公

---

① 有些人会把嫁妆和"聘礼"的同时存在看作是诗歌想象的表现，理由是这种"相反"的做法在"真实生活"中不可能；为了让他们理解这点，也许值得注意的是从20世纪30年代开始，在希腊塞浦路斯村庄中逐步发生的婚姻中财产转移制度的变化。在将近半个世纪的转型之后，新婚夫妇的家庭供给方面，仍存在着相反的做法：参见 P. Loizos 的文章，*Man*, 10 (1975), pp. 503-523。

② 6.313-5；雅典娜在7.75-7再次重复这段话。

贵族向他礼赠宝物。"他是我的宾友（guest-friend），不过，你们也分享荣光。"（11.338）即使是克里泰墨涅斯特拉也不会这样讲话，尽管她的能力足以参与密谋、谋杀夫君阿伽门农。

不过，一位年老的淮阿喀亚贵族马上告诉阿瑞忒：尽管她的提议很合情理，"如何行动和言辞，现在就看阿尔喀诺俄斯"（11.346）。瑙西卡建议奥德修斯求助于阿瑞忒之前，也把自己描述为"英勇的阿尔喀诺俄斯之女，淮阿喀亚的强盛和威力都归功于他"（6.196-7）。① 在史诗中有关淮阿喀亚的大段讲述里，阿尔喀诺俄斯反复行使了自己的王权，毋庸置疑、无可挑战。关于淮阿喀亚，还有些其他的难点和明显的矛盾；考虑到淮阿喀亚正好处于一个中间点，介于奥德修斯终于要离开的幻想世界和奥德修斯将要回归的真实世界之间，这也并不奇怪了。要说诗中某些段落反映了被压抑的、对古代母权社会的回忆，这个论点太过单薄。不论阿瑞忒还是珀涅罗珀，都无法满足母系亲族结构的谱系要求，更谈不上母权了。阿瑞忒是阿尔喀诺俄斯长兄的女儿；珀涅罗珀和奥德修斯根本没有任何血缘关系。②

珀涅罗珀突然获得了令人困惑的决定权——不管应该如何解释，最终基本的事实在于："那些统治各个海岛的王侯，不论在杜利喀翁（Dulichion）、萨墨（Same）还是树木繁茂的扎金托斯，还是山峦崎岖的伊塔卡"③——简而言之，几乎囊括伊塔卡及其

---

① 原书误作 16.196-7。——译者注

② 例如，母权社会的易洛魁人（Iroquois，北美印第安人的一支——译者注）中，死去首领的继承人，由他母亲家族中的女族长挑选。

③ 1.245-7；16.122-4 两次重复了这段话，19.130-2 处略有文字出入。

周边的所有贵族——都认同奥德修斯的家族应该被废黜。伴随这个决定,奥德修斯的继任者也得娶到他的妻子:也就是很多人认为的,他的遗孀。在这一点上,他们的顽固令人咋舌;也许他们的思路是这样的:珀涅罗珀接受了她自己选择的求婚人,让他上了奥德修斯的婚床,就会给新王赋予稍许合法性——不管这合法性多么些微、多么不真实。忒勒玛科斯第一次在集会中讲话时说,这些求婚者"不敢到她的父亲伊卡里俄斯家去,请他把女儿嫁出去,嫁给某个他挑选的人"(2.52-4)。当然,伊卡里俄斯应该会选择出价最高的人——给出最贵重的求婚礼物的那一位。但是,众求婚人不愿遵从这种公认的传统行为,当然不仅仅是出于吝啬。如果由伊卡里俄斯来选择珀涅罗珀的下一任丈夫,竞价成功的人只会赢得一位妻子,却不会赢得这个王国。伊塔卡的统治权,由不得外人伊卡里俄斯来授予。那个权力,不可思议地属于珀涅罗珀。

珀涅罗珀也是他们毁灭的原因。在雅典娜的引导之下,她欺骗了求婚人,令他们任那张巨大的强弓落入了回归的英雄之手,尽管此时他仍乔装成乞丐。除了奥德修斯,没有人能拉得动这张弓;在忒勒玛科斯和两个奴隶——菲洛厄提俄斯(Philoetius)与欧迈俄斯——的协助下,奥德修斯用这张弓杀光了侵入家园的人。叙述中的一个细节,再次指向了奥德修斯生活中的一个根本元素:要重获王位,国王能够依靠的只有他的妻子、儿子和忠诚的奴隶;换句话说,王权即私人权力。不过,若是用中世纪末期国王之于贵族的关系来类比,则会造成巨大的误导,因为王室原则的胜利最终依靠的是平民的支持。在战争中,伊塔卡或斯巴达或阿耳戈斯的平民拿起了武器；故此，在有敌意的外来者（特别是入侵的外来者）面前，社群是真实且有意义的，而国王作为这个社群的首领和代表，得到支持和服从。在和平时期，他有权享受各种特权，这些特权在一般情况下是无限提供的。不过，当贵族之间发生争吵，这往往就只是他们自己的问题了。

尽管荷马史诗大体上并不涉及希腊普通民众的活动，依然存在关于这方面的直接证据。忒勒玛科斯召集的集会快要结束时，门托耳抱怨道："现在，其余参会的人（demos）真让我恼火，因为你们都坐着一言不发，并不谴责那些求婚人，约束他们的行为，尽管他们人少，你们人多。"（2.239-41）在故事的结尾，当求婚人都已死去，奥德修斯和父亲正在老人的庄园中小宴庆祝团聚时，集市（agora）上却进行着另一场聚会。这里聚集的是死者们愤怒的亲属，想要血债血偿。但这算不上正式的集会。这些人聚集在一起，是因为"传播消息的流言之神走遍全城"，散布着屠杀的消息（24.413）——流言之神是宙斯的传讯人，但从没有人指派她①当伊塔卡的传令官。诗人的意思很清楚：这是个贵族的聚会（如果有平民在场的话，他们也是作为贵族家庭的随从到场的，算不上伊塔卡社群的成员）。故此，诗人从没使用 demos 或者"大众"这样的词，尽管有些翻译者错误地把"民众"一词加入诗行。

有关家族间仇杀的集会是正常的。奥德修斯自己也预见到

---

① 作者译作"Rumor"的流言之神，是"流言、谣言"的人格化。该词对应的希腊文原文 ὄσσα，是阴性词，故此译作"她"。——译者注

了这样的行动；在屠杀求婚人之后，他对忒勒玛科斯说："咱们想想，得把一切处理好。因为不管是谁，哪怕在本地只杀死一个人，就算没有多少人会为死者出头，他也会逃走，离开他的亲族和故乡。而我们杀死的是本城的栋梁，伊塔卡最显贵的青年。"（23.117-22）这是私人的报复。那么，在史诗的开头就安排召集会议，讨论一件被忒勒玛科斯明确定义为私人事务的问题，意义何在呢？在那次集会中，忒勒玛科斯自始至终也不曾对民众讲话。他讲话的对象是求婚者，公开重申了他曾私下向他们提出的要求：停止他们不合礼仪的求婚方式。只在集会快结束的时候，门托耳才转向 demos 说，我很恼火，因为你们没有出手干预。忒勒玛科斯显然没有达到他的目的：鼓动公众的意见反对求婚者，从而在事实上将一件私人事务变成公共事务。意识到这一点后，门托耳把事情挑明，但一样徒劳无功。这就是为什么勒俄克里托斯能冷笑着说："为了宴席吃喝跟这么多人作对，可不是容易的事情。"（2.244-5）门托耳强调了 demos 潜在的力量："他们［求婚人］的人少，你们的人多。"哦不，勒俄克里托斯回答道，人多的一方不感兴趣、保持中立，所以是我们和我们的亲族、随从，远远超过你们和你们所能召集的武装。"假如他胆敢与这么多人为敌，可憎的死亡就会降临到"奥德修斯本人身上（2.250-1）。

中立是一种思想状态；任何到场上进行权力角逐的人，都要紧紧盯住、密切注意着观众，他们的态度可能突然转变，他们也可能涌入角斗场，支持某一方。在伏击忒勒玛科斯的计划失败后，安提诺俄斯与其他求婚人争辩，认为再拖延下去太危险。安提诺俄斯提议：咱们得把他带到田间，然后除掉，因为"无论从哪个方面看，民众都不再对我们怀有好感；所以，行动吧，趁他还未把阿开亚人召集在一起集会"，告诉民众我们曾怎样谋害他的性命。"要是听说了这些恶行，人们就会反对。所以得小心，免得他们对咱们不利，把咱们赶出自己的土地，让咱们流落他乡。"（16.375-82）

安提诺俄斯惧怕的是，从前并没有被忒勒玛科斯的呼求打动的 *demos*，现在可能决定放弃中立。值得注意的是，他的话里没有提到权利。安提诺俄斯所预见的，并不是民众权利的维护，而是忒勒玛科斯迅速成年，开始以强力进行统治，以及由此而来的，他说服 *demos* 不再中立、采取直接行动的潜在危险。也许安提诺俄斯仍然记得自己的父亲躲避 *demos*，逃到奥德修斯处寻求庇护的那一天，"他们怒不可遏，因为他伙同塔福斯海盗一起劫掠了忒斯普罗提亚人（Thesprotians），后者与我们关系良好。"（16.425-7）

相反的可能——即民众倒向求婚人一方——至少在假设中是成立的。当忒勒玛科斯在涅斯托耳家做客时，涅斯托耳直截了当地问他，为何还要继续忍受那些求婚人。"告诉我，是你情愿让步，还是此地上上下下的民众，因受某位神明的召唤都憎恨你？"（3.214-5）忒勒玛科斯当时并没有直接回答，但在另一个场合，他被问到了同样的问题，而这一次发问的是乔装成乞丐的奥德修斯（16.95-6）。他回答说，两个都不是。他的被动忍受，仅仅是因为缺少力量。

实际上，伊塔卡的 *demos* 对整桩事情的真实想法，史诗从未告诉我们。到故事结束，他们也没有支持某一方进行干预，尽管有那么多的问询、疑虑和恐惧，尽管有那么多要影响民众意见的努力。就像艾略特剧作中的坎特伯雷妇女，① 伊塔卡的 demos 似乎在通过他们的中立立场来表达：

> 国王们在统治，领主们在统治；……
> 不过主要还是受自己心计的支配，
> 倘能无人管束，我们便会心满意足。

求婚人没有采用安提诺俄斯的建议——通过谋杀忒勒玛科斯来寻求解决。他的担忧是否正当，我们也无从得知，因为另一种结局已经安排好了。他们的会议进行之时，奥德修斯已经藏身伊塔卡；很快，众求婚人就会在他手上命丧黄泉。我们也需要推测：如果当时某支流矢意外击中了奥德修斯，又会发生什么？并不一定是 demos 被调动起来，进行报复。任何众所周知的行为准则，不管是神的训诫还是习俗，都没有要求他们采取行动。从公共的层面来说，杀人并不是犯罪，而杀死国王不过是一种特殊的杀人。假如奥德修斯被杀，忒勒玛科斯就会面临这样的选择：要么做哈姆雷特，要么做俄瑞斯忒斯。这是他的家族责任；但社群并没有这样的责任。"尽管遥远，你也一定听说过阿特柔斯之子"，涅斯托耳对忒勒玛科斯说。"他怎样回到家，埃癸斯托斯又如何设计了他可憎的死亡。但埃癸斯托斯可悲地付出了代价。那

---

① T. S. 艾略特（T. S. Eliot）的诗剧《大教堂凶杀案》（*Murder in the Cathedral*），首次上演于 1935 年。其中有坎特伯雷妇女组成的歌队。此处引文出自第一部分开头处的歌队唱词，译文采用上海译文出版社 2012 年 6 月出版的译本，译者李文俊、张守进、张和龙、赵元、袁伟。——译者注

人留下了一个儿子，这真是太好了，因为他的儿子报复了狡猾的埃癸斯托斯，谋害他父亲的人。"（3.193-8）忒勒玛科斯的不幸在于，他面临的不是仅仅一个仇敌，而是108个；而他的家族独子单传，所以也没有血亲的兄弟可以召唤。

在奥德修斯的世界里，个人的力量意味着家庭和家族的力量：血亲复仇只是其中最有戏剧性的标志。在这个意义上，王权的个人化是根深蒂固的。求婚人也许曾否认对奥德修斯的 oikos 有任何敌对意图，但这无论如何都是个非典型的情况，而且安提诺俄斯最后还是建议他们杀死忒勒玛科斯，一起瓜分他的产业。规则是，国王的宝库完全等同于国王的 oikos，恰如国王的私人随从就是他的政府官员。忒勒玛科斯在上锁的储藏室中，看到了黄金、青铜、谷物、美酒和精美的织物，这些都属于他的父亲，也会被他继承，不管获得这些东西的是作为国王的奥德修斯，还是作为普通贵族的奥德修斯。怪不得当求婚人似乎肯定会得势时，忒勒玛科斯的痛苦中夹杂着可爱的单纯，说道："做国王还真是不赖：他家里立刻就变得富有，他本人也备享尊荣。"（1.392-3）

国王财富和权力的基础在于拥有土地和牲畜，没有这些，任何人最开始都没法当上国王。国王进行统治时，也拥有单独产业的使用权，这是整个社群赋予他自由支配的，叫作 temenos。① 这也是一般规则的唯一例外：一般来讲，国王的财产和获取之物都融入他的私人 oikos。

---

① 该词也用于指代单独划拨出来、供某一神明享用的庙产。在荷马之后的希腊，随着王权的衰退，temenos 一词仅指后一个意思了。

"王室收入"列表中接下来的一项是战利品,这个词涵盖了牲畜、金属、女俘以及其他任何可以夺取的财富(除了土地;原因很简单:战争的目的不是为了扩大领土,所以不会带来土地的获取)。化装成克里特乞丐的奥德修斯曾向欧迈俄斯吹嘘他从前的辉煌。"我曾九次带领战士和舰队攻打外邦之人,赢得了海量的[利物],我选取了合意的东西,接着又靠抓阄赢得好多。"(14.230-3)故此,统治者不仅在战利品的统一分派时跟战士们一起平等地抓阄,也能第一个挑选,得到额外的一份。在重要的远征中,统帅得到国王那额外的一份,尽管他的属下中也有别的国王。"是我的双手承担了战斗最激烈的部分;可分派利物的时候,你的特权却要高得多。于是精疲力竭地打完仗,我只带点微薄之物回到我的船上,可它们却是我心爱的。"(Ⅰ165-8)这是阿喀琉斯对阿伽门农说的话。尽管"微薄之物"一词把这位"攻略城池者"获取的东西说得轻了,① 他厌憎阿伽门农的判断标准却没有错,因为阿伽门农虽然在武力上比不上他,却可以因他的地位,在瓜分战果时享有更高的权利。

接下来是被不断给予、不断谈论的各种赠礼。任何直接表示强制的词句,比如表示民众给统治者支付的款项,"税款",或者哪怕封建"捐税"这样的字眼,在两部史诗中都找不到;只有一些语境展示了分配战利品和献祭动物的肉时的特殊权利。"我将赠与他七座位置上佳的城池……"阿伽门农说道。"那里居住着富有

---

① "微薄之物,可它们却是我心爱的"在《奥德赛》中出现了两次,都是在恳求的语境中(6.208;14.58)。

牛羊的居民，会把他当作神明礼敬，奉上礼物。"①诗中完全没有这种民众赠与礼物的细节；在伊塔卡甚至没有提到。不过，它是跟战利品一同出现的，这点是重要且持续的理由，证明"做国王还真是不赖"为什么几乎不容置疑。

有时候，赠礼就像查理一世的恩税②一样，似乎并非出于自愿。"来吧，"淮阿喀亚人的国王阿尔喀诺俄斯在奥德修斯的告别宴上对贵族王公们说，"咱们每个人送他一只大的三足鼎，一口大锅；我们转而能从民众那里征收，得到补偿，因为让一个人毫无补偿地馈赠，是沉重的负担。"（13.13-5）不过，如果觉得坚持把这种形式的缴纳叫作"赠礼"只不过是隐晦说法的话，那就是错误的理解。一方面，他们并没有惯常的纳税和捐税，也没有固定的数额。即使是自由选择如此有限的运用——比如缴纳的时间和数额——也令此事有了情感和价值的弦外之音，而这些是征税所没有的。我们很难衡量这种心理上的区分，不过却不能因此而忽略它。"会把他当作神明礼敬，奉上赠礼。"尽管一个人可能畏惧神明，神明们却不是征税者，而人类和他们的关系却遵循另一种法则。同样，献给统治者的赠礼，即使在出于实际目的被强制的时候，也因其形式上的自愿而基于另一种法则，不同于以公开强

---

① IX 149-55. 阿伽门农对他建议送给阿喀琉斯的赔罪礼物进行了大段描述，奥德修斯又在 IX 264-98 逐字复述；此处引用的内容出自 291-7 行。阿伽门农有权处置七座城池，这在荷马史诗中是个独有且未加解释的例子。

② Benevolences，历史上一些英国国王不经议会同意而向臣民征收的一种税，以自愿赠礼为名。这种做法始于爱德华四世，终于詹姆斯一世。查理一世曾试图实施"强迫借贷"（forced loans），遭到议会的反对。议会在权利请愿书（Petition of Right）中要求国王不得以恩税或其他类似名义，绕过议会征税。——译者注

制为特色的固定税收。

那么，反过来，给民众的赠礼又是什么呢？答案主要在我们命名为对外事务的领域。有效统治的有力国王提供的是护佑和保卫，其方式包括与外邦的国王打交道，组织修建城墙这类事务，以及亲自领导战斗。他是"民众的牧羊人"①，这是荷马史诗中常见的词句，但其中并没有任何田园牧歌的意味，意思只是歌德所说的"如果不是战士，就做不了牧羊人"。② 萨耳珀冬（Sarpedon）是特洛伊人的盟友吕喀亚人（Lycians）的首领，他直截了当地讲明了这个道理："格劳科斯，为什么我俩在吕喀亚享有特别的尊荣，得到荣誉席位、头等肉肴和满斟的美酒，所有人都敬我们如神明，我们还在克珊托斯河（Xanthus）岸拥有大片田土（temenos），都是上好的果园和麦地？因此我们理应站在吕喀亚人的最前列，直面战火，好让穿着坚实铁甲的吕喀亚战士说：'虽然我们的首领享用肥腴的羊肉，畅饮上乘的甜美酒酿，但他们确实不无荣耀地统治着吕喀亚；哦不，他们也勇力无边，战斗时冲在吕喀亚人的最前列。'"（12.310-21）

国王提供军事领导和保护，不过除此之外就没有什么了，尽管整部《奥德赛》中零散地有些关于王室正义（或不正义）的暗示。其中一个出现在一段相当冗长的绿野牧场的比喻中："哦，夫人［珀涅罗珀］，这广袤大地上没有哪个凡人会责怪您，因为您的声名直达广阔的天庭，正如一位杰出国王的［声名］，因为他敬畏

---

① 这个词组一般采用其比喻意，译作"民众的引领者"。——译者注
② 转引自 H. Fränkel, *Die homerischen Gleichnisse* (Göttingen: Vandenhoeck, 1921), p. 60。

神明，统治着众多强有力的民众，伸张正义，而黝黑的土地产出小麦和大麦，树木果实累累，羊群繁衍不断，大海吐出鱼群，因[他的]英明统治，人民繁荣昌盛。"（19.107-14）把正当的统治与自然的丰产直接联系在一起，这是一种年代谬误，同样谬误的还有"敬畏神明"的概念；这些都不属于奥德修斯的时代，而是公元前8世纪或7世纪，那时，人们的脑海里已有神的正义治理世界的观念。这种观念，在赫西俄德的诗中是合宜的，但在《奥德赛》中则不合适。荷马向我们描述的一切都表明，这里，他容许当代特征的混入，然而又小心地把它限制在一个无害的比喻里，于是就避免了叙述本身任何可能的矛盾。奥德修斯重获伊塔卡的王位是正义且恰当的，但这件事根本上是出于私人利益的个人行为，并非出于公共利益的、正义的胜利。

几乎没必要问，为什么阿尔喀诺俄斯没有让民众直接向奥德修斯赠送礼物。三足鼎和大锅是宝物，这种东西只有贵族才大量拥有。让平民提供礼物，助力一位英雄的旅程，也并不合适。在一个受身份约束的社会里，礼物的赠与有大量的仪式感，谁也不能随便给别人赠送礼物。馈赠有着相当严格的方式，赠物也有等级和类别。换言之，赠礼与赠予者和接受者之间的关系，二者密不可分。民众给他们的王侯缴纳了什么，这是一回事；而送给外来者的是什么，又是另一回事了，这两件事之间不能有任何混淆。

不管心理学家如何解读这种礼物赠与行为的情感方面，在实际功用上，它代替了联姻和武力，是一种冀以建立身份关系的行为，我们把它叫作政治义务。奥德修斯的世界分成许多或多或少类似伊塔卡的社群。在它们中，每一个社群与其他社群之间的关系，正常的话都是敌对的，这种敌对有时处于休眠状态，表现为武装休战，有时候则是活跃状态，容易争战。被杀死的求婚人到达冥府后，伊塔卡的"佼佼者"竟全体到来，令人大吃一惊；人们马上认定这不外乎两种原因。阿伽门农的鬼魂问道："是不是波塞冬掀起了巨风高浪，将你们的航船倾覆？又或者是敌人在陆上杀死了你们，因为你们偷盗他们的牛群和美丽的羊群，要么是他们要保卫自己的城池和妇女？"①

在这样恒久敌意的环境中，英雄们可以寻求盟友；他们的荣誉准则并不要求他们独自面对整个世界。可是，他们的社会制度中没有任何东西为两个这样的社群提供联盟的可能。有的只是私人的手段，通过家庭和亲族的途径达成。其中第一个途径就是联姻，它的作用之一是可以建立新的亲族血脉，从而形成横跨希腊世界的相互义务。只有男人能安排婚姻；也只有当宙斯夺去了哪个人的心智，这人才会在做出抉择时对财富、权利和互助不加考虑。

经过数代人对女儿和各种女性亲属精打细算的安排，一个复杂、有时可谓混乱的义务网形成了。这就是为什么英雄们都会小心地记住自己的世系，并且常常复述。狄俄墨得斯和格劳科斯"在两[军]之间相遇，急切想要厮杀"，此时，狄俄墨得斯停下来发问。"这位勇士，你是凡人中的什么人？我从未在赢得荣光的

---

① 24.109-13. 在史诗中更早的冥府场景中，奥德修斯跟阿伽门农的鬼魂打招呼，问了同样的话（11.399-403）。

战斗中见过你。"格劳科斯的回答是一段漫长的叙述，有整整 65 行，主要是它祖父柏勒洛丰的英勇功业和后代。他用一句话来结束："这就是我引以为傲的家世和血脉。"

诗人继续道："他这样说着，善于英勇战吼的狄俄墨得斯心中喜悦……'其实，你早先就是我父辈的客人；因为神样的俄纽斯（Oineus）曾在他的殿堂中款待卓越的柏勒洛丰（Bellerophon），留他住了二十天，互相赠送了符合宾友之谊（guest-friendship）的精美赠礼……所以如今，我在阿耳戈斯腹地便是你的亲爱宾友（guest-friend），而我到你的土地上时，你在吕喀亚就（对我）有宾友之谊。让我们避开彼此的长枪'"——我可以杀的特洛伊人有的是，你可以杀的希腊人也有的是。"让我们互相交换武器，这样，他们也会知道，我们宣称从父辈起就互为宾友。"①

这可并不是什么笑剧。荷马不是萧伯纳，狄俄墨得斯也不是什么奶油巧克力士兵。②宾友之谊是一种非常严肃的社会习俗，在统治者之间建立联系时，它是婚姻之外的另一选择；它使关系网络得以保持，而不会有比这种关键的时刻更戏剧化的场合来考验其价值了。宾友与宾友之谊远远超越了描述人类情感的感情词汇。在奥德修斯的世界里，他们是技术名词，指代非常具体的关系，就像婚姻一样正式并唤起权利和责任。在荷马之后的很长一

---

① VI 119-231. 这时，格劳科斯犯了蠢，用自己的黄金铠甲交换了对方的青铜铠甲。

② 上演于 1894 年的萧伯纳的喜剧《武器与人》，其中一个重要道具是奶油巧克力，男主人公也多次被称作"奶油巧克力士兵"；这个词用来形容畏惧战斗的士兵。奥斯卡·施特劳斯（Oscar Straus）基于此剧在 1908 年创作了轻歌剧《巧克力士兵》（*The Chocolaet Soldier*）。——译者注

段时间内也依然如此：希罗多德（I. 69）讲述了在公元前6世纪中期，吕底亚（Lydia）国王克洛伊索斯（Croesus）"派使者到斯巴达去，带着礼物，请求结盟"。斯巴达人"对吕底亚人的到来十分欣喜，他们起誓遵守宾友之谊，结了盟"。

希罗多德的故事记录了宾友之谊的持久；它也说明希腊世界已经距离奥德修斯的时代有多么久远。克洛伊索斯与斯巴达人交换了宾友之谊的誓词，但荷马并不知道阿耳戈斯人和吕喀亚人之间，或者塔福斯人与伊塔卡人之间，存在着这样的联系——这种联系只存在于个人之间：狄俄墨得斯和格劳科斯，"门忒斯"和忒勒玛科斯。我们明白，"宾友"是个传统但确实笨拙的英文译法，对应着希腊文单词 *xenos* 的一层意义。这个希腊文单词还有"陌生人""外国人"的意思，有时指"主人"，这样的语义范围象征着态度的矛盾，而这种矛盾态度正是古代世界与陌生人打交道的特点。

关于淮阿喀亚人，我们得知的第一件事，就是他们生活在几乎完全隔绝的世界——这就立刻确立了故事的乌托邦色彩。实际上，阿尔喀诺俄斯的父亲瑙西托俄斯（Nausithous）曾经把整个社群从许珀里亚（Hypereia）搬到了斯刻里亚（Scheria）（二者都是虚构的地名），为的就是这个目的。当侍女们在海滩上逃离奥德修斯的时候，瑙西卡告诉她们无需害怕。"到淮阿喀亚人的土地上，给我们带来战祸的人，现在不存在，以后也不会有，因为我们是神明眷顾的人。我们的土地地处偏远，被汹涌的海水环绕，是人境的尽头，没有任何凡人跟我们来往。"（6.201-5）瑙西卡把情况稍微夸大了一些。她陪奥德修斯来到城里后，雅典娜接手，在奥德修斯周遭撒上一层薄雾作遮蔽,以保障他安全抵达宫殿。女神警告说,"既不要看任何人,也不要向任何人问话。因为他们并不乐意容忍陌生人。"(7.31-2)

这是一个极端:对陌生人的恐惧、怀疑和不信任。与之相联的是,他毫无权利,没有亲族的保护,在他遭遇这里可能发生的恶行后,也没有人为他复仇。而另一个极端则是凡人共有的好客义务:诸神之父的属性之一便是作为 Zeus Xenios,好客之神。正是在淮阿喀亚,经过最初的不祥预兆后,奥德修斯受到了盛情款待;待遇之隆,使得阿尔喀诺俄斯和他的王廷成为后来希腊人形容奢华生活的惯用语。在英雄的世界中,对不请自来的陌生人怀有根本的矛盾态度,在深深的、正当的恐惧和盛情款待之间急速摇摆;以上两个极端的相悖,正是这种矛盾态度的典型体现。

在独眼巨人那纯粹的忘忧谷中,诗人以另一种方式强调了他的观点。奥德修斯在他的开场白中恳求得到传统的好客款待,但波吕斐摩斯(Polyphemus)报以坦率的嘲讽:在你们一行人里,我会最后吃掉你;"这便是我待客的礼物"(9.370)。波吕斐摩斯仅仅据守矛盾态度的一端,他对所有陌生人都持有十足的敌意,这点明确无误,毫不含糊。荷马再一次准确捕捉到其中的细微差别。独眼巨人说,我们"并不在乎身披帝盾的宙斯,也不在乎有福的神明,因为我们要强得多"(9.275-6)。巨人很快就要被更有计谋且敬畏神明的奥德修斯所骗,为他的 hybris(狂妄自大)付出代价。显然,在这个神话故事背后,是一种有关社会变迁的清晰观点。诗人似乎是说,在最原始的年代,人们生活在与外来者持久的争斗中,往往会战斗到死。后来,神明出手干预,通过他们的规训，即他们的 *themis*，给人类，特别是国王，确立了新的典范：好客的义务。"所有的外乡人和乞丐都是宙斯遣来的"（14.57-8）。故此人们要在二者之间选择一条艰难的道路，一个是社会的现实，陌生人仍然作为问题和威胁存在，另一个则是新的道德，遵循它，就能以某种方式获得宙斯神盾的庇护。

从制度上来说，首先，正是宾友之谊缓解了以上两个极端之间的紧张关系。贸易可能会暂时地从表面上去除敌意，但在这方面并没有持久的作用。相反，贸易容易加强对外来者的怀疑，尽管它不可或缺。荷马中腓尼基人毫无保留的负面形象十分清楚地说明了这一点。同样，乌有之乡的故事再一次讲清了这点。淮阿喀亚人是理想的水手，与希腊人自己不同，他们并不惧怕大海，也没有理由要惧怕它。"淮阿喀亚人没有其他船只都有的舵手和航舵；但[航船]自己就明白人们的想法和心愿。"（8.557-9）但是诗中一次也没有提到淮阿喀亚人的贸易，而奥德修斯正是在淮阿喀亚被比作商人，遭受了奇耻大辱。

宾友之谊属于一种完全不同的规则和概念。身处异乡的外来者——每一个不同的社群都算得上是异国他乡——如果在这里有一个 *xenos*，他就拥有了亲族的实际替代者，拥有了一位保护人、代表和盟友。如果他被迫逃离家园，他就有了一个避难所；如果他不得不远行，就有了可以取用的仓库；如果牵涉战斗，他就有了战士和武器的来源。这些都是私人的关系；但有了强有力的领主，私人关系就融合为政治关系，而宾友之谊也就是政治和军事联盟在荷马史诗中的表现形式，或者说是其前身。并不是每一个宾友都会自觉地、始终如一地回应战争的召唤；在奥德修斯的世界那种流动且不稳定的政治状况下,这种统一局面是不曾达到、也不可能达到的。在这方面,一位宾友就像一位国王;他的价值与他的力量成正比。在他无缘无故缺席的岁月里,所有奥德修斯的 *xenoi*① 恐怕都会同意他父亲莱耳忒斯的这句话:"你送出无数的礼物,可都是白送了。"(24.283)

当求婚人来到冥府时,阿伽门农的鬼魂特别询问了安菲墨冬(Amphimedon)。"你是否还记得当年我和神样的墨涅拉俄斯到[伊塔卡]你的府上,为的是劝说奥德修斯跟我一起搭乘有排桨的航船去伊利昂?我们过了整整一个月才横渡辽阔的大海,因为我们费好大力气,才说服攻略城池的奥德修斯。"② 要在外邦人中征集一支军队,而且起初的缘由只不过是因妻子被拐而起的家族世仇,阿伽门农自然要充分利用他的宾友。不过,虽然阿伽门农拜访安菲墨冬以求好客的款待,他显然并没有寻求他的武力援助。为此他要找的是国王奥德修斯,尽管他们之间并没有正式的关系。

安菲墨冬为什么留在家里,或者,既然奥德修斯最终被说服了,也召集了一支军队,为什么他没有,或者没能,让更大比例的伊塔卡贵族加入这场远征:要揣测这些无疑是徒劳的。事实是,关于阿开亚军队的集结方式,我们几乎一无所知。也许伊塔卡的程序,跟在阿喀琉斯的密耳弥冬人那里一样。在那里,每个家庭都抽签选出一个儿子(XXIV 397-400)。具体的方法很可能每

---

① *xenos* 的复数形式。——译者注
② 24.115-19. 阿伽门农拜访的,想必是安菲墨冬的父亲墨拉纽斯(Melaneus),因为安菲墨冬当时应该还是个孩子。在接下来的段落,为了方便,我还是采用安菲墨冬的提法。

一个社群都不一样，取决于各自国王和王公们的欲求、兴趣以及最主要的一点：力量。没有任何希腊人的社群受到进攻或者哪怕是威胁；故此，参与特洛伊战争并不直接与 demos 相关。

这再一次提醒我们当时政治舞台的流动性。阿伽门农是希腊世界统治者中最有权力的一位，他在伊塔卡的宾友并不是国王奥德修斯，而是没有掌权的贵族之一安菲墨冬。这种情况并不奇怪，也不罕见；它在整个希腊世界反复出现，就像联姻，虽然严格受阶级界限的限制，但国王或国王之子与并非国王的贵族之女联姻，是完全可以接受的。"同侪之首"所意味的地位平等，是就两种关系而言的，即可以在不同社群血脉之间建立的婚姻和宾友之谊。在这个世界里，每个社群都"有许多别的王"，故此不可能有王族的概念。

不过，还存在着体现了不平等的第三种关系——家臣的关系。婚姻和宾友之谊延伸到社群之外（后者一定如此，前者则有时候如此），而家臣关系则是一个严格的内部机制，它在一个社群的贵族中建立一种松散的等级关系，并在内部权力结构中起到关键作用。可以用另一种方式来描述这种情形：家臣是贵族家庭的第三个基本元素，另外两个是家庭成员和劳动力（不管是奴隶还是雇工）。"家臣"是一个宽泛的用词，所以适用于希腊文的 therapon。其词义的一端，表示宫廷宴会上那些拥有人身自由，但肯定不是贵族的随从，他们行使各自的职能，由此，"身份低者侍奉身份尊贵的人"（15.324）。意义的另一端则是像墨里俄涅斯（Meriones）这样的英雄，他是克里特国王伊多墨纽斯的 therapon。墨里俄涅斯享有一些荷马史诗中最高贵的修饰性形容语，比如"与迅捷的阿瑞斯相当"或"民众的领袖"（XIII 295, 304）；他也是船表①中提到姓名的少数次要首领之一；他在战场上的勇力也在《伊利亚特》中得到许多诗行的描述。然而，可以推断，墨里俄涅斯作为一名 therapon，是跟随伊多墨纽斯来到特洛伊的，这是他的义务，而并不是因为他曾被"说服"。

这种性质和强度的义务，就像血缘带来的义务一样，都是私人的。这并不意味着这些义务是随意、不牢固或者不确定的；而是说它们在很大程度上都在社群的纽带之外并独立于它，或者更妙地，高于社群的纽带。是墨涅拉俄斯因海伦的出走而受了委屈，不是斯巴达。是阿伽门农担任了复仇之战的统帅，不是迈锡尼。阿伽门农是向安菲墨冬和奥德修斯寻求援助，不是向伊塔卡。但迎战的是整个特洛伊，不是出于对帕里斯的忠诚，甚至不是出于对年迈的普里阿摩斯的忠诚——他必定要支持自己的儿子——而是因为希腊入侵者威胁要毁灭他们所有人。

在家园和异乡，家庭、亲族和社群之间无尽的相互作用带来了一系列复杂的个人处境与困难。然而，我们仍能发现某种基本的模式和趋势——尽管它在史诗本身中难以辨识——办法则是对历史学家来说最有用的那个手段：后知之明。人类学家已经告诉我们亲族社会更为纯粹的形式是怎样的。在很大程度上，远古的世界有如下特征："个人间的行为，很大程度是在亲族关系的基础上进行规范的；这种规范得以实现，是因为每一种得到认可的

---

① 船表（Catalogue of Ships），又称船名表，指《伊利亚特》第二卷 494-756 行中对参加特洛伊战争的希腊将领及其所带船只和战士数目的陈述。——译者注

亲缘关系都形成了固定的行为模式。"① 这并非对奥德修斯的世界的描述；那里的家族联系虽然很强，范围却窄，而其他强大也往往更有约束力的关系是在血亲群体之外建立的。根据进化论的说法，只要它们能够被合法运用，荷马史诗的世界就已经超越了远古的世界。亲族关系只是当时多种组织原则中的一个，但并不是最有力的一个。最突出的在于 *oikos*，即那种大型的贵族家庭，拥有为自己工作的奴隶和平民，自己的贵族家臣，以及散布在亲戚和宾友中的盟友。

在家庭内部，如同在家族内部一样，男性对另一男性（以及女性）的行为模式是等级化且固定的。在两个家庭之间，也有许多习俗规定了哪些合宜、哪些不合宜，而且我们要相信，在日常生活中，这些习俗都被理所当然地遵循了。但是，社群的原则仍然如此初级，故此基本上没有一个更高的强制力量。故此，当一个贵族的 *oikos* 与另一个 *oikos* 竞争，以获取更多的财富、权力、更大的声望和更高的地位时，对这种规则的破坏就会频繁出现，造成几乎不间断的紧张，而这种紧张正是英雄生活的标志特征。一边是地位、声望和权力，另一边则是神的 *themis*；在将来，会有伟大的道德导师充分重视他们之间的矛盾。英雄们和他们的吟游诗人都不是系统的思想者。在他们的故事中，无疑存在着固有的道德准则和抽象的哲学概念，但吟游诗人们只满足于讲述故事。

---

① A. R. Radcliffe-Brown, *Structure and Function in Primitive Society* (London: Cohen and West, 1952), p. 29.

"做国王还真是不赖",故事中的一个人物如是说。但人们只需翻开荷马史诗的书页,或者随便地阅读希腊人的传说,就能发现,背叛和刺杀是统治者面临的最寻常不过的命运。奥林波斯山上的宙斯本人,也是靠推翻他的父亲克罗诺斯和其他提坦神(Titans),才成为诸神的首领;而在他之前,克罗诺斯获取权力的道路同样血腥。我们大可随心所欲地诠释神话意象的蕴意。这一事实也可以纳入考虑:叙事诗是关于行动的诗歌,在关于浪漫爱情的创作之前,暴力行为构成了所有的主题素材。然而,如果在一种有规律的王朝更迭中,现实中的王权只是个享有特权的舒适位置,那么很难想象这些故事竟会这样一边倒地描写谋杀、强暴、引诱、兄弟残杀、弑父和阴谋。

这并不仅仅是关于谁坐王位的公开冲突。在这背后浮现的,是更根本的,说到底是决定性的问题。通过促进他自己和他家庭的利益,这位贵族-国王(king-aristocrat)成为社群原则的代理人:社群的意识越强,它的力量越广,国王就越强大,他的地位也就更稳固。作为回应,贵族为他们的 *oikos* 和阶层寻求领导权,如果可能,就在国王的领导下进行,如果需要,也可以不要国王。荷马记录了这种冲突中的许多事件,他也毫不掩饰自己对王权统治的偏爱,最明显的例子就是对淮阿喀亚人中王权统治的理想化。他并没有暗示后来的结果,但我们都很清楚。到了《奥德赛》被记录下来的时代,国王们已经彻底失败,王权从希腊大部分地方消失。取而代之的是作为一个群体来统治的贵族,同侪之间不再有首领。

接着,贵族们发现他们面临一个新的威胁,一个奥德修斯的世界里做梦也不曾想到的威胁。在早期政治纠纷中几乎永远是被动旁观的 *demos*，开始意识到自身的力量和统治的能力。在《伊利亚特》和《奥德赛》中，民众或抱怨，或欢呼，但总是接受命令。这是地位低下者公认的角色，要"把他当作神明礼敬"。有一次，阿伽门农想要对军队耍心计，结果却十分糟糕，导致整个希腊大军陷入恐慌，变成一群暴徒；在混乱中他们试图登船，决心启航回乡，放弃战争。赫拉出面干预，派雅典娜去教导奥德修斯，让他镇定，结束这场可耻的逃亡。奥德修斯手持阿伽门农的权杖，在士兵中行走，或劝勉，或争辩。

> 当他遇到一位国王或者身份显赫的人，就站在这人身边，用温和的话语阻止他……但当他看到 *demos* 中的随便哪个人 [即平民] 在叫喊，便用权杖击打这人，并用这些话训斥："你坐下来，好好听听地位比你高的人的话，因为你不是什么武士，只是个懦夫，战斗和议事都不够资格。"（II 188-202）

这个原则在奥德修斯的时代并未受到挑战。不管贵族家族和家庭之间有什么争斗和裂痕，他们在这一点上总是一致的：把 *aristoi* 跟大众、英雄与非英雄分隔开来的巨大界限，是不能被跨越的。

第五章　道德规范与价值观

《伊利亚特》第 23 卷的大部分篇幅，都在描述阿喀琉斯为纪念帕特罗克洛斯而举行的葬礼竞技。阿开亚全军聚集起来，英雄中的竞技高手当着他们的面，比赛战车、跑步、拳击、摔跤还有扔铅球——这些后来都成为标准的希腊体育项目。"阿喀琉斯从船上取来奖品：大锅、三足鼎、马匹、骡子和强壮的肥牛，还有系着美丽腰带的女子和灰色的铁块"（XXIII 259-61）。诗人以出色的本领，精彩而又精确地描述了第一个项目：狄俄墨得斯获胜的战车竞赛。涅斯托耳的儿子安提洛科斯（Antilochus）勉强击败墨涅拉俄斯赢得第二名，不过，这只是因为他在拐弯处对斯巴达国王犯了规。第四名是墨里俄涅斯，而远远落在最后的是不幸的欧墨洛斯（Eumelus），因为车轭坏了，他从战车上被甩了下来，不得不拖着战车走完全程。

每位竞技者都得到了奖赏，按照阿喀琉斯事先说明的次序。狄俄墨得斯立刻领走了胜利者应得的女奴和三足鼎。接着，阿喀琉斯建议给欧墨洛斯颁发第二等的奖品，一匹母马，以此对他的坏运气表示同情——必须说，这个建议很不寻常。观众都欢呼表示同意，跟他们坐在正式集会里的做法一样。这时安提洛科斯"站起来行使他说话的权利。'阿喀琉斯，你要是真要按说的那样做，我会对你特别生气。'"至于欧墨洛斯，"'他本应该向不朽的神明祈祷，那样就不会在比赛中落得最后一名。如果你同情他，心里在意他，你的营帐里有许多的黄金，你还有铜块和绵羊，有女奴和单蹄马。从这之中选取一些，哪怕送他更珍贵的礼物……但我不会让出这个奖品。谁想得到它，就得跟我交手比试一番。'"阿喀琉斯微笑着让步了。

可墨涅拉俄斯也从人群中站起来，心怀怒火，对安提洛科斯愤愤不平。一名传令官把权杖送到他手上，让阿耳戈斯人安静下来。接着，这神样的（*isotheos*，字面意思是"与神明相匹敌"）英雄对他们说："安提洛科斯，你从前是个明智的人，可这是怎么回事？你让我的勇力蒙羞，阻碍了我的马匹，让你那些差得多的马挤到前面。来吧，阿耳戈斯人的首领和王公，给我们两个评评理。"

不过，还没等首领和王公们来得及评理，墨涅拉俄斯就改变了主意，采用了另一种做法。"'得了，还是我自己来评判吧，我相信没有哪个达那奥斯人会有异议，因为我评得公正。过来，安提洛科斯，宙斯抚育的人。按照应当的做法（*themis*），站到你的马匹和车驾前，把你之前驾车时用的细皮鞭拿在手里；然后把手放在马身上，凭着震地和动地之神（波塞冬）的名义，起誓你不曾故意用诡计阻碍我的车驾。'"不过，除了这次获胜心切使用诡计，涅斯托耳的儿子一直都"是个明智的人"，这时他已恢复了足够的智慧，故此拒绝了挑战，没有在波塞冬的名下发伪誓。他道了歉，主动要把母马送给墨涅拉俄斯，于是恢复了和睦。

荷马在这个场景中采用了普通 *agora*（集会）的外在形式，但毫无疑问这并不是集会；也不需要是。墨涅拉俄斯要求伸张自己的权利；他有很多办法可选，哪一种都不需要集会。他和安提洛科斯之间的问题，要么可以接受仲裁，就像他开始提议的那样，要么可以用誓言来解决。两种办法同样可行，也完全可以互换；他们都是"评评理"的办法，也都会给出最终裁决，没有更高的人间权威可申诉。如果结果不正当，不诚实，那么神明就不得不安排适当的惩罚。比如，要是安提洛科斯接受了挑战，发了伪誓，毫无疑问波塞冬会无情地报复，以惩罚这种对他荣誉的极大侮辱。但指责别人发伪誓，并不是任何凡人的事。

更早一个关于公正的问题发生在安提洛科斯和欧墨洛斯之间。安提洛科斯选择了第三种解决办法：通过武力决斗来评判。如果有人接受的话，由此达到的裁决也会是最终的：胜利者会获得正当性。这里有不相关却很妙的一笔：在安提洛科斯和欧墨洛斯之间，并没有澄清事实的问题；欧墨洛斯是最后一个到达终点的，安提洛科斯如果公平竞技，也能赢过他。当然，安提洛科斯也可以选择仲裁或者誓言的方式，就像墨涅拉俄斯也可以用剑跟安提洛科斯决斗。尽管细节上有变化，这些是荷马英雄们解决维权纠纷时所能采取的三种办法，也是仅有的三种办法。

除了阿喀琉斯对欧墨洛斯表示同情，民众欢呼赞同的一刻，人们聚集在一起，不管是英雄们还是 demos，只是被动的旁观者。维护某种权利，完全是一件私事。感到不平的人有责任采取必要的手段，也有权从可供选择的方法中做出抉择。他的亲人或者宾友、家臣和追随者可能会表达支持，但这种支持仍是一种个人行为。尽管史诗中有一些关于国王决断的零星词句，体现的却是其创作时代的特征，属于诗人无意为之，故此是时间错乱的。

在诗人创作的年代，社群原则已发展到一定阶段，形成某种有限的公共司法机构。但他所吟唱的故事却发生在没有公共司法的年代，只有民意这个无形的力量。很难估计这个因素有多强，但它确实值得注意，有些时候它也肯定导致了外人的介入，以维持和平。当然，私人权利严格由私人保护的原则依然存在。如果不是这样，就无法理解《奥德赛》中的求婚人主题，而没有求婚人的彻底坚持和忒勒玛科斯的无力，就不会有《奥德赛》。

墨涅拉俄斯和安提洛科斯的地位是平等的。这是一个基本事实，因为英雄之间的公正，就像更晚近时代的贵族荣誉准则中的公正一样，都只是地位平等者之间的事情。墨涅拉俄斯不能要求忒耳西忒斯发誓，就像一位普鲁士容克贵族不能挑战某位柏林的店主，要求跟他决斗一样。我们记得，奥德修斯平息希腊大军中的恐慌时，对首领们温和地提出恳求，对普通士兵则是挥舞大棒，提出要求。诗人还不满足于就这样结束这场戏；他利用这个集会，就社会阶层和适宜每个阶层的行为准则，做了一篇小小的文章。一旦奥德修斯成功地让人们回到 agora，叙述就转到了新的方向。

"现在所有人都坐下来，井然有序地在自己的座位上；只有饶舌的忒耳西忒斯还在叱骂不休，他心里满是多而混乱的词句，徒劳无益又毫无章法地与国王们争吵……他也是来到伊利昂的人中最丑陋的一个——他是个罗圈腿，一条腿瘸了；两个肩膀弓着，向胸前弯曲，更要命的是他的脑袋是畸形，上面零星长着几根头发。"忒耳西忒斯所发抱怨的主要内容是：让为阿伽门农聚敛利物的战斗见鬼去吧；大伙儿回家吧。

奥德修斯大步走到他身边，命令他别再辱骂国王们，并威胁要让他全身赤裸、痛哭流涕地从会场滚出去。"他说完这些话，用权杖击打他的后背和两肩。他弯起身子，大颗的泪珠落下来，背上被黄金权杖打过的地方肿起一条血痕。于是他坐下来，心怀恐惧；他忍着疼痛，样子愚蠢，把眼泪擦掉。别的人虽然心中不乐，却轻快地嘲笑他，人们会望一眼旁边的人，这样说道：'这就对了！奥德修斯从前确实已经做了无数的好事，不论是给出明智的建议，还是带兵打仗，都很出色；不过，这是他在阿耳戈斯人中做得最好的事情，止住了这个骂骂咧咧的诽谤者的长篇大论。我看，他那颗傲慢的心也再难让他责难国王，起口舌之争。'人群这样说着。"（Ⅱ 211-78）

最后这句话，"人群这样说着"，表明了太多的判断。似乎诗人也觉得自己夸大了对比。不要觉得我这样说是出于贵族的视角——那正是最后这句话的意味。即使是希腊人的普通民众也惊骇于忒耳西忒斯分寸感的缺失，而且，尽管他们同情他，把他看做自己的一份子，他们仍然衷心赞同奥德修斯对他进行斥责，赞同他使用的方式。"这是他在阿耳戈斯人中做得最好的事情"，确实如此，因为忒耳西忒斯不断侵害的正是奥德修斯的世界得以确立的基础。

当然，从《伊利亚特》开头的一行，到《奥德赛》结束的一行，荷马都体现了贵族的观点和价值观。但这又说明了什么呢？比如，这是否意味着，当他借某个忒耳西忒斯或欧迈俄斯之口表达观点或情绪的时候，永远都不可信？要肯定地回答这个问题，就要想象一个世界上从未有过的社会，其中的贵族和平民持有两套完全相反的价值观和理念。毫无疑问，某些行为领域中确实存在着两种标准，比如工作精神，又如对权利的保护。奥德修斯对权杖的使用就是一个很好的例子。在这个场合，他使用了阿伽门农的权杖，这是一件来自宙斯本人的礼物，由赫淮斯托斯为众神之王打造，被宙斯赠与珀罗普斯（Pelops），随后被传给阿特柔斯，阿特柔斯又传给梯厄斯忒斯（Thyestes），接着传给珀罗普斯的孙子阿伽门农（作为一件圣物，它最后归于普鲁塔克的故乡开洛尼亚 [Chaeronea]）。这支权杖，或者任何一支权杖，并不仅仅是权力的象征，也是 themis 的标志，是秩序的标志，所以集会中每一位发言者都会被依次赋予权杖，以保证他神圣不可侵犯——就像墨涅拉俄斯站起来挑战安提洛科斯的时候。不过，对付忒耳西忒斯时，它就成了大棒，因为忒耳西忒斯"战斗和议事都不够资格"。他在集会上滔滔不绝，却不符合 themis，没有传令官把权杖递给他，故此，他只配在后背挨上一记。

问题在于，我们完全不知道在涉及平民的时候是如何决定权利的——不管是平民与贵族之间，还是平民与平民之间。荷马和他的听众都不关心这种事，我们也没有别的信息来源。这种不确定性其实是更深层的，差不多可以延伸到整个价值尺度。我们只能猜测，而且几乎没有什么猜测的基础。有些口头史诗是在农夫中间而不是贵族的厅堂里创作并吟唱的，这种形式在欧洲和亚洲的许多地区广泛存在，被称作农夫类型的英雄诗歌；有关这种诗歌的证据，往往证明它们跟荷马史诗那种贵族史诗一样，也经常讲述同样的故事，涉及同样的英雄，体现了同样的价值观和美德。与此相对的是赫西俄德那种农夫取向的愤世嫉俗，以及一个很强的推论：至少在宗教问题上，荷马对普通民众的漠不关心导致他故意回避流行的宗教信仰和宗教实践。可以推断，伊塔卡的平民大概处于一个中间位置，在许多观念和情绪上与奥德修斯一致，但在其他方面看法不同。总体说来，要追溯这些细微的差别当属无用功。在这块内容极其丰富的画布上，我们看到的是某种武士文化的道德规范和价值观，并只能满足于此。

"武士"和"英雄"是同义词，而武士文化的主旨建立在两个特征上——力量与荣誉。一个是英雄的基本特征，而另一个则是他的根本目标。每一种价值观，每一次判断，每一个行为，所有的技能和天分，其作用都在于表明或者实现荣誉。生命本身也不可以阻挡荣誉。荷马史诗中的英雄们狂热地热爱生命，带着激情去做每一件事，感受每一件事；我们很难想象比他们更不像殉道者的人物；但即使是生命，也必须给荣誉让步。《伊利亚特》中的两个中心人物，阿喀琉斯和赫克托耳，都注定早早死去，而两人都知道这一点。他们成为英雄，并不是因为他们在责任的召唤下，昂然走向死亡，高唱神明或者国家的颂歌——恰恰相反，他们公开抱怨自己的命运，而且到了冥府之后也没少怨言，至少阿喀琉斯如此——而是因为，在荣誉的召唤下，他们毫不动摇、毫不质疑地遵循了英雄的行为准则。

英雄的行为准则是如此完整而又清晰，所以不管诗人自己，还是那些人物，都不曾有机会讨论它。人们会有不同的意见——战斗中是否要撤退，是否要刺杀忒勒玛科斯，奥德修斯是活着还是死了——但这些要么是关于事实的不同意见，要么是关于不同策略的争论。哪一种情况都不需要长久的讨论。还有一些紧要的情况中，凡人的认知是不足的，比如阿波罗因自己的祭司受辱而给阿开亚人带来的瘟疫。这种时候就必须从神明那里寻求答案，而任务则落在占卜者卡尔卡斯身上（在特洛伊人那里则是赫克托耳的兄弟赫勒诺斯 [Helenus]，他能解读鸟类的飞行）。真正的讨论仍然没有机会发生：占卜者给出答案，英雄要么听从，要么拒绝，随他们心情而定。最后，有些时候，即使是最伟大的英雄也会感到恐惧，但这个时候，只要喊一声"懦夫，女人！"就足够让他重拾理智了。

值得注意的是，不管是《伊利亚特》还是《奥德赛》，里面都没有过理性的讨论，对于情势及其可能的后果，对于可能采取的行动及其优劣，都没有持续且有条不紊的考虑。史诗中有冗长的讨论，其中的任何一方都想用威胁压倒对手，想要通过情绪化的吁求、长篇大论和警告来说服集会上的大多数。说话的技巧在争取公众意见的时候非常有用——福尼克斯（Phoenix）就曾提醒阿喀琉斯，是他教会了阿喀琉斯"成为会讲话的演说者，会做事的行动者"（IX 443）。

涅斯托耳也许是这方面最说明问题的人物。最终，涅斯托耳成为长者智慧的典范，成为经验的代言人；但在他滔滔不绝的言说中，荷马史诗中的涅斯托耳没有一次把过去的经验作为在不同举措间抉择的依据。实际上，在整部《伊利亚特》中，他只有一项建议可以在恰当的意义上被视为重要并合乎理性的，即提议阿开亚人在海岸上与他们的营帐前方，修建一堵巨大的保护墙。除了这一件事，涅斯托耳总是一成不变地诉诸感情和心理，目的在于鼓舞士气，或是平息过度的怒火，却不在于选择合适的行动。

要达到前一种目标，他多年的经验至关重要，但这些经验只有一个意义，就是为他提供了极大的故事储备：涅斯托耳用这些故事作为英雄行为的典范或例子，提示通往荣誉和光荣的途径。另一方面，奥德修斯则是一个富有谋略的敌人，他在这方面的高超技巧以欺骗和谎言的形式表现出来。"谎言和骗人的故事，都是你从心底喜欢的。"（13.295）雅典娜对他如是说，但这并非批评。奥德修斯一直在撒谎，认为这没什么坏处，最后的结果还可能是有益的；而且他撒谎很有一套。这也许可以算普遍意义上的有意欺骗，但这并不是有节制的理性行为。这显然也不是智慧。

现代读者可能会被无数个以这样或那样的方式形容计谋之人的程式化用语所误导。对我们来说，计谋意味着深思熟虑；智慧的计谋，则是基于知识、经验、理性分析和判断力的深思熟虑。但对荷马来说，比起理智，计谋更多是指向决定本身，由此指向权威的力量。正是在这个意义上，涅斯托耳才会把阿伽门农和阿喀琉斯称作"达那奥斯人在计谋和战场上的佼佼者"（Ⅰ258）。这两个人都不擅长给出建议——阿喀琉斯尤其如此——但是，依照地位和力量，他们比其他人有更高的决策权。有不少关于国王寻求建议的说法，但提供给国王的只不过是鼓励或警告。说到底，社会的基本价值观是既定的、注定的，故此，一个人在社会中的位置，以及随着他地位而来的特权和责任，也是如此。它们并不受分析和讨论的影响。而余下的其他事务，只给我们可以称作判断力的东西（与工作技巧不同，它包括对武装战斗策略的了解）留下了极小的发挥余地。

在一些情况下，审慎的意见是否也是怯懦的表现，人们可以有正当的不同意见。因此这就不只是一个策略的问题，也不再是挑战或保卫荣誉准则的不正当问题，而是给选择特定的行动做出合理的分类和评价的问题。在《伊利亚特》中，审慎体现在特洛伊的波吕达玛斯（Polydamas）而不是涅斯托耳身上，他与赫克托耳的一番交谈凸显了英雄的真正特点。波吕达玛斯敦促谨慎：不要攻击阿开亚人，免得阿喀琉斯被激怒，重回战斗，把我们所有人都杀死。这是通向成功的审慎之路，可赫克托耳对此完全不耐烦，因为这不是通向荣誉之路。波吕达玛斯当然是对的；正因为赫克托耳不审慎的英雄主义，史诗很快到达了最后阶段的准备，赫克托耳与阿喀琉斯之间的决定性决斗即将开始。

审慎做了最后一次努力，这一次体现在普里阿摩斯和赫卡柏身上。他们哀求自己的儿子不要与阿喀琉斯交手，因为结果是肯定的：赫克托耳会被杀死，特洛伊城会覆亡。赫克托耳知道他们的预言是对的，就像之前波吕达玛斯之前也是对的一样，他也差不多这样说了；但是，在长长一段独白中，他拒绝了他们的恳求，再次重申了至高无上的、对荣誉的追求。"我在特洛伊男子和拖着长裙的女子面前感到羞愧，生怕某个地位不如我的人会说：'赫克托耳过于相信自己的力量，毁掉了他的人民。'"如果我主动投降，许诺归还海伦和所有她的财物，并用特洛伊一半的财富做补偿呢？阿喀琉斯"会把卸下铠甲的我杀死，如同杀死一个女人"（XXII 105-25）。

为了避免那种情况发生，赫克托耳选择在战斗中有尊严地死去，选择了他城池和人民的覆亡。在波吕达玛斯指出某个不祥的征兆，把它作为审慎的理由时，赫克托耳曾用这句话拒绝他："为自己的家国战斗，就是最好的一个征兆。"但他的整个行为方式都说明这反驳言不由衷。① 事实是，这种关于社会义务的概念根本就是非英雄的。它反映了新的因素——社群，而它正处在可以压倒其他一切的时刻：抵抗入侵者的时刻。在接下来的几代人中，社群开始从希腊舞台的边缘转移到中心。这时，英雄就很快消亡了，因为英雄的荣誉纯粹属于英雄个人，他活着并战斗，仅仅是为了这种东西，也仅仅是为了他自己（与家人的情感是允许的，但这只是因为一个人的亲族与他自己无法区分开来）。而一个社群的荣誉则在本质上完全不同，需要另一类型的技巧和美德：实际上，只有驯服了英雄，削弱他对武力的自由运用，社群才可能发展，而被驯化的英雄本身无疑就是一个矛盾。

阿喀琉斯虽然是**入侵**军队的一名将领，却并没有卷入<u>丝丝缕缕</u>不相干的义务中。在荷马之后很多年的诗人埃斯库罗斯可以创作出这样一场戏（该剧已失传），其中密耳弥冬人因阿喀琉斯拒绝出战而背叛他。于是，这位雅典剧作家给这个故事注入了责任的概念；但不管是荷马，还是阿伽门农或者奥德修斯，都一次也不曾用公共责任这种如此时间错乱的理由来指责阿喀琉斯。阿喀琉斯受荣誉的约束，要把无以伦比的勇力用到战场上。但当阿伽门农从他那里夺走女孩布里塞伊斯后，他的荣誉遭到公开的羞辱，而一旦"失去荣誉，丧失荣誉者的道德存在就溃散了"。② 这种

---

① 也是从赫克托耳的话中（XV 496-9），我们很快发现，"家国"所包含的内容是妻子、孩子、*oikos* 和地产。

② Bruno Snell, *The Discovery of the Mind*, translated by T. G. Rosenmeyer (Oxford: Basil Blackwell, 1953), p. 160.

困境立刻变得无法忍受：荣誉被扯向两个相反的方向，而且，尽管一个方向是伟大战争中的胜利，另一个则指向成千上万的女俘中无关紧要的一个，这场可怕的争执恰恰就在于这样一个事实：荣誉不能被当作市场上的商品来度量，而羞辱跟战争的分量一样重。布里塞伊斯是无足轻重的，但从阿喀琉斯身边夺走布里塞伊斯，却值得"七只从未在火上炙烤的三足鼎，十塔兰特黄金，二十口光亮的大锅"，以及十二匹赢得奖品的赛马，二十个特洛伊俘虏，七座城池，以及其他一些零星物品（IX 121-56）。

当阿喀琉斯拒绝了这份合情合理，而且在所有正常场合都令人满意的赔罪礼之后，《伊利亚特》中真正的悲剧开始了。"歌唱吧，女神，请歌唱珀琉斯之子阿喀琉斯的愤怒。"英雄的错误不是在一开始的时候犯下的；错误在于拒绝接受这份赔罪的礼物，因为这样做，说明他是一个超过可接受限度的人，毫无忌惮地违背了英雄的行为规范。"哎呀，"埃阿斯愤愤地说，"有人甚至接受了杀害他自己兄弟或者儿子的凶手的赔偿金，杀人者付出大量钱财，留在了本乡……可是你呢，神明在你胸中放入了不肯和解又暴躁的脾气，都是为了一个女子"（IX 632-8）。赫克托耳死于阿喀琉斯之手，而荷马却不能让故事这样结束，因为这样，留给我们就会是阿喀琉斯那个愤怒过度的男人，而不是阿喀琉斯那个被救赎的英雄。此时的阿喀琉斯还得熄灭他的怒火。做到这点，是因为他放弃了把赫克托耳的尸体扔给狗群的想法——这是一种新的放纵，因哀恸帕特罗克洛斯之死而起——也因为他把赫克托耳的尸体还给普里阿摩斯，让他可以享有适当的仪式。如此，他不好的行为记录都被清除了。阿喀琉斯从各个方面维护了他的荣誉，他的所作所为既值得尊敬，又充分体现了他的勇力。

荣誉的本质必须是排他的，或者至少是分等级的。如果每个人都得到了同样的荣誉，也就意味着任何人都没有荣誉了。于是，奥德修斯的世界必须是一个竞争激烈的世界，因为每一位英雄都在努力胜过别人。又因为英雄们都是勇士，最激烈的竞争则发生在可以赢得最高荣誉的场合：战场上的一对一决斗。那里，一位英雄的最终价值，他生命的意义，在三个方面受到了最终的检测：他与谁决斗，他如何决斗，他表现如何。所以，正如托尔斯泰因·维布伦（Thorstein Veblen）所说，"这种价值和荣誉的评估方式在常识看来是野蛮的，在它之下，杀人……享有最高程度的荣誉。故此，杀戮这种高等职能，是杀人者更高力量的体现，这就给每一个杀戮的行为，以及这个行为的所有工具和搭配用品，都投上一层价值的光彩。"①《伊利亚特》尤其充满血腥，这是无法被隐藏或辩驳的事实，不管怎样扭曲证据，要让古代希腊人的价值观符合更温和的道德准则，这种努力都是徒劳。诗人和他的听众仔仔细细地欣赏每一次杀戮的细节："希波罗科斯（Hippolochus）快速跳下，他［阿伽门农］也把他击倒在地；他切下他的双手，砍断他的脖子，让他像一根圆木一样，在战场的人群中滚动。"（XI 145-7）

对于尼采来说，这种场景的不断重复，并在接下来的几个世纪中仍在希腊世界广受欢迎，说明"古代人中最有人性的希腊

---

① *The Theory of the Leisure Class* (New York: Modern Library, 1934; London: Allen & Unwin, 1924), p. 18.

人，也有某种残酷的特质，一种猛虎般残忍的毁灭欲望"。① 但是必须强调，荷马史诗中的残忍，其特点是英雄式的，并不是希腊人特有的性格。说到底，如果不反复展示成功，又如何才能判断出谁的力量更强？一个无可争议的衡量成功的办法，就是战利品。阿伽门农将希波罗科斯变成一根滚动的圆木，但战火蔓延之时，只有诗人才能注意到这一壮举。其他的英雄都忙着追逐他们自己的光荣。但战利品则是持久的证物，可以在所有适当的场合展示。在更原始的民族中，死者的头颅能达到展现荣誉的作用；在荷马描述的希腊，铠甲代替了头颅。这就是为什么，即使冒着极大的人身危险，英雄们也会一次又一次地停下战斗，只为剥下死去对手的铠甲。从战斗本身来说，这样做简直比荒谬更糟，因为这可能会危及整个远征。不过，如果以为战斗是以结局为目的，我们的看法就错了，因为没有荣誉的胜利是无法接受的；如果不公开宣告，就没有荣誉可言，而如果没有战利品做证物，就没有名声可言。

这种荣誉－竞争－利物的模式，以不同的方式在各种活动中反复出现。阿喀琉斯想要哀悼自己死去的伙伴，就举办了竞赛，让阿开亚人的王公贵族都可以来展示他们的运动本领——再没有比这更合适的法子了。当狄俄墨得斯驾驶战车，第一个到达终点时，就马上跳到地上，"一刻也没耽误；……他急切地拿起奖品，让他情绪高涨的同伴们把那女子领走，将有把手的三足鼎也搬

---

① *Homer's Contest, in The Portable Nietzsche*, translated and edited by Walter Kaufmann (New York: Viking, 1954; London: Chatto & Windus, 1971), p. 32.

走;接着他把轭从马匹上卸下来"(XXIII 510-13)。这种对奖品自然流露的喜悦,在情绪高昂的人群面前表现出来,却与奖品内在的价值没有什么关系;就像阿喀琉斯一样,狄俄墨得斯在自己的营帐里已有足够多的女奴和三足鼎。他的急躁——他甚至都没有停下来照顾马匹——是一种情感的反应,公开而毫无顾忌,因荣誉而得意洋洋。我们当然可以把它叫作孩子气的表现;但对狄俄墨得斯来说,这是因自己的男子气概而生的骄傲。

在后来的几个世纪中,竞争会在希腊人的公共生活中扮演非常重要的角色。竞争的概念从身体力量延伸到智识的领域,延伸到诗歌和戏剧作品的表演——再没有什么比这更能简洁地界定希腊文化的特质了。奥德修斯的世界显然尚未准备好那一步。可以说,它也没有准备好把这种竞争社会化。就像在战场上一样,狄俄墨得斯寻求战车竞赛中的胜利,都是为了他自己,为了他自己名字的荣耀,在一定程度上也为了他亲族和伙伴的荣誉。后来,当社群的原则获得优势后,城邦(polis)也分享这种荣誉,同时也会筹划胜利赞歌甚至设立公共雕塑,来纪念它因一位运动员子民而取得的荣誉。随着英雄荣誉这种纯粹的个人主义被城邦的荣耀所削弱,还有另一种荷马史诗的世界不曾准备好的变化:橄榄花冠和月桂花冠取代了金子、铜块和女俘,成为胜利者的奖品。[①]

声望的象征物有着复杂的历史,在许多原始民族中,它们可能是一些没有内在价值或价值很低的物品,比如贝壳、贝壳串

---

① 必须补充的是,没有过几个世纪,荷马之后的希腊人就必须用现金奖励来补充胜利者的花环了(奖励由胜利者的母邦颁发,而不是奥林匹克或者皮提亚竞技会的组织者)。

珠或者便宜的毯子。奥德修斯的世界并不是一个原始的世界，那个时候，希腊人中的上层坚决要求财物。他们的目的在于荣誉，而且荣誉的象征总是符合常规的；但它们跟贝壳这类常规式的象征没有任何关系。比起一位老年妇女，一个年轻漂亮的女俘是更有荣誉的战利品。就是这么一回事。即使财物的作用只是为了展示，为了声望的目的，它适当的价值也只能来自它本身所值的价钱。

礼物的赠予也是这一系列充满竞争的荣誉活动的一部分。而且它是双向的：赠予和接受都是光荣的。衡量一个人真正的价值，办法之一是看他能送出多少财宝。英雄们对他们得到和送出的礼物夸夸其谈，这是他们勇力的标志。这就是为什么作为赠礼的物品也有谱系。当忒勒玛科斯拒绝接受墨涅拉俄斯赠送的马匹时，斯巴达国王报以如下的建议："在我家中收藏的各种宝物中，我愿赠你那最精美、最昂贵的一件。我将赠你一只制作精美的调酒缸；它通体是白银制成，缸口周遭镀了黄金，是赫淮斯托斯的作品。西顿（Sidon）人的国王、英雄淮狄摩斯（Phaedimus）将它赠给我。"① 显然，比起随便一个银制调酒缸，拥有这样历史的战利品能给赠予者和接受者都带来更大的荣光，就像赫克托耳的铠甲，对于得胜者来说，这样一件利物远远胜过某个地位更低的特洛伊人的武器。身份是价值的主要决定因素，而身份从那个人传递到他的物品上，在它们的内在价值之处，又给这些或金或银

---

① 作者给的引文出处是"1.374-5, 2.239-40 处重复"，当为笔误。此处引文出自 4.613-18，15.115-8 重复。——译者注

或为精细织物的东西，增添了更多的价值。

正是这种荣誉的特点，使得英雄们的财富，以及他们的几乎压倒一切的聚敛本能，区别于其他阶层和其他时代的物质欲望。对于奥德修斯和与他身份对等的贵族们来说，财富意味着权力和直接的物质满足，这是肯定的，而且他们的深思熟虑中从来都不会忘记这二者的等同。淮阿喀亚人在奥德修斯的睡梦中将他送上了岸。当奥德修斯在伊塔卡醒来时，没能认出这座岛屿，因为雅典娜给它蒙上了一层雾。他的第一反应是愤怒，以为阿尔喀诺俄斯和他派的人违背了诺言，把他带到了某个陌生的地方。几乎是同时，他开始担心他们送给自己的礼物，害怕它们被盗走。接着雅典娜出现了，很快消除了他的疑虑，又亲自帮他把财宝藏到一个山洞。后来，在他第一次见到珀涅罗珀时，乔装的奥德修斯故意误导她，讲了一个精心编造的故事，并在结尾处声称自己不久前还在忒斯普罗提亚遇到过这位失踪已久的英雄，从那里，"他带来许多珍贵的财宝，是他在那里到处乞求所得"。他本可以更早归来，"不过，他心里似乎认为，更有利的做法是在大地各处漫游，聚敛更多的财货。"（19.272-84）

故事是虚构的，不过正如诗人所说，它"就如真事一般"（19.203）。奥德修斯实际上用了"乞求"（aitizo）这个动词，这也正是欧迈俄斯用的词，当时他建议自己乔装的主人到城里去，乞求食物。但奥德修斯要表达的意思，跟欧迈俄斯的意思，是完全不同的。一位国王"乞求"财宝赠礼，是他旅行和维系外邦关系正常活动的一部分，涉及新的或者旧的亲族和宾友，是给赠礼与回礼这个无尽链条增添新环节的方式。当国王阿尔喀诺俄斯请奥德修斯多留一夜，以便好好备齐赠别的礼物时，奥德修斯答道：如有必要，我可以等上一年，"因为回到我亲爱的故乡时，我手上拿的礼物越多，就对我越有利，在我回到伊塔卡后，不管谁见到我，我都会得到他们更多的尊敬和爱戴"（11.358-61）。就在他说这话的同一个王庭，奥德修斯曾因别人暗示他是觊觎利益的商人而做出激烈的反应。

这里，体面的获取与商人的获利，二者之间有着微妙的区别。英雄们身上有一些农民的特质，随之而来的是农民对财产的热爱，一种精打细算，几乎是吝啬的囤积、测量和计算。财富是种毫不含糊的好处；财产越多，好处就越大，这是用来夸耀而不是遮掩起来的东西。但英雄们并不仅仅是农民，他们收礼，也可以同样骄傲地赠予；他们可以把荣誉置于所有物质财产之上。阿喀琉斯提醒阿伽门农，"我来这里打仗并不是因为特洛伊的勇士，他们从来也不曾冒犯我；他们不曾盗走我的牛群或马匹"（Ⅰ 152-4）；而同一个阿喀琉斯也可以轻蔑地回绝阿伽门农的补偿礼，尽管它们好得惊人："因为牛群和肥美的羊群可以夺来，三足鼎和栗色的马匹也可赢得"（Ⅸ 406-7）。跟财物的获取一样，财物的流通也是英雄生活中一个基本的部分；正是这种活动，它的实际存在和它遵循的轨迹，把这种生活和其他任何聚敛的生活区分开来。

我们往往感到困惑的是，如果不采用具体的形式，英雄的世界就无法具象化为任何成就或关系。诸神是人格化的，情绪和感受位于身体特定的器官中，甚至灵魂都被具形化了。每一种特征或状态都被转换成某种具体的符号，荣誉成为战利品，友情成为财宝，婚姻成为牛群的赠礼。在与阿伽门农愤怒的争吵中，阿喀琉斯在暴怒中拔出了剑。雅典娜即刻来到他的身边，别人都看不到她；她阻止了他，而她的命令奇妙地用请求的语言表达出来，最后的几句话是这样的："我宣布以下事实，它注定会发生：因为这人[阿伽门农]的无礼，今后你会得到精美的礼物，有三倍之多；但请你听从我们，控制自己。"（Ⅰ 212-4）这是唯一能被理解的恳求语言，当女神提到礼物时，她指的是物质的财产，不是精神上的神恩。

　　正因为荣誉和友谊的具体表现形式总是有着内在价值的物品，而不是贝壳，故此声望的成分就被掩盖在财物的表象之下。实际上，二者都非常重要，一方面是财富，另一方面是作为符号的财物。这就是为什么赠予和接受都是仪式性的行动；如果财产本身就足够了，就不需要这附加的一步了。国王阿尔喀诺俄斯亲自将淮阿喀亚人的礼物装上奥德修斯的航船，正如现代国家的首脑，当着一群政要的面，亲自签署协议。从象征的意义上来说，宾友之谊的赠礼，是协议条款在古代世界的先驱。在一个没有文字的世界，还有什么别的稳固的东西，来见证一段关系的建立，以及它所带来的义务和责任？

　　把仪式的讲究和物质需求的满足连结在一起的，当属无休止的宴饮。"要我说，再没有什么比此情此景更令人愉快——全体人民都沉浸在欢庆中，家家户户的宴饮者依次列席，聆听歌者的吟咏，他们身边的桌子上摆满面包和肉，斟酒人从兑酒缸里舀出美酒，给每一个人斟满酒杯。"（9.5-10）奥德修斯非常疲倦。他打了10年仗，又经历了10年离奇而艰辛的冒险，才来到了淮阿喀亚人的乌托邦，而他的心神则飘向自己的家园，飘向那快要到来的、漫游的终点。他开始放松下来，于是有了这篇言辞优美的短小演说。

然而，荷马史诗的宴饮中，不仅仅有欢庆和 *Gemütlichkeit*（舒适）。"伊多墨纽斯"，阿伽门农说道，"在所有有快马的达那奥斯人中，我最敬重你，不管是在战场上，在别的事务中，还是在宴会中，当阿耳戈斯的贵族们在酒缸中调兑长老们晶莹的酒浆时。"（IV 257-70）这是对贵族活动的等级系统的一个精准概述，将宴会跟战场和"其他事务"并列；因为，当英雄们没有直接致力于战争活动时，他们的时间就花在宴会上，而且，不论从规模还是道德规范来说，这都是英雄式的宴饮。比如，求婚者之所以应该受到谴责，并不是因为他们在奥德修斯的厅堂里日日宴饮，无所事事，奢靡无度。这些是贵族应有的行为，但不应该的是花费别人的钱来宴饮，更不应该在主人不在家的时候这样做。"宴会的参与者"是奥德修斯在淮阿喀亚用的词语（希腊文中是一个词），他用这个词指代所有分担费用也分享欢乐的参与者。"从我的宫殿离开"，忒勒玛科斯庄重地要求求婚人，"到别处去开你们的宴会，用你们自己的家产大吃大喝，每家轮换。"①

仪式性的场合不可没有赠礼，同样也不可没有宴会。《伊利亚特》以特洛伊人哀悼赫克托耳结束。他们的哀悼持续整整9天，在第10天，他们火化了遗体，把骨殖放入黄金的骨灰瓮中，在集合的特洛伊军队面前将它埋葬。"垒好坟堆后，他们回到城里；

---
① 1.374-5，在 2.139-40 重复。

接着他们聚集起来，尽情宴饮丰盛的筵席，在宙斯养育的国王普里阿摩斯的宫中。就这样，他们为驯马者赫克托耳举行了丧礼仪式。"（XXIV 801-4）或者，如果再举一个例子的话，还有涅斯托耳给阿伽门农的建议："为长老们举办宴会吧，这样对你来说是最合适得体的。"（IX 70）当然，在这些场合中的费用并不被分担；普里阿摩斯举行宴会，结束葬礼的仪式，而阿伽门农是在议事前款待他的长老会议成员。

在另一个场合中共同进食的仪式性意义体现得最为清楚。每当有来访者时，不管他是亲族还是宾友，使者还是陌生人，事务的第一步，毫无例外地都是共同进餐。这条规则适用于所有等级，不管是奥德修斯、埃阿斯和福尼克斯带着阿伽门农提供的道歉礼到阿喀琉斯帐中时，还是当时身份未明的乞丐出现在奴隶猪倌欧迈俄斯的小棚屋前时。合适的做法是，主人只应在来客进食之后询问其身份和目的。"来吧，"欧迈俄斯说，"老人家，咱们到屋里去，等你酒足饭饱之后，再告诉我你从哪里来，经历了哪些苦难。"（14.45-7）

这是种不能拒绝的仪式，与原始世界中祛除禁忌的仪式相类。故此，分享食物的不仅有主人、客人和他们的随从，也还有神明。"接着，牧猪奴站起来割肉，……他把整块肉分开，均等地分成7份。祈祷之后，他把第一份留给海中女神和迈亚之子赫耳墨斯，又把其余分给每个人……接着他向不死的诸神献上燔祭。"（14.432-6）对祭祀的描写各个不同，参与神明的名字也都不一样，但最基本的观念总是一致的。通过分享食物（必须指出，是大量的食物，而不是象征性的），人们就以仪式的方式建立或延续了一种联系，把凡人和神明、生者和逝者连结到一个有秩序的存在世界中。在某种意义上，不断重复的宴会，似乎是维系这个群体所必须的，不管是在 *oikos* 的层面上，还是在更大阶级的规模上，同时，它也是跨越边界、与陌生人和宾友建立和平关系所必要的。

相反，被排除在宴会之外，是被社会驱逐的标志。得知赫克托耳的死讯后，安德洛玛刻（Andromache）在巨大的悲恸中，哀叹儿子阿斯堤阿那克斯（Astyanax）未来的命运："迫于所需，孩子只好去找父亲的伙伴，扯扯这个的外衣，拉拉那个的袍子；有的人可怜他，让他啜饮一口，也只是湿了湿嘴唇，嘴巴仍然是干的。那些父母双全的孩子对他挥拳，把他从宴会上赶走，还出言侮辱：'走开！你的父亲可没有在这里跟我们饮宴。'"（XXII 492-8）

安德洛玛刻无法保护自己的孩子，哪怕在想象中也不能，因为宴会上没有女人的位置。不仅这个世界是男人的，而且女人的低下地位既不加掩饰，也没有被理想化，更没有什么骑士精神或者浪漫的恋慕。"那么，在凡人中，只有阿特柔斯的儿子们爱自己的妻子吗？"根据常用的译法，阿喀琉斯这样问道。① 不过，希腊文说的并不是"妻子"，而是"床伴"；阿喀琉斯所说的，是一个他"凭长枪赢取"的女人。更早的时候，阿伽门农提到克律塞伊斯——被俘虏的祭司之女，他说，"是的，我偏爱她胜过克里泰墨涅斯特拉，我婚配的床伴"（Ⅰ 113-4）。实际上，从荷马到最晚的

---

① IX 340-1，此处采用《洛布古典丛书》（*Loeb* Classical Library）中 A. T. Murray 的英译。

希腊文学，都没有特指"丈夫"和"妻子"的惯用词。一名男性可以是一个男人，一个父亲，一个勇士，一个贵族，一个首领，一个国王或一个英雄；但从语言上说，他几乎从来不被表达为一个丈夫。

还有"爱"这个词。我们将 philein 翻译为"爱"，不过，这希腊文动词到底有怎样的感情特点以及怎样的弦外之意，仍然是个问题。这个词被用在所有人与人之间有正面联系的场合。奥德修斯说，当他拜访群风的总管埃俄洛斯时，"他好客地款待了我整整一个月"（10.14），而 philein 正是用来表达好客款待的词。史诗多次提到奥德修斯哀伤地渴望家园和妻子，然而其中又有哪一个段落展现了被现代世界称为"爱"的情感和激情呢？更多的情况是，家园的意象中略去了珀涅罗珀，因为标准的表达方式是瑙西卡所说的："那么你就有希望再见到自己的亲朋，回到你宜居的家宅，回到你的故土。"①

毫无疑问，奥德修斯很喜欢珀涅罗珀，也觉得她有性吸引力。她是他所说的"家园"的一部分，是他亲爱儿子的母亲，他 oikos 的女主人。一夫一妻的婚姻是当时的规矩。②史诗中没有确切提及单身汉或者老姑娘，而唯一一次提到离婚的地方也有些含糊，是赫淮斯托斯威胁要把通奸的妻子阿佛洛狄忒送还给她的

---

① 6.314-5；雅典娜在 7.76-7 重复了这番话，这之前宙斯和赫尔墨斯也分别在 5.41-2 和 5.114-5 说过。

② 唯一的例外是普里阿摩斯，他有多个妻子，50 个儿子，12 个女儿，数不清的孙辈。这对我们来说是难以理解的，可能对史诗诗人来说也是一样。除此之外，即使在特洛伊也没有哪个男人拥有多个妻子，也没有哪位神明如此。

父亲（但他并未执行这个威胁）（8.317-20）。不过，我们不应曲解一夫一妻制的意义。这个制度既没有强制男性过一夫一妻的性生活，也没有将小家庭置于男子感情生活的中心。一个人可能会说，"我想要回去跟我的家人一起生活"，但语言上没有任何词汇来表达这个意义上的小家庭。

在荷马史诗中，不管是奥德修斯与珀涅罗珀之间的关系，还是任何别的男子与伴侣之间的关系，都缺乏深度和强度，这种情感的特质——在男子那一方——是父与子之间，以及男子和他的男性伙伴之间感情特征。史诗中有许多这样的意象："就像父亲在第 10 个年头欢迎从远方归来的儿子"（16.17-18）；但并没有丈夫因妻子而欢乐的明喻。在叙事中，我们只需回想一下阿喀琉斯对帕特罗克洛斯之爱的关键作用，以及阿喀琉斯在伙伴死后的巨大哀恸。

一个自古便有、尚未解决的争议是，阿喀琉斯和帕特罗克洛斯之间的关系是否包含了明显的性爱。史诗的文本中并没有任何直接肯定的证据；即使是两次提到伽倪墨得被带上奥林波斯山的地方，也只是说他成为宙斯的斟酒人。在希腊世界，与男童的同性爱是很早就被广为接受的行为，在很多个世纪中，它都是希腊文化中必不可少的一部分，从忒俄格尼斯（Theognis）到柏拉图的作品都雄辩地证实了这一点。此外，这里涉及的同性爱，其意义并不指向情色欲望和仅限于同性的行为，而是完全双性恋的。故此，英雄之间有情爱关系，同时英雄们也会吹嘘吸引异性的勇武，而希腊的实践和伦理都不会觉得二者共存有任何不一致或者不可能。如果需要史实证据，只要指出忒拜的武士精英就可以了。所以，为了解释阿喀琉斯惊人强烈的情感，要让奥德修斯的世界适合希腊文化的主流，有学者认为，我们在这个问题上所看到的是史诗中"删除"的例子，也就是说，"荷马把这种事从头到尾清除出了他概念里的生活。"①

尽管这是可能的，确凿无误的事实是，荷马充分展现了整个古代不变的真相：女性被认为是天生低级的，故此她们的功能仅限于生产后代和做家务，有意义的社会关系和强烈的个人情感要在男性之间寻求和获得。我们可以在亚里士多德《尼各马可伦理学》第 8 卷读到对 *philia*——也就是被我们苍白地译作"友谊"的词——的经典阐述。亚里士多德说，当不平等的伴侣之间，比如一个男人和一个女人之间，产生了某种低级的 *philia* 时，二者在美德、职责、友谊的基础以及情感和友谊上，都各不相同。相应地，情感应该适合每个人各自的价值："比如，（二者中）更优的一方，接受的感情应该比他给出的多。"这也正是我们在荷马史诗中见到的。奥德修斯不在的时候，珀涅罗珀的损失，无论在情绪上，心理上，还是在情感上，都要大得多，是她丈夫的损失所无法比拟的。阿喀琉斯的悲痛，差不多可以匹敌赫克托耳死去时赫卡柏和安德洛玛刻的哀恸，她们分别是赫克托耳的母亲和妻子。

此处我们必须采取谨慎的态度。我们看到的是一种塑造得很有技巧的对女性形象刻画：描述女性对夫君和高位者情感的，是一位坚信她们天生低等的吟游诗人。由此而浮现的形象是复杂

---

① Gilbert Murray, *The Rise of the Greek Epic* (3rd edn., Oxford: Clarendon Press, 1924), p. 125。可能存在的"删除"的其他例子会在下面提到。

的，在某些方面甚至令人困惑。史诗中两个没有完全解释清楚的人物都是女性：一是阿瑞忒，淮阿喀亚人的王后，她极不寻常地有资格拥有女人不该有的势力和权威；另一个是海伦，一个非常特别的人物。海伦是宙斯和勒达的女儿、阿佛洛狄忒的最爱，而正因女神的馈赠，她让希腊人和特洛伊人卷入了一场浩大的争端，让双方都损失惨重。在这场事端中，海伦并不是无辜的受害者，也不是帕里斯-亚历山大不情不愿的俘虏，而是彻头彻尾的通奸女子。帕里斯没有任何赎罪的可能。"众神之王宙斯，"墨涅拉俄斯祈祷说，"求您让我报复先伤害我的那个家伙，神样的亚历山大，求您让我亲手把他制服，让后来的人再也不敢对向他们展示好意的主人做坏事"（III 351-4）。但海伦没有受到任何惩罚，甚至都没受到什么责备。她回到斯巴达度完余生，使用在埃及得到的魔药，解读朕兆，参与宫廷生活时更像阿瑞忒而不是一个希腊女子该有的样子。

　　甚至在珀涅罗珀身上，也不是完全没有谜团和难解的元素。雅典娜命令忒勒玛科斯结束对墨涅拉俄斯的拜访，立即回家，以免珀涅罗珀抵抗不了父亲和兄弟们的压力，不仅会接受一名求婚者，而且还会夺去宫中的财物。女神用一句整体概括结束了自己的话："因为你知道，一个女人胸中是怎样的心思，她们总是希望增添新嫁之人家中的财产，一旦从前的丈夫死了，就把他和之前的孩子彻底遗忘，不闻不问。"（15.20-3）

　　这样说起珀涅罗珀是很奇怪的，而且这番话的来源也很有意思。在奥林波斯山上，整体来说，男神的地位要高于女神：不仅因为他们的能力更高，也在于他们的号召力，在于他们在凡人中唤起的情感。这条原则唯一的例外就是雅典娜,而雅典娜作为女神最重要的特征就是她的男子气概。在一个并不存在原罪,不存在性爱可耻,也不存在维斯塔贞女(Vestal Virgins)的世界里,她是一位处女神。她甚至不是女性生育的,而是从宙斯的头中跃出——这是对全体女性的侮辱,为此赫拉永远也不能原谅他的丈夫;而赫拉是彻头彻尾的女性,希腊人对她有一点畏惧,却并不喜欢,从奥德修斯时代直到诸神的没落一直如此。

雅典娜和诗人都没有进一步解释珀涅罗珀的行为。不过,阿佛洛狄忒是明确为海伦负责的。在《伊利亚特》开始不久,帕里斯与墨涅拉俄斯单打独斗,只差一点点就丢了性命,此时"阿佛洛狄忒轻轻巧巧地把他抓起来,因为她是位神明,又用浓重的雾霭将他裹住,把他放在香喷喷的、香料熏过的卧房里。"接着她亲自去城墙上召唤海伦。"'来吧。亚历山大叫你回家。他正在卧房里,在充满镶饰的床上。'"海伦拒绝了。"神圣的阿佛洛狄忒怒道:'执拗的贱人,别惹火了我,免得我一怒之下将你抛弃,像我一直以来那么钟爱你那般地去恨你。'"(III 380-415)海伦害怕,于是便去了香薰的卧房和充满镶饰的床铺。

海伦不情愿的原因,此前已经有过一些描述。神的使者伊里斯化作普里阿摩斯最美貌的女儿拉俄狄刻(Laodice)跟她谈话,"让海伦心中甜蜜地渴望自己从前的丈夫,她的城池和父母。"(III 139-40)海伦所处的这种进退两难的僵局并没有什么新奇,因为荷马所描述的心理中,人类的每一个行为和每一个想法,都可能是神明干预的直接结果。在寻常的事情上我们永远也无法确知(而且凡人不管怎样都可能没有领会或遵循神意的指引)。故此，当珀涅罗珀要求解释忒勒玛科斯为什么冒险到皮洛斯和斯巴达，打听父亲的消息时，传令官墨冬（Medon）答道（4.712-3）："我不知道是不是有某位神明敦促他这样做，还是他自己的心灵（*thymos*）驱使他前往皮洛斯。"

不过，有些行为愚蠢或者令人吃惊，此时无疑有神明的干预。欧律克勒亚告诉珀涅罗珀，奥德修斯已经归来，并杀死了求婚人，此时王后完全不相信："亲爱的奶妈，一定是神明让你昏了头；他们能让脑子最好使的人变得愚蠢，也会让脑子不灵的人精明审慎。是他们让从前头脑清楚的你变糊涂。"（23.11-4）每一页和每一个能想到的场景中，都可以有更多的例子。

历史学家在别处不会遇到更微妙的问题了。这些都是实实在在的信仰，还是诗歌的譬喻？英雄们被称作 *dios*（神圣的）、*isotheos*（神样的）、*diotrephes*（神养育的），那我们到底应该给这些特性形容修饰语赋予怎样的意义？① 墨涅拉俄斯在尘土中拖拽帕里斯，快要勒死他时，阿佛洛狄忒扯开了后者头盔上的皮带：这只是一个想象出来的诗歌修辞，用来指代偶然，指代一次皮带及时断裂的幸运事件，还是荷马真的相信他所吟唱的每一个字？在这些问题上，**我们**相信什么，是无关紧要的，也是误导性的。有些现代批评者把荷马诸神称作"象征性表述"（symbolic predicates），把奥林波斯山上的活动称作诗人的"脚本"：他们不仅把现代神学和现代科学强加到奥德修斯的世界中，也毁了这两部史诗。没有神的干预，叙事本身就瓦解了，同样瓦解的还有英

---

① 遵循公认的惯例，我一直把 *dios* 翻译成"杰出的"。

雄们的心理和行为。

世系是一个公正的检测方式——它给所有的贵族家庭，甚至整个宗族提供了神的血统。波塞冬对费埃克斯人怒不可遏，因为他们不仅救了奥德修斯，还满载珍宝将他送回了伊塔卡，而淮阿喀亚人"出自我的血脉"（13.130），这一事实更加剧了他的怒火。奥德修斯讲述他的地府之行时，有长长的一段列举了各位有幸为宙斯和波塞冬生下凡人子孙的女子。反过来的例子却非常的罕见——卡吕普索（Calypso）甚至抗议道："你们这些神明啊，毫无慈悲，无比嫉妒；要是我们女神中哪一位选了凡人做亲爱的床伴，他们会不满我们公然跟凡人发生关系。"（5.118-20）阿喀琉斯就来自这样结合的一对——他是珀琉斯和海中女神忒提斯之子；另一对则产生了埃涅阿斯——安喀塞斯（Anchises）和阿佛洛狄忒之子。

很难想象这种对神明血统世系的狂热，仅仅是诗歌的想象。这是对贵族特权的认可，对于依靠强权的统治来说，无人相信的意识形态是荒谬的。当色诺芬尼在公元前 6 世纪用尽可能尖锐的言辞抗议荷马史诗中的神明观念时，他可不是对着风车大战。既然"偷窃、通奸和欺骗"是被普遍接受的神明的行径，那么凡人的神明血统和神明对战局的干预当然差不多同样可信。更进一步的论点是，很多神的干预都无关痛痒，对叙事的发展没有任何影响。这其中很多想必是吟游诗人所继承的程式性表达的一部分，在原始信仰大多已经衰落成言谈和故事中的陈词滥调之后，这些程式性表达仍被重复和保持下来。最大的困难，是在一个已经逝去的思想世界和尚未到来的理性之间找到合适的界限。

一个特别值得注意的因素是完全的神人同形（anthropomorphism）。神是依照人的样子创造的，这一创造的技巧和才华，当属人类智识最了不起的壮举之一。整个英雄社会，连同其中各种错综复杂的事物和细微的差别，都被复制到了奥林波斯山上。诸神的世界从各方面说都是一个社会性的世界，有着过去和现在，或者说，拥有历史。这里并没有创世纪，并没有基于虚无的创世。奥林波斯山上的诸神获得权力，就像伊塔卡或斯巴达或特洛伊的凡人获得权力一样，都是通过争斗或家族世袭。以下是通过波塞冬之口讲述的、提坦神被暴力推翻之后的事情（XV 187-93）："因为我们是三兄弟，瑞亚（Rhea）孕育的克罗诺斯之子，宙斯和我，还有执掌地府的老三哈得斯。我们把一切都分成三份，每一个抽取自己的那份荣耀[即领地]：我们抓阄时，我抽到可以永久居住的白色大海，哈得斯抽中的是昏暗幽冥，而宙斯拈得气与云中的广阔天宇；但大地和高耸的奥林波斯山为我们共享。"（XV 187-93）

以上几句来自一番颇为暴怒的言辞。此前，波塞冬加入战局，支持希腊人一方，特洛伊人节节溃退。宙斯派伊里斯（Iris）去，命令他从战斗中退出。"威名远扬的震地之神大为震怒，如此回答她：'不，他虽强大，倘若要违背我的意愿强行驱策我，这话也太张狂；我的地位与他平等。'"（XV 184-6）[①] 当然，波塞冬还是让步了，但这番谈话完美地指出了诸神与英雄之间的相似之处。跟所有的英雄一样，波塞冬在意的只有荣誉和力量。他屈从

[①] 原文作"master my by force"，my 当为 me 之误。1954 年版中亦作"me"。——译者注

于宙斯的权威，仅仅是因为这位兄长的力量占了上风。在史诗更早的一段中，赫拉首先提议他们联手以谋略战胜宙斯，让阿开亚人免于既定的被杀戮的命运；波塞冬却不肯同意。"言语鲁莽的赫拉，你说的是什么话？我可不愿看到我们全体天神与克罗诺斯的儿子宙斯为敌，因为他要强大得多。"（VIII 209-11）

说到力量，神明的世界和人类的世界一样差别众多，其范围也非常广。每一位神明所拥有的力量，不仅在数量上有巨大的差别，这些力量可以应用的领域也有显著的区别。比如，在情欲相关的事情上，阿佛洛狄忒有着无可抗拒的力量。但她想要参与实际的战斗时，狄俄墨得斯攻击了她，"深知她是位力弱的神明"（V 331），并且伤了她的手。阿佛洛狄忒向宙斯哭诉，结果却被温和地责备："我的孩子，战争之事不归你管，你还是掌管婚姻中的情爱之事吧，这些将由迅捷的阿瑞斯和雅典娜照管"（V 428-30）。

只有宙斯的位置，在人世间无可类比。尽管他并不完美，既不全知，也不全能——这点必须强调一下——但他的力量势不可挡，最强大的国王所梦寐以求的力量都比不上。而且，宙斯在他自己和凡人的世界之间保持距离，这一点也是独一无二的。在奥林波斯山的诸神中，唯有宙斯从来不会以言语或行动进行干预，而总是通过伊里斯带的口信、梦境、流言、某位别的神明，或者是朕兆这种更为间接的途径，比如雷鸣或是鹰的行迹。甚至在奥林波斯山上，也存在着一定的距离：当宙斯进入殿堂时，"在他们父亲面前，所有的神明都立刻从座位上起立。"（I 533-4）不过，要把宙斯想象成某种东方的超级君主，也是错误的。尽管有这些独特之处,宙斯身上仍有很多希腊人 basileus 的特点(尽管荷马从未给他这个头衔),是一种特殊的同侪之首。《奥德赛》以雅典娜的吁求开篇,她要求结束奥德修斯的苦难。宙斯的回答先是否认对发生的事情负有责任。"是震动大地的波塞冬顽固地愤恨不休,为了那个被他[奥德修斯]刺瞎眼睛的独眼巨人。"接着宙斯提出了如下行动步骤:"来吧,让我们在此考虑他的返家,他可以回去。波塞冬将止息他的怒火,因为他没有力量与所有不死的神明对抗,独自抗拒众神的意愿。"(1.68-79)

这种强权和商讨的结合向我们展现了古代世界。即使是波塞冬,也承认宙斯有强迫服从的力量;但诗人并不愿将这个决定仅仅归因为强迫。在描绘天上的情景时,诗人并不总能保持完全的一致。宙斯的例子是很突出的,但还有别的例子,比如关于命运的两种概念,一种认为它由诸神操纵,另一种则认为命运约束一切,不管是凡人还是不死的神明(包括宙斯,因为他还达不到全知);又如关于哈得斯的概念,它是个不明确的所在,在完全的晦暗和空虚中,凡人的鬼魂在那里继续生活,然而也有一些像坦塔罗斯(Tantalus)那样的人,在那里遭受惩罚,接受无尽的折磨。这些不一致之处,不过是清楚地表明,要在另一个层面重建英雄的世界,需要怎样巨大的努力,以及这种重建有多么成功。我们可以从各个方面找到证据,比如财富和劳动,礼物馈赠和宴饮,荣誉与羞耻。

无可避免地,也要对失败之处进行考量。神明们是不死的,这是困难的来源之一,但也许不是最主要的。因为不会死去,神明们不可能成为真正的英雄。他们也许没能达到某一个特定的目标，但他们可以一而再再而三地尝试，而且在尝试中从来没有任何死亡的风险。不过，这一缺陷仍可以被忽略，神明们可能有别样的举动，跟英雄们会采取的举动一样。也可以对不朽的微小细节进行处理：鲜血是有死者生理上的关键，那么就必须用另一种叫作灵液（ichor）的物质来代替它。但完全用凡人的词句来描述神力是不可以的，哪怕是规模最宏大的词句。严格意义上神力是超自然的。它的本质和不可抵抗的力量都高于凡人的力量。狄俄墨得斯能够在面对面的打斗中击败阿佛洛狄忒，前提是这位女神没能利用自己的超自然力量——即使是力弱的女神也拥有的神力。比如，她本可以用厚厚的雾气罩住他，将他抓起带走。面对这样的本领，就连阿喀琉斯也不是对手。此外，只有神明有能力让某个凡人失去理智，或者让吟游诗人和占卜者知晓曾经发生过的事情和将要发生的事情。

让神明人格化，是大胆得惊人的一步。超自然的存在不是被想象成模糊而形态不定的神灵，或是像半鸟或者半兽那种怪物的形态，而是被想象成男人和女人，有着人类的器官和感情——这需要最大的胆量和对自身人性最大的自豪。在如此创作神明之后，荷马又让凡人用"神样的"来形容自己。必须清楚地强调"凡人"和"神样的"两个词。一方面，荷马从来不曾混淆"神样的"和"神圣的"；他也从来不曾越过凡人和神明之间的界限。赫西俄德提到"一个神样的英雄种族，他们被称作半神"，但《伊利亚特》和《奥德赛》中都没有半神。国王们像神明一样享受尊荣，但并不受崇拜。英雄们是人，而不是祭仪的对象。尽管他们的祖先是神明，他们血管里流动的仍然是鲜血，不是灵液。另一方面，在凡人中，并没有基于地方、区域或国家的，真正重要的的分界。不管是在祭仪的事情上，还是在凡人生活的任何其他重要方面，诗人都不曾做出会遭人愤恨的分类和区别。每一个人和每一个阶层都有各自不同的价值与能力，但不管是在阿卡亚人和其他人之间，还是在阿开亚人内部，不同的部族都没有区别。人性的普遍性，就像诸神的人性一样，都是荷马大胆而不寻常的刻画。

无可置疑，我们这里所面对的是一种新的创造，一种宗教上的革命。我们不知道是谁实现了这一点，但我们可以确定的是，发生的是一个突然的变化，而不仅仅是缓慢而逐步的信仰转变。在东方和西方已知宗教的历史上，从来没有哪个新的宗教不是一举引入的。新观念可能已经酝酿了很长一段时间，旧观念也可能一直在缓慢地改变，还可能有些其他的观念来自外邦。但实际变化的那一步——一种概念上全新体系的创立——永远是急剧的、迅速的和突然的。

这种变革并不彻底——补充这一点，并不是对变革之规模的低估。更准确地说，变革并不是普遍的：因此，接下来几个世纪中希腊宗教的历史，展现出了基于社会阶层、教育、个人性情和环境的巨大不同。色诺芬尼所说的，并不代表阿耳卡狄亚不识字的山里人，也不代表他家乡科洛丰或者他移居的西西里的半文盲的农夫。由来已久的巫术活动与崇拜依旧活跃着，例如那些与温泉相关的活动。前奥林波斯（pre-Olympian）的宇宙神话还有很长一段生命。故此，更不寻常的是，荷马史诗（跟赫西俄德相反）中的此类痕迹太少了，不能构成又一个涉及荷马史诗"删节"的依据。举例来讲,古老的自然神要么被贬低,要么被无视。太阳神赫利俄斯(Helius)缺乏力量,以至于当奥德修斯那些饥饿的手下屠戮了他的牛群,犯下惊人的罪行后,他能做的也不过是冲到宙斯那里,要求后者为他报仇。月亮神塞勒涅(Selene)则完全不重要。

最值得注意的是对丰饶女神得墨忒耳的轻视,与赫利俄斯和塞勒涅不同,在荷马之后的很多个世纪里,得墨忒耳仍然是希腊宗教中的一个重要人物。她的礼拜仪式,是关于季节的更迭以及植物和果实生发又凋谢这种逐年循环的奇迹。得墨忒耳的崇拜是在正式的奥林波斯山信仰之外进行的,因为这一信仰的创立者完全没有给她或者秘仪崇拜留出任何位置。荷马知悉有关得墨忒耳的一切(《伊利亚特》和《奥德赛》中有 6 次提到了她);而这正是要害所在。荷马有意无视了她和她所代表的一切。

"献上厚礼,礼敬他有如神明"是一个反复出现的、有关国王的词句;反过来说,就是神明们应该像国王那样得到礼物、获得崇敬。在实践中,这意味着奉献食物和盛宴,敬献燔祭和珍宝,以及在神庙中陈列用于供奉的武器、大锅和三足鼎。顺便要说的是,神庙和其中的祭司本身也是新信仰的一部分。从前,自然的力量就在它们所在的地方接受崇拜;但被想象成人的样子的众神,也像人一样,在适当的殿堂里被崇拜。秘仪(字面的意思是"狂欢",这个词在两部史诗里都不曾出现)、鲜血祭仪(blood rites)、献祭人牲以及所有其他让神明失去人性的东西,都被严格地摒弃了。于是,阿伽门农献祭自己的女儿伊菲革涅亚这样的重要故事被省略了,史前时期发生的很多诸神的骇人暴行都被彻底低调处理了。确实，阿喀琉斯在帕特罗克洛斯的火葬堆上献祭了"十二位勇敢的特洛伊人的男儿"，但诗人立刻如实界定这种远古的恐怖行为："他心中谋划了这一邪恶之事"（XXIII 175-6）。

约翰·斯图尔特·密尔（John Stuart Mill）在他的自传中有一个著名的段落，描述了自己的父亲："我曾很多次听他说起过，所有的时代、所有的国家都把自己的神明描绘得邪恶，而且这种邪恶持续不断地增长；人类持续不断地添加这样和那样的特性，直到他们达到了人类头脑所能想象的、最完美构想下的邪恶，于是他们把这称作至高的神，在他面前匍匐四肢。"至少对于荷马史诗中的宗教来说，这不是一个中肯的论断；倒不是因为荷马诸神不会做邪恶之事，而是因为他们在本质上完全没有任何道德特质。在奥德修斯的世界中，道德规范是由人制定并由人实施的。在各式各样的活动中，凡人向神明寻求帮助，因为他们有权献出或者保留那些礼物。凡人不能向他们寻求道德的指引；这不在他们的权力范围之内。奥林波斯山上的诸神并不曾创造这个世界，故此他们并不为它负责。

当奥德修斯在伊塔卡醒来时，雅典娜装扮成一个牧羊人出现在他身边，而迎接她的是一个奥德修斯编造的典型故事：他如何来自克里特，曾在特洛伊打仗，杀死了伊多墨纽斯的儿子，逃亡到腓尼基人那里等。雅典娜露出微笑，现出她的女神原型，并且做了如下评论："一个人必须得足智多谋，狡诈多端，才能在种种谋略上超过你，哪怕遇到你的是位神明也不能例外。头脑强大的人啊，你满腹机略，谋划无度，就算回到自己的故土，也不肯停下你从心底喜欢的谎言和骗人的故事吗？不过，咱们且放下这些不说，因为我们都善于谋略；在所有的凡人中，你在计谋和言辞上首屈一指，而我则在诸神中最以诡计与狡猾著称。"（13.291-9）

这正是从色诺芬尼到柏拉图一连串的哲学家所抗议的：荷马诸神对道德之事的漠不关心。就在《伊利亚特》全诗结束之前（XXIV 527-33），阿喀琉斯明确地说明了这条原则："宙斯的地上放着两只酒罐，他从其中一只给出不幸的礼物，从另一只给出幸福；如果喜欢响雷的宙斯给出一份混合的命运，那人便一时不幸，一时幸运；如果他给某人不幸，就使得这人遭受凌辱，悲惨的不幸在神圣的大地上驱赶着他，作为一个流浪者，不管神明还是凡人都不敬重他。"

神的礼物如何降临到凡人身上，由偶然而非美德决定。因为凡人并没有影响这一选择的能力，他既不可能有罪，也不可能赎罪。他可能严重地冒犯某位神明，但只是因为不尊重神、令神蒙羞——比如起假誓，或者不服从神谕的直接命令，或者没能献上祭祀的礼物——接着，冒犯者就有不容推辞的责任来补偿神明，正如他与自己冒犯到的任何凡人修好时一样。但这不是赎罪，而是重新建立恰当的地位关系。没有罪，也就不会有道德意识的概念，不会有道德负罪感。阿喀琉斯谈及的不幸就是灾祸，不是摩西十诫中的恶。

此外，也不存在对神明的敬畏。"荷马中的贵族们无畏地雄踞于他们的世界；他们对神明的畏惧，与他们对凡人君王的畏惧相类。"① 《伊利亚特》中没有用到表示"畏惧神明"的词汇。无

---

① E. R. Dodds, *The Greeks and the Irrational* (University of California Press, 1951), p. 29.

须赘言，也没有表示"热爱神明"的词——*philotheos*（爱敬神）第一次出现，是在亚里士多德的文字里。《伊利亚特》中的凡人不是向神明寻求道德支持，而是向同侪，向他们赖以生存的制度和习俗寻求支持；已发生的智识上的革命正是如此的彻底。不可知而又无所不能的自然力量是一种沉重的负担，在清除了这种负担后，凡人保留了这样的意识：在宇宙中有些他不能控制也不能真正理解的力量；但他采用了一种伟大的自我意识，一种对他自身、对社会中的凡人及其生活方式的骄傲和自信。

然而，有些人的生活无法保证骄傲和自信，这些人又怎样呢？《伊利亚特》中的神明是英雄们的神明，或者说的更直白些，是王公贵族与显赫家族族长们的神明：这是不言自明的。那么其他人呢？对这些人来说，铁器时代已经到来，"白日里人们劳作不休，有无边的不幸，夜里人们不断地死去"。① 他们有足够的理由畏惧神明，但如果神明们真的像诗人所描述的那样，他们就没有畏神的道理了。对他们来说，礼物的选择没有什么疑问；他们永远可以确定，礼物来自不幸的酒罐子："悲惨的不幸在神圣的大地上驱赶着他——一个流浪者，不管神明还是凡人都不敬重他。"《伊利亚特》的诗人可以轻蔑地无视得墨忒耳，但对黑铁时代的人类，得墨忒耳许诺的是丰收，就像狄俄尼索斯意味着美酒、欢乐和忘忧——而他是另一个被荷马忽略的神明。"阿波罗仅在上流社会中活动，从他做赫克托耳的保护神的时代，到由他认可贵族运动员的时代；但狄奥尼索斯无论在任何时代都是 *demotikos*，属

---

① Hesiod, *Works and Days*, 176-8.

于民众的神明。"①

对奥林波斯山诸神的崇拜不可能止步不前同时又继续下去。《伊利亚特》中体现出的智识革命，还需要另一场革命，一个道德上的革命，让宙斯从一个英雄社会的王，转变成宇宙正义的原则。《奥德赛》中体现了这种新概念的某些元素，因为求婚人的故事在某种方式上正是一个恶行与报应的故事。当奥德修斯表明身份，讲完对求婚人的屠杀后，年迈的莱耳忒斯说："诸神之父宙斯啊，如果求婚人们真的为自己的傲慢恶行付出了代价，那么高高的奥林波斯山上到底还是有你们这些神明们的"（24.351-2）。这就与《伊利亚特》形成了鲜明的对比。如果有什么区别的话，在《伊利亚特》中，特洛伊的毁灭是神意不公正的体现。帕里斯羞辱了墨涅拉俄斯，但双方——不仅是阿开亚人，同样也有特洛伊人——一度决定让两位英雄单独决斗，以此来决定此事。墨涅拉俄斯获胜，战争本该到此结束，随后海伦归还，赔偿交付；可赫拉与雅典娜不能称意，她们定要伊利昂被攻陷，所有的特洛伊人被屠戮。两位女神的旨趣完全是英雄式的，坚持要充分地报复她们曾在帕里斯手上遭受的耻辱——因为帕里斯裁定阿佛洛狄忒比她们更美。带来特洛伊覆亡的不是别的，而正是这件事。

宙斯最终向赫拉的要求让步了，尽管用他自己的话来说，"在太阳和星空之下的所有有凡人居住的城池中，我心里地位最尊崇的就是神圣的伊利昂，还有普里阿摩斯和他那善使梣木枪的子民"。赫拉针锋相对地答道："有三座城池我最为钟爱，阿耳戈

---

① Dodds, *The Greeks and the Irrational*, p. 76.

斯、斯巴达和广衢的迈锡尼。不论何时，若你对它们心怀憎厌，便可随时摧毁；我既不会维护它们，也不会心怀不满。"（IV 44-54）必须补充的是，在真正实施这个决定时，宙斯召唤了雅典娜，让她用最恶毒的欺骗去构陷特洛伊人，使他们违背自己和阿开亚人在墨涅拉俄斯和帕里斯决斗时发下的誓言。

从这样一种关于神明动机的看法，到对求婚者的惩罚，可谓迈出了一大步；而《奥德赛》诗人的这一步，走得迟疑又不完全。这一步有着众多复杂的含义，而不论如何，诗人并不总能看到它们。当他确实看到的时候，效果是惊人的。欧律克勒亚一回到宫殿的议事大厅，看到对求婚人的屠戮，"目睹这样大的成就，她惊喜的马上要狂呼出声。但奥德修斯止住了他……'老奶妈，心里高兴就够了，请忍住不要出声欢呼。在被杀死的人面前得意洋洋是不虔敬的。制服这些人的是神明的意志和他们自己的暴行。'"（22.408-13）这种情感是非英雄的，因为英雄们往往会使用他们的特权，公然为杀死了人耀武扬威；不仅如此，正如尼采的话所示，在某种程度上这种情感也是非希腊的。诗人似乎在试图理解一种对凡人及其命运的新的洞察，他看到了一些意义深远的东西，但这些东西远远超出了他对世界的认识，所以他用几行诗句简短地表达之后，就立刻退了回去。

有意思的是，在《伊利亚特》中被严格"删节"的信仰成分，在《奥德赛》中则有相当程度的恢复。以哈得斯为背景的第十一卷，充满了鬼魂、黑血和怪异的声音，就像耶罗尼米斯·博斯（Hieronymus Bosch）的画布，其本质完全是非英雄的。最终，还是要靠一位英雄世界之外的诗人来迈出接下来的伟大一步。在

《伊利亚特》诗人那里我们不能确定的,在赫西俄德那里我们能肯定:正是赫西俄德将个体的神明整理成有体系的神谱,并让正义成为存在的核心问题,不管是人的存在,还是神的存在。从赫西俄德开始的直线脉络,一直延续到埃斯库罗斯和其他伟大的悲剧诗人。

在接下来的几个世纪里,属于希腊的奇迹一一呈现。既然荷马把众神变成了人,人们便学会了理解自己。

附录 I　重温奥德修斯的世界①

1957 年 3 月，年逾 90 的伯纳德·贝伦森（Bernard Berenson）在给其友人、瑞典考古学家阿克塞尔·伯蒂乌斯（Axel Boethius）的信中写道："我一生都从文献学、历史学、考古学、地理学等各种角度阅读荷马。如今我想只把他当作纯粹的艺术来阅读，以与人性中兼有的心灵和理智相称。最近有一本关于《奥德赛》的书，将《奥德赛》仅仅视为一部社会学文献。这本书取得了巨大的成功。牛津大学和剑桥大学都立刻向其美国作者发出了教席邀请。"②

贝伦森了解到的情况并不完全准确，不过他这些话中核心的嘲讽之意却是相当常见的，也提出了重大的问题。《奥德修斯的世界》的确引起了许多探讨和争论；这些问题超越了两部荷马史诗本身，而关于口头创作的比较研究、考古学和近东文献，已经有了各种新的洞见和新的信息。因此我有理由向自己发问：时间已经过去了 20 年，如今我（以及这本书）所持的是何种立场？

我是一名历史学者。我对《伊利亚特》和《奥德赛》的职业

---

① 本文系 1974 年我对古典学会所发表的主席致辞，有删节和少量修订，发表于古典学会第 71 期《论文集》(1974)，第 13—31 页。承蒙学会允许我将其重印。

② *The Selected Letters of Bernard Berenson*, ed. A. K. McComb (London: Hutchinson), p.294.

兴趣在于它们作为工具和文献，在青铜时代、黑暗时代和古风时代希腊历史研究中的作用。我认为没有必要调整自己审视这两部诗歌或历史上其他任何诗歌的方式。不过，在多了20年经历（其中一部分颇令人沮丧）之后，也许我可以将一些常识表述得更明白，以冀从此可以避免几个与主旨不甚相干的常见话题。

1. 我从未认为荷马史诗只能被视为社会学文献，也从未认为我们不能忽略特洛伊战争或伊塔卡求婚人们的历史性，将荷马史诗纯粹当作伟大的艺术来讨论。我选择的是一个适合我的目的和我的职业能力的研究维度，而我并未声称这个维度高于其他，更没有认为它是唯一的维度。然而，我也无法不注意到这一点："纯粹艺术论"的鼓吹者很难停留在他们的能力范围之内，很难不从对荷马的文学分析和批评滑向特洛伊战争、赫梯条约、头盔和盾牌、封建制度，以及荷马研究中其他种种非文学的研究对象。

2. 我承认《伊利亚特》和《奥德赛》之伟大超越了其他任何同类作品。南斯拉夫吟游诗人阿夫多·梅杰多维奇（Avdo Mededovič）曾受米尔曼·帕里委托创作1.2万行史诗。无论这一创作在证明创作技术方面有多大价值，它仍是相当糟糕的作品。我不能接受的是，这样的评价构成了一种抵制，其对象则是对口头创作这种文体的比较分析。无论是对历史学家还是对文学批评家，这样的分析都是他们利用史诗的必要前提。难道会有人因为莎士比亚比同时代其他剧作家伟大得多，就拒绝将都铎王朝戏剧视为一类来研究？或者因为巴赫超出群伦的天才，就拒绝将巴洛克风格的教堂康塔塔（church cantatas）视为一类来研究？

3. 从迈锡尼时代、黑暗时代、古风时代、古典时代直到希腊化时代，希腊的口头和书面语言都是希腊语，而这还不是全部。因此，在对连续性和技术进行检视时，一种错误的做法就是：运用寻常的手段来梳理出某个词、某个短语或某个对象，然后将它当作某种伟大发现的证据。今天我们仍然会让律师来起草"遗愿和遗嘱"（last will and testament），尽管这种同时使用益格鲁－撒克逊词和诺曼法语词的做法只在几百年前才有意义。在这个国家里，今天仍然有人在签署文件时（就我所知，他们在称呼彼此时也是如此）与莎士比亚历史剧中的人物如出一辙，用的是诺福克、莱斯特、剑桥这样的名字。这当然显示了某种程度上的连续性。然而，关于我们这个社会或是这类词汇出现的那个时代，这种小小的事实只能提供一些无足轻重的信息。真正值得严肃讨论的，恐怕是迈锡尼"连续性"在《伊利亚特》和《奥德赛》中的完全缺失——如果事实如此的话（当然，并非如此）。

仅仅声称诗歌也是文献纪录并不能说明什么。它们是什么样的文献？具体到荷马史诗的话，它们是哪个历史时期和历史社会的文献？又是关于哪个时期和社会的？

例如，我们在最近的一部关于船表的著作中看到："毕竟，荷马史诗所描述的世界本质上是一个诗歌世界。尽管其中物质上的设定在很大程度上是现实主义的，但这个世界绝非真实：难道我们真的能相信现实中的古希腊人曾像史诗英雄那样行事？……英雄们对赠予和收取礼物的爱好显然并不能反映一个将赠礼活动作为重要经济成分的社会：赠予和收取礼物更像是理想英雄形象中的一种固有元素。泥板上所显示的那种类封建政治体系在荷马史诗中几乎没有任何痕迹。与其说这一事实缘于这一体系的消亡，倒不如说它根本是某种异质于诗歌传统的东西，因此也没能对诗歌传统造成影响——无论它在现实生活中曾经如何重要。"①

愿意相信什么和不相信什么并不是一种论证。当同一批作者对线形文字 B 泥板（那是一批与诗歌毫无瓜葛的文本）立刻表现出同样的不相信态度时，这一点就更加明显了："然而事实上我们会有疑问：线形文字 B 泥板所揭示的那种复杂性和完整性是否会造成一种关于迈锡尼时代希腊真实生活的错误印象呢？"荷马是诗人而非历史学家，这一点几乎不言自明。并且，如果没有准备好严肃地审视它的含义，这句话也就没有什么意义。我刚刚引述的这些学者"真诚地相信"特洛伊战争和"战船名录"在本质上是可信的和历史性的，而非仅仅是诗人大脑中的想象。然而理由呢？就其内在的可信度而言，它们与赠礼行为有什么区别？如果说故事中某些成分被打上了不可信的烙印，而另一些成分则因为没有这样的烙印而无需审视，我对这样的烙印一无所知。

我们不能忘记的是，荷马不仅是一位诗人，也不同于任何别的诗人，或任何一类诗人。他是口头英雄诗这一独特诗歌类别的代表。关于口头创作的过程与规则，我们已经有了相当的了解，而我们所了解到的事实不能任由某个现代评论家根据自己的喜好来随意否定。在听众面前进行口头创作有一条规则，即诗歌必须逼真（而非真实），而关于这一点，听众有相当大的控制权。世界各地的证据都表明诗人会坚称自己所讲述的是真事，这反映了他

---

① R. Hope Simpson and J. F. Lazenby, *The Catalogue of Ships in Homer's Iliad* (Oxford, 1970), pp.8-9.

们艺术中的这一根本条件。他们无疑是会虚构的。对程式化内容的内部精细分析已经表明,无论是帕特罗克洛斯,还是《奥德赛》中的求婚人,都不是远古诗歌传统的一部分。此外,《罗兰之歌》中12名撒拉逊酋长的名字要么是日耳曼式的,要么就是明显的杜撰,而罗兰本人也很可能是诗人的创造。在这个例子中,我们的论证基于同时代的文献,而非仅仅是对诗歌文本的内部分析。

可惜,我们并没有这样的对照文献,只能寻找其他经典。如果我们承认诗歌的创造有其限制,我们是否拥有任何检验方法呢?这样的方法针对的应是人和行为的类别,而非个体的名字、事件或表述,因为我相信对后者的检验超出了我们的能力。有一种检验方法我认为是可靠的。另有一种人们大量并随意使用的方法,至少就其被使用的方式而言,在逻辑上是站不住脚的。在此我将对这两种方法加以简短的考察。

50年前,法国社会学家马赛尔·莫斯(Marcel Mauss)出版了那部关于赠礼行为在各种社会中的固有功能的名著。20年前,我证明了荷马史诗中的赠礼行为具有一致性。根据莫斯的分析,我甚至可以说它们具有绝对的一致性(奇怪的是,莫斯在其研究中没有注意到古希腊人)。如果说,如我在前文中引用的说法,赠礼行为"显然并不能反映一个……社会",而是反映了一种"理想英雄形象",我们就只能得出这样的结论:荷马以其超卓的直觉走在了马赛尔·莫斯的前面,只不过他(或他的传统)创造了一种体系,而将近3000年后莫斯证明了这种体系乃是一种社会现实。这还不是全部。南印度泰米尔人的英雄诗显示了一种类似的礼物赠送和礼物交换体系。于是,因其敏锐直觉而走在莫斯之前的不光是荷马，还有远在天边的其他口头创作者。

如此荒谬的结论无须我们花太多时间。我要提出的检验标准是：在某部给定的英雄诗中是否存在这样一种行为模式，让我们可以通过比较研究来表明它同样存在于我们的考察对象之外的某个社会中？如果这样的行为模式是作品中的固有元素，并且其表述呈现出合理的一致性，我们就必须承认它是某种社会现实的一部分。它不可能是诗人的想象或者发明。

接下来是我要驳斥的那种"检验标准"。现代的荷马研究者们往往怯于或回避回答这样一个问题：关于荷马史诗中出自天神的恶作剧，那些争吵与求爱，以及种种龌龊之事，尤其是与不幸的凡人（尽管他们可能是英雄）有关的内容，其中哪些是诗人与他的受众"真正相信"的？在一片尴尬的沉默中，我怀疑其实存在着一种相当大的共识。在此我选择锡德里克·惠特曼（Cedric Whitman）为这种共识的代言人——至少他在这个问题上是坦率的：

> 无疑，荷马并未发明这种将各类状态具体化于神祇形象之中的做法……如果要问荷马的角色何在，我们必须在他对传统程序中种种复杂可能性的掌控中去寻找。与《伊利亚特》中的人物一样，《伊利亚特》中的众神也在其被赋予的边界内被重塑过了，变得适合于这部史诗……这种对神祇的自由处理方式一直都是希腊诗人们遵循的规则……在剧作家们那里，尤其是索福克勒斯笔下，荷马的众神就只是行为、性格和情势的象征性表述……宙斯的专断和他对"命运"的服从似乎互相矛盾，实则都只是表象，只是表述方式而已。宙斯

所必须服从的"命运"正是诗人设想中无可避免的事实……①

这就是对被我称为"克拉珀姆公交车上的人"②检验法的一种运用。"克拉珀姆公交车上的人"曾经是英国法官们爱用的一句习语,用来表示"通情达理之人"。对坐在克拉珀姆公交车上的人来说,阿波罗将箭矢射向军营,如果不是纯属愚蠢的话,就是一种象征性表述;或者,也许阿波罗的箭是巴斯德杆菌(*Bacillus Pasteurella*,即鼠疫杆菌)在诗歌想象中的同义词。然而为什么是克拉珀姆公交车上的人,而不是优卑亚岛上某个在圣周中做出如下解释的焦虑老妇呢?"我当然心焦,要是基督明天没有复活,今年我们的谷物就没有收成了。"③阿斯克勒庇俄斯之蛇从厄庇道洛斯来到雅典,并被索福克勒斯长时间收留在家(或是据信如此);我们又应该相信索福克勒斯用了一种什么样的象征性表述来喂食它呢?

我并不打算开始探讨荷马史诗中的宗教这一棘手的话题。眼下我的关注仅仅在于那些现代评论家们:他们毫无顾忌地允许诗人随意摆弄自己的神祇和宗教,把它们"重塑"为自己的"场景",却不允许诗人在处理诸如特洛伊战争这样的内容时拥有同样的自由。当然,**我们**接受后者毫无困难,对奥林波斯山上发生的事件却只能视为象征或诗歌的虚构,别无其他可能。然而我们所相信

---

① *Homer and the Heroic Tradition* (Harvard, 1958), pp.222-228.

② "The man on the Clapham omnibus"是一个假设的普通人模型,英国法官们从维多利亚时期开始用这个模型来判断案件当事人的行为是否符合通情达理的普通人标准。克拉珀姆是伦敦的一个平凡郊区,因此"克拉珀姆公交车上的人"即被视为普通人。——译者注

③ 引自 Gilbert Murray 为 T. H. Gaster 的著作 *Thespis* (New York: Anchor Books, 1961, and Gordian, 1974) 撰写的序言,第 10 页。

的东西并非重点；重点在于诗人的做法、价值观、信仰，以及他在创造或改造时所受到的限制。荷马史诗中的诸神"不能被简单视为某种'工具'……当我们在头脑里将他们从诗中删去时，也无法不影响到诗歌的本质。"①

观念与价值领域的历史学家并不比克拉珀姆公交车上的人更需要提防撒旦式的诱惑者，因为他们在其领域中拥有"诗歌传统"这一充分支持。"诗歌传统"的存在无需证明。传统是人类境况的一个组成部分：从成熟的荷马研究者到"单纯"而大字不识的吟游诗人，无不身处种种传统编织成的罗网之中。然而，传统乃是一种社会现象，而非某种记载在12块线形文字泥板上，由奥林波斯山众神交到第一位吟游诗人手中的东西。如果说"诗歌传统"允许或禁止荷马做某件事，那么，根据同样的方法论的严谨要求，此事应当与人们声称荷马出于"自己的想象"做或未做的某件事一样，得到同类的解释。正如我前面给出的例子所示，那种认为传统本身就是充分解释的看法只是在逃避解释或理解以下这一点的义务：荷马对泥板所揭示的世界一无所知，可能是因为"这一事实……它根本是某种异质于（诗歌）传统的东西"。②

从任何角度来看，《伊利亚特》和《奥德赛》背后的传统都不是静止的或僵死的，无论在语言上还是内容上。荷马不是一部留声机式的纪录，也不是一台复印机。在解释"忽略"问题时，对遥远过去的一无所知是我们必须接受的可能原因之一。此外，

---

① G. S. Kirk, *Myth* (California and Cambridge, 1973), p.33.
② 本处引文摘自前文中对 R. Hope Simpson 和 J. F. Lazenby 著作的引用，但缺少了"诗歌"一词。——译者注

我们还必须设想一种无知与不完全知识的混合，如那些有意的拟古风格所示，尽管这样做会让问题变得更复杂。在这个问题上，我要将荷马史诗中对公元前 8 至前 7 世纪那些已知（或据信）相对现代的体制和实践的忽略纳入考虑。此外，我还要纳入对过去的英雄时代图景至为关键的那些传统元素：诗人已经不再能够在视觉上呈现它们，却不得不以某种方式描述它们。

　　例如，英雄们那些奢华堂皇的王宫是如何被描述的呢？学者们投入绝大的愿心，试图从荷马史诗中重构出某种可以被称为迈锡尼王宫的东西。在他们绝望地努力了一个世纪之后，事情已经很明显了：这一努力注定是失败的。荷马史诗中，宫殿的核心元素源于公元前第一个千年早期，而其规模、复杂程度和其中大量的黄金、白银、象牙和青铜装饰则来自诗人的想象。诗人们了解的只是一些可怜巴巴的建筑，也知道它们并不适于英雄。于是，在流传下来的程式化内容的帮助下，诗人们试图将这些建筑加以美化，变成某种他们无法视觉化，却在想象中认为适于英雄的建筑。有了考古学上的发现，我们现在基本可以确定这一点。此外还有那些著名的战车，英雄们不光将它们用作前往战场时的载具，在战斗中也乘坐它们来去各处。然而战士们又配备着投枪，那不是一种适合于车战的武器。关于车战的事实只存在于诗歌传统中，在别处都不可见。就算有人想描述车战，也找不到可用的术语（与之不同，描述徒步肉搏战斗的词汇则相当精确）。因此，诗人们是借用了两种来自迈锡尼时代之后，他们尚且熟悉的事物（关于这一点，我们也是从考古发现中知道的，从瓶画中所知尤多），即用于竞赛的轻马车和配备投枪的骑兵，以此创作出我们在史诗中读到的那些莫名其妙的关于军用马车的内容。这是一种有意的拟古：战斗场景中从未出现有人骑在马背上的描述，但骑马这一行为却可以出现在比喻中。我们立刻就能看出：这可以与青铜武器和铁制武器的问题构成类比。

众所周知，铁的身影偶尔会潜入荷马史诗中（骑兵则不同）。神庙也是如此。诗人在拟古上没能做到完美的前后一致（在其他方面同样如此），在细节上也没能做到完美的精确。这样的要求对诗人来说是太高了。事实上，如果这样的一致和精确真的存在，反而会引起严重的怀疑。我们应当遵循一条重要的方法论原则：从任何单行诗歌、单个片段或单个用法中都无法得出可靠的论证。能够作为凭藉的，只有模式和反复出现的陈述。

我前面提到过"听众权威"会对诗歌的逼真度提出要求。我们需要意识到：希腊口述传统的历史中，这一方面（当然，这个方面完全是假设性的）不仅允许拟古，并且要求拟古。无论听众是谁，关于那个"从前"的英雄世界，他们都不比诗人拥有更多的真确知识，然而他们同样知道那个世界在本质上与自己的世界不同。那个世界中，英雄们会乘车作战，会在宏伟的王宫中饮宴，诸如此类，而诗人们用以描述这些事物的极不精确的方式看起来没有问题。听众如何能够知道诗人的描述实际上是错误的呢？在一个没有书写，因此不存在记录的世界里，人们只能通过主观判断来解决异议，所根据的可以是从前的说法，可以是某位诗人相对于另一位诗人的更高权威（*auctoritas*），可以是任何文献纪录之外的东西。任何被诗歌内容库遗漏的东西很快就会从"记忆"中永久消失；任何被证明"成功"的创造很快就会被承认为始于"从前"的传统的一部分。

至于那些作为诗歌建筑材料的程式化内容，它们拥有足够的弹性，既能让内容随着世界本身而发生改变，同时又能使它不至变得过于当代化。程式化内容的弹性和不断演化，以及程式化创作方法，是过去 20 年来对史诗的语言学分析的重要成果。如今我们可以确信：程式化内容会亡佚，会被取代，也会得到发挥；这一过程进展缓慢，风格拟古，在节奏上并不均匀，并且遵循某种特定的逻辑。头盔和盾牌是两件"与（战争）技术和实践的变化"紧密相关的事物，因此对它们的描述"远未定型（头盔描述比盾牌描述更无规律），并且当描述的意旨指向更晚近的考古时期时，其定型程度则最低"；与之相较，"对从不改变的大海的描述可以说是极为固定的"。①

现在，显而易见，尽管逼真在诗人与听众之间的关系中可能是重要的，作为检验标准它却对历史学家毫无用处。描述并定位奥德修斯的世界的努力无法立足于这样脆弱的基础之上。特洛伊战争的故事本身也无法因此成立，尽管人们不乏尝试，并诉诸于这样一个事实：特洛伊战争对许多个世纪中一代又一代诗人和他们的听众或读者来说是可信的。西格弗里德（Siegfried）、隆塞沃隘口的 12 位撒拉逊酋长、亚瑟王，乃至特洛伊人布鲁特（Brute the Trojan）都以"最优成绩"通过了这样的测试。打算将《伊利亚特》和《奥德赛》当作文献来使用的历史学家必须做一些基本的区分。他不能将人类行为的各种产物胡乱混在一起，尽管这是

---

① J. B. Hainsworth, *The Flexibility of the Homeric Formula* (Oxford, 1968), pp.113-114.

常见的做法。我会依次对四个不同的类别进行检视：产品、叙事（包括"戏剧人物"）、体制，以及价值。

对实物的讨论有些尴尬，却是不能绕过的。从施利曼发现特洛伊到现在已有一个世纪。人们投入了（并且仍在投入）巨量的精力，试图在考古发现与史诗之间建立联系，主要是为了证明荷马所描述的迈锡尼世界的真实性。人们在遍布石砾的田野中翻检，收获少得可怜——野猪牙头盔、埃阿斯的护身盾、涅斯托耳的酒杯，也许还能加上另外两三件考古学已经证明其真实性的东西，此外还有宫殿与战车的存在（关于这两者，人们没有找到哪怕一丁点精确的信息）。关于年代确定的问题，即荷马史诗所描述的是哪个时代的问题，只有那些持续时期可以确定的实物才有证据价值。鉴于人们假设荷马史诗基于迈锡尼时代，那么能够成为证据的，只有那些能被证明随着迈锡尼世界的衰亡而变成古物（换言之，从生活中消失了）的实物。最终，过去人们所做的种种努力结果只证明了这一点：程式化史诗（很可能是口头形式的）在青铜时代就已经创作完成了，而其中的一些片段（偶尔出现在某些字句或诗行中的极少量片段）得以流传下来，为荷马所继承。

我们无需对此结论展开争辩，也不必为如此明显和缺乏启发性的观点寻找更多证据。然而学者们仍在继续得出两个令人无法接受的推论：一、出于某种神秘的理由，这些遗留下来的迈锡尼时代的片段竟然比其他全部大量材料（来自迈锡尼时代但被歪曲，或已被证明来自迈锡尼时代之后，或至少是迈锡尼时代与后迈锡尼时代的混合体）更有分量；二、施利曼在迈锡尼时代的竖坑墓中发现了一只酒杯，看起来很像（尽管不完全相似）涅斯托耳之杯，因此支持了这样的说法——历史上确有一位国王涅斯托耳，并多少以诗中所描述的方式统治过皮洛斯。也许没有人明确提出这种方法论论证，但将之存而不论仍然是十分缺乏逻辑的做法。

至于叙事的问题，就算承认某个具体事件或人物可能是真实的，或至少有其真实的原型，我们从中也得不到任何收获，因为我们没有用以区分历史与虚构的方法。我此前已经强调过我们缺少文献对照。就叙事而言，这种缺失意味着：从希腊人周围那些拥有文字并以某种形式保存了记录的邻居那里，我们找不到来自外部的记录。在一个关键问题上，为了克服我们知识中这种公认的短板而展开的最具规模、最富于学识，最具独创性的努力失败了：这一尝试主要立足于赫梯语文本，然而无论是特洛伊还是希腊本土都没有出现在这些文本中。这相当于一部《哈姆雷特》中不仅没有丹麦王子，连丹麦也告阙如。此外，有一点无论重申多少次也不过分：在希萨尔利克的发掘没有收获一丁点支持荷马史诗故事的证据。①

然而，我们且不要追问得太过迫切。让我们满足于那个得到众多专家支持的观点，即特洛伊 VIIa 毁灭于公元前 13 世纪的后 1/3 时期。这一观点中暗藏着对荷马史诗叙事的指涉，但这种暗示似乎没能引起足够严肃的重视。相信《伊利亚特》与《奥德赛》的根源可以上溯至迈锡尼时代的人们必须解释一个问题：何以史诗传统会如此集中于最多再早一代人的一次事件上？我们知道，

---

① 参见附录 II。

修昔底德在公元前431年曾预见到雅典人与斯巴达人之间的战争将是有史以来最大的一场战争，甚至超过特洛伊战争。随着这场战争的进行，他也为记录其历史而贡献一生。难道我们要假设：在阿开亚人的远征军从奥利斯（Aulis）扬帆起航时，某个公元前13世纪的无名诗人也拥有同样的洞察力？

在我看来，那些认为特洛伊战争是历史真实的人似乎别无选择，只能承认：我们拥有的叙事乃是来自黑暗时代而非迈锡尼时代的传统。如果已经有了一种关于其他更早战事的英雄诗传统，做出调整对吟游诗人们来说就是易如反掌的事。"战斗中能发生的事情是……有限的，而在一种并不鼓励多样分析和反省分析的程式化口头传承中，关于这些事情的描述就更为有限。因此，来自对阵双方的两位英雄会在白刃战中相遇，会口吐威胁和夸耀；如果他们乘车前来，便会先下车；其中一人会投出标枪，并且往往会投得不准，另一人则以牙还牙"，如此等等。① 英雄们乃是一个由各种类型组成的群体——尽管他们中的一部分可以作为个体被辨识出来。因此，帕特罗克洛斯才可以在很晚的时期被引入故事，并且在近两千年时间里无人注意到他只是一个虚构的闯入者。同样地，尽管特洛伊战争整体上或大体上属于虚构，或遭到了完全的扭曲，它仍可以在黑暗时代早期成长起来，不受其叙事中各种表明其虚假性的痕迹影响。

这样一来，就只剩下社会体制和社会价值了。二者可以放在一起来讨论。我们可以构建一种模型。它不完美，不完整，也有

---

① G. S. Kirk, *The Songs of Homer* (Cambridge, 1962), p.75.

些杂乱，但是能够通过一种合适的价值系统，把政治结构与社会结构中的基本元素联结起来，并且其方式能够经得起比较分析的检验——在缺少外部纪录的情况下，比较分析是我们能够利用的唯一一种对照方式。当我说自己仍旧坚持《奥德修斯的世界》提出的模型时，那并非声称自己没有错误，也不等于表示我20年来一直没有改变想法。在这本书的新版本中，我不仅会基于所有新的研究做出修改和订正，还会彻底地重新考虑书中的至少一节内容，即关于下层阶级及其地位的部分。① 然而就其整体而言，我仍然坚持这种模型，并且保留以下结论：它是对黑暗时代早期（即公元前10至前9世纪）的描绘，但因为种种误解和年代谬误的缘故，其中有的地方发生了扭曲。

我先前指出了年代谬误的存在，让一些批评家大为恼怒。这让我不明其故。那些历史小说作家和电影制片人也会做调查，还有技术顾问和文字编辑帮忙，但他们仍然无力排除偶尔出现的、往往来自当代的错误信息。关于这一点我们难道不是很熟悉吗？那我们对口头诗人还能有什么别的期待呢？关键的问题其实在于这一模型太过一致，而且这也排除了那种司空见惯的看法：我们在荷马史诗中发现的东西要么是虚构的（这一点我已经讨论过了），要么是来自不同时代的内容的混合体。考虑到青铜时代与公元前8世纪之间的巨大差异，这样一种混合体会显得太不自然，无力抵挡细致的社会分析。

---

① 我在这一新版的序言中已经表明：最终我没能找到另一种框架，只能在细微的措辞上做一些小改动。

奥德修斯的世界在时间上的定位问题极为重要，因此我必须考虑反对意见，也必须考虑自我初次提出黑暗时代早期这一观点之后积累起来的新见解。如今，在持续不断的考古学发现与研究的帮助下，线形文字 B 泥板已经让那种认为奥德修斯的世界属于迈锡尼时代的假设失去了基础，因此我们只剩下两个选项：黑暗时代早期和诗人自己的时代。

　　要想排除诗人所处时代，即公元前 8 世纪中期，有两个困难。首先，我们对这一时代所知甚少，因此如果我们的论证坚持认为《伊利亚特》与《奥德赛》是对那个世界的充分反映，就容易陷入循环论证。其次，从公元前 10 世纪到 8 世纪，甚至从青铜时代到公元前 8 世纪，人们生活中的许多方面并没有发生大的变化。以土地所有制为例，无论它发生了多么剧烈的改变，农业与牧业的生产、四季的循环、耕种、收获，以及对抗病害与野兽破坏的方式，相对而言并没有受到太大影响。

　　因此，我们无法像习以为常的那样，从那些明喻中得出太多结论。也许我们可以认为有一点是人们普遍接受的，即荷马史诗中那些发达的明喻呈现出后世的语言特征，很可能创作于较晚的时代。此外，我们还能从明喻中发现英雄世界中"非英雄"的一面。然而"非英雄性"就一定意味着"当代性"吗？在那本关于黑暗时代最杰出的著作的结尾部分，A. M. 斯诺德格拉斯（A. M. Snodgrass）这样写道："从那些相对平凡的场景中，如猎鹿、猎野山羊和野猪，捕鱼、捞牡蛎，骑马、象牙马饰、耕作、收割、筛扬、碾磨、灌溉以及其他与农耕有关的活动，葡萄种植、伐木和造船，养殖、制革、织羊毛，相当先进的金银和铁的冶炼工

154

艺，以及航海贸易等，我们可以明确地看见一个公元前 8 世纪的世界。"① 然而真的明确吗？难道公元前 10 世纪中，乃至更早的公元前 15 世纪中，没有狩猎、耕地、织毛、航海贸易，以及这份清单上其他种种活动吗？那些明喻中有什么东西能表明某个筛扬谷物的行为属于公元前 8 世纪而非公元前 9 世纪？难道，因为仅有一个明喻基于父母 - 子女关系之外的某种家庭关系（8.527-30），或者因为数量最多的明喻是关于自然环境而非关于人和人的行为，我们就能从中得出一些关于公元前 8 世纪的结论吗？

也许没有什么比对关于狮子的明喻的反应更能暴露严谨性的匮乏和方法的缺失了。斯诺德格拉斯将这些明喻排除在外，认为它们"更可能是来自青铜时代的传统，而非因为人们新近到达了狮子仍然常见的东方地区"。他声称这种可能性"基于几个理由"，但他并未将这些理由说明。其他一些人则相反，认为诗中没有出现猎狮这一点正证明了诗人的知识来自他身处的时代。我无法从这两种观点中做出选择；双方都忽视了一点：狮子在近东文化中的重要性人所周知，由来已久。既然伊特鲁斯坎人对狮子的情感可以源于近东，我看不出有什么理由认为希腊人不会在任何时候同样如此。难道我需要再次把迈锡尼遗址中的狮门提出来吗？

在最后的分析中，无论人们关于那些明喻的当代性或非当代性持何种观点，我都不在意，因为这些观点皆无法提供有价值的信息。就算没有它们，我们也应该知道：荷马身处的世界中的

---

① *The Dark Age of Greece* (Edinburgh, 1971), p.435.

人们也会筛扬谷物，狩猎和牧养牲畜；除此之外，我们对他们别无所知。然而，当事情发展到某种程度时，我开始变得非常在意了。这个转折点发生在斯诺德格拉斯在其最后论断中提出以下观点之时："荷马了解他所在时代的巨大社会进步和政治进步，即城邦（polis）的出现"……"围墙、码头、神庙和一处市场……其同代建筑的建造技术知识"，以及贵族们居住在城镇中而非自己的田产上这一事实，都表明了荷马的这种认知。最后一点，即贵族的居住模式，其实适用于青铜时代早期以降的希腊历史中的任何时期。即使除开这一点，以上论断仍然是一个将对象与体制混淆起来的典型范例。此外，就算仅仅作为一种外部的描绘，荷马史诗中的城市也是完全"面目不清"。这一点在淮阿喀亚人的城市斯刻里亚上表现得至为明显。诗中没有一个字提到这座城市的居住区、街道和层层平台上的房舍，而最后一点正是我们在考古学上了解最多的那座荷马同代城市的突出特征。这座城市就是声称荷马出生于彼的老士麦那（Old Smyrna）。至于真实的老士麦那的政治或社会体系，除了遗址上残存的实物之外，我们几乎一无所知。

斯刻里亚对上述论证至为重要。人们已经惯于声称它反映了荷马时代中希腊人向西方的殖民运动，并且尤其会引用《奥德赛》第 6 卷的开头几行作为佐证。我们会看到："神样的"瑙西托俄斯让他的子民迁离故乡许珀里亚，因为他们在那里时常受到独眼巨人的攻击；他在新的居处周围建起围墙，修筑房屋和神庙，又划分了耕种的田地。我们同样可以说这 4 行诗反映了公元前 1000 年前后或稍晚时期爱奥尼亚第一批希腊殖民地的状况。只有那些将奥德修斯的旅程定位于地中海西部地图上，并对这一无谓游戏乐此不疲的人，才有必要将斯刻里亚固定在西方。不过，就让我们接受这一点好了，甚至接受这4行之后的"殖民"事实。这样一来，我们也只不过得到了一个无足轻重的年代谬误。关于淮阿喀亚人，关于《奥德赛》中的那一整段长篇插曲，重要的是其非现实性，是其位于奥德修斯终于抛在身后的幻想世界与他即将返回的现实世界之间的位置。无论是自行开动的魔法船，还是坐等迁徙者到来的魔法田园，都不是希腊人向西方殖民时所倚仗的工具。如果要说淮阿喀亚有某种可辨识的现实性，那也是其君主制度，而这一君主制度在结构上与伊塔卡的君主制并无本质区别（尽管两者在色彩上有极大不同）。除开上面的4行，诗中的淮阿喀亚与公元前8世纪的伊斯基亚（Ischia）、库迈（Cumae）、叙拉古（Syracuse）、列安提尼（Leontini）或许卜拉的墨伽拉（Megara Hyblaea）相比，再无相似之处。在诗中同样也找不到那些母邦的影子，如卡尔客斯、科林斯和墨伽拉。这就意味着：就我们所知的与荷马同时代的某些城邦（*poleis*）所实现的功能而论，奥德修斯的世界中的社会组织不足以胜任。

　　讨论过这些否定性的论证之后，我们仍需要考察是否有正面的证据能支持我们将奥德修斯的世界定位于黑暗时代早期。例如，斯诺德格拉斯的结论自然是坚决的否定。然而，我在整本书中只为他的"个人确信"找到了一个支撑点，那就是黑暗时代早期的物质匮乏，而这一点在我看来，是出于严重的误解。史诗的作者们显然秉持着一个信念：他们所描述的是一个已经消逝的黄金时代。因此他们会尽可能地将尺度放大，并且基于我已经考察过的那些理由,这种放大通常会导致严重的失真。但是,尺度上的失真与想象力的误用本身并不能导致体系核心的虚假。斯诺德格拉斯举出的一个具体例子是礼物交换。然而,即使交换的只是贝壳,人们也可以表现得非常隆重。若非过分地专注于物质对象,生活水平的低下便是一个不相干的问题。

这一具体语境中的考古学论证有其薄弱之处,那就是有太多物品(就种类而论)从黑暗时代早期到古风时代(乃至之后)一直存在。那么,"个人确信"是否就是我们唯一的检验标准了呢?我认为并非如此,并且准备斗胆从四组证据出发,对专家们提出反驳。

第一组证据包括青铜三足鼎以及"光亮的大锅"。在荷马史诗中对珍宝的描述里,这些物品相当引人注目。尽管它们在青铜时代晚期就已经出现,但在当时仍十分罕见,让我们倾向于得出以下结论:这些描述中含有某些黑暗时代的元素。从考古发掘中,尤其(但并非仅仅)在对奥林匹亚和其他神坛的发掘中,这一结论也得到了很好的证明。与最初的驱动力是否来自地中海东部的问题一样,许多考古发现的精确年代仍有待讨论。然而可以确定的是,在克诺索斯的福尔特察(Fortetsa)墓地发现的大锅和三足鼎(一同出土的一个铅制的狮子小像也引起了我的注意)来自公元前10世纪,此后还有更多来自黑暗时代早期的证据不断涌现。

当然,仅从三足鼎和大锅出发,我们不能对奥德修斯的世界的年代下任何结论。不过,如果我们接下来转向居室建筑风格,就能距得出结论更进一步。我们会再次看到黑暗时代产品的延续，但是在这个问题上，延续中还包含着持续的发展。对此我们已经有了足够的理解，在一定程度上甚至还可以将之用来对比荷马史诗中那些想象性描述背后的现实。最成体系的调查得出的结论是："就其建筑风格和功能而言，奥德修斯的宫殿并未受到那些新近的、将在后一个时代中取得突破的潮流影响。"[1] 如果这个结论是正确的（关于它我并无独立的见解），那就必定意味着荷马史诗中建筑的主要风格并非源于荷马的年代，而是源于更早的时期。

我的第三组和第四组证据不包括实物，但对它们的评估却以实物遗存为基础。我所指的是腓尼基人对贸易的垄断，以及火葬习俗。在真实的历史中，前者反映的是公元前 800 年之前的时期。到了公元前 800 年，希腊贸易者在黎凡特的存在已经有了确凿的证明，然而我们在荷马史诗中却看不到他们的身影。因此，黑暗时代早期社会的看法似乎有了更坚实的基础。此外，火葬更是大大支持了这种看法。除了一个含混的片段（IV 174-77）之外，荷马每次提到对死者遗体的处理时，都只有火葬这一种方式。除开一些可以忽略不计的例外，迈锡尼世界的人们则会选择土葬死者。到了公元前 1050 年前后，希腊世界大部分地区已经对成年人实行火葬了。到公元前 850 年或前 800 年，土葬又大规模地卷土

---

[1] H. Drerup, *Griechische Baukunst in geometrischer Zeit* [*Archaeologia Homerica* II, chap. O (Göttingen, 1969)], p.133.

重来（尽管并未完全恢复）。任何不需要"拯救现象"[①]的人都会得出一个自然的结论：荷马所反映的，乃是迈锡尼时代之后，他自己所处时代之前的做法。

[①] 语出柏拉图，见于辛卜利西乌斯（Simplicius）对索西琴尼（Sosigenes）的引述（最初来源应是克尼多斯的欧多克索斯 [Eudoxs of Cnidus] 对柏拉图的转述）。柏拉图意在要求他的学生们提出一种完美的匀速圆周运动假说来解释在现象上行星运动呈现出的混乱现象（参见 Pierre Duhem, *To Save the Phenomena: An Essay on the Idea of Physical Theory from Plato to Galileo*, University of Chicago Press, 1969）。此处指用一种统一的框架来解释互相矛盾的现象的做法。——译者注

附录 II 施利曼的特洛伊 —— 一百年之后[①]

1873 年 5 月 24 日，施利曼写下了他首次发掘希萨尔利克（Hissarlik）的报告，后来发表在《奥格斯堡汇报》（*Augsburger Allgemeine Zeitung*）。他在报告中断然宣布："我认为自己的任务已圆满完成，故此，今年 6 月 15 日，我将永远结束特洛伊的考古发掘。"然而，5 年之后，他再次来到这里进行挖掘。1880 年元旦那一天，他给哈珀出版社（Harper's）写信，要求他们承担他的《伊利昂》（*Ilios*）在美国的出版："为了让这项工作一劳永逸地解决和穷尽特洛伊问题，我已不遗余力，也没有少花一分钱。"[②] 这一次"永远"的持续时间更短，仅仅只有两年。1883 年 4 月 15 日，第三次发掘之后，他又将他的《特洛伊》（*Troja*）交给另一家美国出版社斯克里布纳（Scribner's）来出版："现在我已永远结束了神圣的伊利昂遗址上的考古发掘……这本书记录了我一生中最为重要的发现，它定会永远地解决特洛伊问题……现在，特洛伊城

[①] 本文原系我于 1974 年 11 月 20 日在英国国家学术院（British Academy）所做的莫蒂默·惠勒（Mortimer Wheeler）考古讲座，曾发表于古典学会第 60 期《论文集》（1974），第 393—412 页。有删节和少量修订。版权属于英国国家学术院；承蒙允许，在此重印。

[②] 施利曼用多种语言通信。如果原文如此例一样是英文，我便照录原文。在下文的引用中，我不再说明原文的语言。

已经完完全全被挖掘出来了。"①

这次的"永远"只持续了 7 年。1890 年，第 4 次发掘持续了 5 个月，其结果引起了轰动：与施利曼及其追随者们曾经坚定秉持的信念相去甚远，特洛伊 II 这座埋藏着巨大宝藏的城市并非普里阿摩斯的特洛伊，而是要古老得多。普里阿摩斯和特洛伊战争转而被归于此前施利曼标记为"吕底亚"（Lydia）的一层。现在这一层被简单标记为特洛伊 VI。原计划 1891 年的发掘工程开始之前，施利曼去世了。德普费尔德（Dörpfeld）重启他们的联合发掘时，已经是 1893 年。他在一年之后完成了工作。辛辛那提大学考古队于 1932 年到 1938 年间进行了 7 次发掘，其时德普费尔德仍然在世，并且向他们提供了帮助。特洛伊的发掘至此真正得以完成。

从 1950 年开始，辛辛那提大学考古队的最终报告陆续问世。1958 年出版的第 4 卷所涉及的便是关乎我们的问题的那一层（如今被称为特洛伊 VIIa）。布利根（Blegen）在这一卷中怀着信心写道："希腊传统的根本历史性"以及它的"基本真实性和可靠性……已经不可否认。" 5 年之后，在一段广为人知的陈述中，他对这一精雅的宣言又加以拓展："如果对我们今天的知识状态加以审视，我们便不会再怀疑以下这一点：特洛伊战争在历史上真实存在；在战争中，某位领导权得到公认的国王统领着一个由阿开亚人或

---

① 对施利曼信件的引用要么出自他的《书信》(*Briefwechsel*, ed. E. Meyer [2 vols. Berlin 1953-58]，要么出自 *Journal of Hellenic Studies*, 82 (1962), pp. 75-105 中那些他写给马克斯·穆勒（Max Müller）的信件。

迈锡尼人组成的同盟，与特洛伊人及其盟军作战。"①

　　怀疑能力未被完全摧毁的人不止我一个。我和其他一些人发出疑问：你，或者施利曼，或者德普费尔德找到了什么样的证据，可以证明某位领导权得到公认的国王统领之下的阿开亚人或迈锡尼人同盟的存在呢？就我所能找到的资料来说，对这个问题的回答仅限于在特洛伊 VIIa 的 710 号街道发现的一个青铜箭头。此外，布利根何以根据考古学证据提出一个确定的时间点？答案并不牢靠，也不能令人满意。其断代不可避免地有赖于陶器遗存，除此之外别无证据。布利根在 1958 年的报告中写到：特洛伊 VIIa 的寿命不长；其持续的时间无法"精确"断定；较为可信的判断是"少于 100 年，甚至可能仅仅只有一代人的时间"。随后他便试图将这一代人的时间范围缩小到大约公元前 1275 年到前 1240 年之间。然而，在后来出版的一本颇受欢迎的著作中，他又认为特洛伊 VIIa 毁灭于公元前 1250 年——"或者再早 10 至 20 年"，他在书中的一页里这样写道。3 页之后，他又说："大约在公元前 1260 年，甚至更早一些。"显然，促使布利根做出如此表述的理由并非来自他的考古学证据和考古学判断；换言之，其理由来自于如下愿望：特洛伊的毁灭应该远较皮洛斯的毁灭为早。当我论及"不可否认"的特洛伊战争在年代学上的不可靠性时，在发掘与发表过程中都与布利根联系至为紧密的 J. L.·卡斯基（J. L. Caskey）回答道：关于特洛伊 VIIa 的毁灭时间，我们"仍然

---

① 分别出自 C. W. Blegen et al., Troy, iv (Princeton, 1958), p. 10 和 Blegen, *Troy and the Trojans* (London, 1963), p. 20。

必须允许一个近于公元前13世纪末，跨度为20至30年左右的范围"。就我所知的算术而言，"一代人的时间"是没法置于这些相距甚远的时间节点之间的。此外，无论是公元前1260年、前1250年乃至前1240年，在正常情况下都不会被认为属于"近于公元前13世纪末，跨度为20至30年左右的范围"。

我们在年代学上的困难并非至此而止。在考古学上，特洛伊VIIa有两点奇特之处：1，其房舍的建筑质量粗劣，尺寸很小，并且层层簇拥；2，我们熟知的储物大罐都沉入住宅的地面，直至罐口，上覆石板，以便行走。"我们能够以相当程度的确定性，"布利根写道，"辨识出这个受到威胁的社群所做的努力——他们贮藏了充足的食物和饮水，以对抗围困。"人所共知，荷马将特洛伊之围拉长为一次长达十年的战役，却没有考虑到阿开亚人的替补和供给问题。这是否要求我们相信特洛伊人在35年乃至更长的时间里一直对这次围城有所预期，要求我们相信，当特洛伊人在毁于强烈地震的特洛伊VI之上重新定居之时，他们会告诉彼此："有一天，会有一位领导权得到公认的君主统领阿开亚人前来进攻，所以我们要有所准备，聚居在一起，将皮托斯罐（*pithoi*）埋在地板下面；这样，当灾祸临头时，我们可以贮存食物和饮水？"

就在一个世纪之前，1873年10月18日，施利曼给心存疑虑的马克斯·穆勒写了一封信。这封信与他的其他通信、著作和文章一样风格直率："它……无疑正是末代国王——灾难来临之际据有王位的那一位——的宝藏。鉴于荷马将这位国王称为普里阿摩斯，我便将之称为普里阿摩斯的宝藏。**至于这个名称是否正确，我并无其他证据。**"（黑体系我添加）因此，在某种意义上，"施利曼的特洛伊"一百年来并无改变。考古学在技术上已经有了长足的进步,而文献数量的增长更是难以计数,然而对核心问题的回答方式却毫无变化,措辞也几乎完全一样,也许只是不那么"幼稚"了。我以为,这种情况在现代考古学史上是独一无二的,就连卡美洛(Camelot)①也难以望其项背。

当施利曼开始其25年的实践考古学家生涯之际,他怀着坚定的信念,认为不仅《伊利亚特》中的荷马应当被解读为一个可靠的"战地记者",就连《奥德赛》也是某种军备调查和日志的混合体。因此,1868年,他在伊塔卡匆匆发掘了没有多长时间,便定位了莱耳忒斯的农场、欧迈俄斯居住的田园以及他的10座猪栏遗留下来的"乱石废墟";他发现了一些骨灰罐——"极有可能……保存着奥德修斯和珀涅罗珀或其后裔的骨灰";他还尝试挖掘出奥德修斯用来建造婚床的那株橄榄树的树根,但是没能遂愿。②他迅速地将这些发现出版成书,却没有得到欢迎。在一篇短小的评论中,古代地理学界的重要权威托泽(Tozer)提议道:"多一点点批评,也许就能让他节省好大的力气。"③

没过几年,施利曼本人也承认了。1873年8月,在他发现特洛伊 II(平坦而没有卫城的那一层)的巨大宝藏之后几个月,施利曼在给查尔斯·牛顿(Charles Newton)的信中写道:"荷马是一位史诗作者,却不是历史学家。他没有见过伊利昂的巍峨

---

① 传说中与亚瑟王(King Arthur)有关的城堡和宫廷。——译者注
② 分别引自 *Ithaka, der Peloponnes und Troja*, ed. E. Meyer (Darmstadt, 1973). pp. 39, 51-2, 31 和 28-9。
③ *The Academy*, I (1869), p. 22.

城楼和神圣城墙，也没有目睹普里阿摩斯的宫殿，因为直到特洛伊毁灭之后 300 年，他才到此拜访。那些丰碑已经在 10 英尺厚的红色灰烬层和特洛伊的废墟中被埋藏了 300 年……荷马**并未**通过发掘让这些丰碑重见天日，……古特洛伊并无卫城，而别迦摩（Pergamos）只不过是诗人的创造。"

转身如此迅速，表明了施利曼性情中也许较不为人知的一面，值得我们稍稍留意。我认为，就他的工作而言，这个方面与他更为人熟知的、往往迅如雷霆的暴躁同样重要。关于后者，我们可以举出无穷无尽的例子。在此我仅举一例，之所以选择它，是因为它与达达尼尔的美国领事弗兰克·卡尔弗特（Frank Calvert）有关。卡尔弗特授权施利曼在他拥有的那一半希萨尔利克山丘上自由发掘，在其生涯中始终帮助施利曼对付来自土耳其政府方面无穷无尽的麻烦，并且在其他许多方面向施利曼施以援手。施利曼死后，他又以同样的方式帮助德普费尔德，而后者也报以热情感激。在施利曼的已发表书信中，写给或提到卡尔弗特而又言辞激烈的信件为数不少，但没有哪一封及得上他在 1878 年 2 月从雅典写给牛津的马克斯·穆勒的信。在此我摘引一段：

> 我不得不向你指出，《弗雷泽杂志》(*Frasers Magazine*) 2 月号上有一篇诽谤之言，作者是康沃尔皇家研究院（Royal Institution of Cornwall）院长威廉·C. 博莱斯（Wm C. Borlase），题为"拜访施利曼博士的特洛伊"。这篇文章提出的指控之多，攻击言辞之激烈，让此前对我的所有中伤都黯然失色。首先我必须告诉你一点，我在特洛阿德认识一个邪恶的魔鬼，名叫弗兰克·卡尔弗特。为我们眼前这篇和去年

7月《弗雷泽杂志》上威廉·加伦加（Wm. Gallenga）那篇诽谤文章提供文字的都是他。这个卡尔弗特多年以来一直中伤我。我在《卫报》上答复了他三次，并在最后一次答复中证明了他毫无信誉，是个说谎者，使得媒体从此拒绝刊载他的诽谤文字。然而他却不知退缩，如今又利用他对希萨尔利克废墟的拙劣呈现和解释来激起英国游客对我的怒意，并说服他们攻击我。

这封信只表现出施利曼可怕性情中的一面。至于这种性情是否不重要，施利曼能取得的成就是否与这种性情无关，我只能留给心理学家们去判断。眼下我关注的是此人的另一方面，并且确信这方面对他的生涯而言至少同样必不可少。由于缺少正规的教育，直到其生命的尽头，施利曼都怀有一种不胜任感。在他发出的无数索取帮助和建议的请求中，在他的谢意表达中，有一种真实的感伤之情。他写给俾斯麦（Bismarck）和皇帝（Kaiser）的信也许令人不快，但那是另一回事。看到他与菲尔绍（Virchow）、穆勒、德普费尔德、塞斯（Sayce）、马哈菲（Mahaffy）以及其他众多学者之间的联系，无人能不为之动容。此外，决定性的一点是，他在学术问题上愿意接受建议，也愿意承认错误。为了证明拥有巨大宝藏的特洛伊 II 就是普里阿摩斯的特洛伊，施利曼已经投入了一切，投入了太长时间，然而，到了1890年，在他68岁之际，他仍然几乎立即看出事实并非如此。这毕竟是非同小可的。

如我们所见，在迅速地抛弃了"战地记者荷马"这一支柱之后（尽管只要有一丝希望可以让这种观点复活，他便永远不会完全放弃它），施利曼立即投向了另外两个支撑点。第一个便是宝藏。如我已经引用过的那封他写给牛顿的信中所言："但是我发现的宝藏证明了特洛伊……极为富有，并因为富有而强大，拥有众多子民和广大国土……"当他在迈锡尼的坑墓中发现更多宝藏之后，这一点很快就得到确认。第二个支撑点便是特洛阿德的地形：荷马不可能见到被埋葬的特洛伊，但他可以见到（并且的确见到了）特洛伊平原，并以相当高的精确性描述了它。

接下来便是1890年，以及德普费尔德在1893年和1894年的发掘。宝藏之说由此被移出了故事。特洛伊VIIa是个贫穷而可怜的小地方，没有宝藏，就连宏伟一些的建筑也没有，更没有任何能与宫殿扯上一点关系的东西。用布利根的话来说，这些遗址上的居民"并非由社会最高阶层组成"。幸好，他接下来很快又说："统治阶层和富裕阶层的居所很可能位于遗址中部高处的环形平台上。当山丘顶部在希腊化时代和罗马时代被夷平时，这些房舍便从这些地方被抹去了，不留一丝痕迹。"既然我们对这些被抹除得不留一丝痕迹的建筑别无他法可想，只能猜测它们曾经存在，那么，施利曼之后那一代人也就只能在历史地形学上做文章了。

1785年，勒舍瓦利耶（Lechevalier）在希萨尔利克东南方约10公里处（因此比荷马的特洛伊离海更远）的村庄布纳尔巴什（Bunarbashi）找到了一座"城堡"。他的辨识结果赢得了大多数人的支持，反对者则寥寥无几。1863年，冯·哈恩（von Hahn）在此地的发掘一无所获。4年之后，刚刚"发现了"伊塔卡的施利曼确信布纳尔巴什不可能是特洛伊。其根据部分来自他的"战地记者荷马"观点，部分来自无可争辩的论证——他快速挖出的试掘坑中没有任何史前居住区的迹象。后来的所有发掘都证实了这一结论。然而无可争辩的论证不等于一定能说服人。我难以解释布纳尔巴什－特洛伊这一等式所具有的魔力，因为它从未有过任何充分的理由。然而，事实却是：施利曼在此地的发掘和他在希萨尔利克的最早一批发掘都没能说服足够多的考古学者和文献学者。施利曼以其特有的精力和愤怒对这些学者的充耳不闻做出了回应。

这让我陷入了一个谜团。面对德国古典学界对其发现的拒绝，施利曼一直深受困扰，因此他不放过任何一丝支持他的迹象，哪怕其中一些纯属臆想。然而臆想并非只属于争论中的一方。1883 年，德国炮兵军官恩斯特·伯蒂歇尔（Ernst Bötticher）开始发表他的一系列文章，指控施利曼（以及德普费尔德）在其报告中蓄意作假，以掩盖希萨尔利克只不过是一大片古代火葬场的事实。施利曼被激怒了，拒绝了友人们让他无视此人的劝告。1889 年，他自己出资，请伯蒂歇尔拜访了希萨尔利克，却徒劳无功。接下来的 1890 年，他再次自掏腰包，组织了一个国际专家代表团。代表们在希萨尔利克会面，并在 3 月 30 日全体共同发表一份正式的备忘录，驳斥了伯蒂歇尔的指控和主张。这些代表中有冯·杜恩（von Duhn）、卡尔·胡曼（Carl Humann）、查尔斯·瓦尔德施泰因（Charles Waldstein），当然还有菲尔绍和弗兰克·卡尔弗特。

一如其性格，在伯蒂歇尔的疯狂攻击之下，施利曼回到了他已"永远"离开的特洛伊，开始 1890 年那次决定性的发掘。不过我必须回到我提到的谜团上来：他为何不向他在德国最明显的盟军——古代史学者——求助呢？与考古学者和文献学者不同，古代史学者们迅速地站到了他那一边，驳斥了布纳尔巴什的可能性。1877 年，就在施利曼开始对希萨尔利克的第二阶段发掘之前一年，一本 112 页的《特洛阿斯的故事》(Geschichte von Troas)在莱比锡出版。这本书是基于对遗址的个人剖析、对古代文献的广泛了解，以及对施利曼所发表的作品的批评性认可。在我们关注的一些问题上，这本书的结论是对施利曼的坚定支持：施利曼解决了关于布纳尔巴什–希萨尔利克的争论（尽管书中也苛刻地评论说：我们无法仅凭施利曼的作品来理解这处遗址）；特洛伊战争的故事有其历史核心，但我们无法利用这些故事；施利曼的著作**证明了**《伊利亚特》中那座普里阿摩斯的特洛伊从未存在过（因此，正如我们所应记得的那样，关于它的年表也是完全错误的）。本书的作者是一个 22 岁的年轻人，名叫爱德华·迈尔(Eduard Meyer)。迈尔是早慧的天才。还是汉堡的一名学童时，他就对小亚细亚发生了兴趣。在莱比锡上大学时，他开始了对特洛阿德历史的研究，却又将之搁置一旁，直到他找到机会考察该地。当他被任命为英国驻君士坦丁堡领事菲利普·弗朗西斯爵士(Sir Philip Francis)家中的家庭教师之后，机会到来了。1875 年 9 月，在弗兰克·卡尔弗特的指引下，迈尔在特洛阿德考察了 6 天，随后完成了他的著作。不过，我没能在施利曼的任何已发表通信中发现他对这本书有所提及。

一名年仅 22 岁、初露头角的学者也许显得太弱小了，不足以引为奥援。然而，当施利曼在 1890 年为了击垮伯蒂歇尔而组织起代表团的时候，迈尔已经是哈雷(Halle)的一名古代史教授，此前还在布雷斯劳（Breslau）执掌教席，并已出版了他的巨著《古代史》（*Geschichte des Altertums*）的第 1 卷。不得不承认，对这个谜团我难有令人满意的解释。其原因不可能在于历史学家们拒绝了施利曼关于荷马所描述的特洛伊战争的信念，也不可能是因为他们对施利曼更为异想天开的念头态度冷淡。关于对施利曼最重要的东西，即希萨尔利克，历史学家们的态度是坚定不移的。并且，至少爱德华·迈尔比马克斯·穆勒更愿意接受故事中的历史内核，而施利曼与后者保持了最紧密的联系。看起来，在考古问题上更有权威（*auctoritas*）的是文献学者、政客、工程师和考古学家，而不是历史学家。就这个方面而论，100 年过去了，施利曼的特洛伊仍然没有改变。

　　现在我们有了一个逻辑上的问题。为何施利曼与迈尔两人在前者找到的东西上取得了一致，在面对他业已**证明**的东西时，却得出截然相反的判断？这不仅仅是一个古文物方面的问题，因为我们也可以把这两个名字换成当代人，尤其是可以用布利根替换施利曼。在特洛伊的分层、建筑以及陶器等方面，所有基本要素在可能范围内都得到了彻底解决。然而发现这些并非施利曼的初衷。他追求的目标还要宏伟得多，即发现一个古老而著名的历史问题的真相。100 年后的今天，它仍是我们的核心问题，而我现在也要把精力集中在这个问题上。较之一个世纪之前，施利曼及其后继者尚未将希萨尔利克掘至原生土层之际，关于特洛伊战争及其背景，有什么东西是我们已经知道，而那时的人们并不知道也不可能知道的？不过，在触及那层始终困扰这一领域的疯狂边界之前，我想首先将 5 个不会有严重分歧的问题梳理一遍。我这样做的目的是为了将不重要或不再值得争论的问题清理出去。

1. 施利曼很容易被人贴标签，至今仍然如此。在一篇最近的文章中，我便收集到了以下这些："伪事实""幻想生涯""聪明的骗子""粗俗""业余爱好者""缺乏良知""精神变态""自我中心、浪漫、深受困扰、幼稚"。① 没错，但正如他通常受到的赞扬所示，施利曼同时也是希腊史前考古之父。如前所言，也许他挖掘遗址的方式与挖土豆并无不同，但他同时也是第一个在这一领域中（也可以说在所有考古领域中）强调分层，强调陶器在相对年代学（relative chronology）中的首要地位的人。他也认可考古学的最高目标在于回答问题，而其认可的意义却往往不为人承认。1875 年，施利曼获邀将丘西（Chiusi）作为遗址来发掘，他却拒绝了。"那个地方没有问题需要解决，"他写道，"除了所有博物馆里早已有了的东西，我不会有任何发现。"他的判断或许是对的，或许是错的，但这种信念却无可指摘。

2. 正如从荷马开始的几乎整个古代的人们所相信的那样，古特洛伊位于希萨尔利克。并且，**如果真的有过一场特洛伊战争**，那么阿开亚人曾经围困并攻陷的特洛伊城就是如今被称为特洛伊 VIIa 的那一座——它在公元前 13 世纪晚期遭到了暴烈的摧毁。

3. 我们称之为荷马的那位诗人，或那些诗人，出现于一段漫长的口头诗歌传统的末端。施利曼坚信这一点。可以说，自他而后每一个讨论过"荷马问题"的人都坚信这一点。由于米尔曼·帕

---

① W. M. Calder III, "Schliemann on Schliemann: A Study in the Use of Sources", *Greek, Roman and Byzantine Studies*, 13 (1972), pp. 335-353. 一种以施利曼传记的伪装出现的"圣人言行录"（hagiography）当前正在流行，而该文正是这种潮流的重要范例。

里及其后继者的工作，如今我们对口头诗歌及其传播机制的了解远比从前更为清晰。然而，这种新的知识，或者也可以说"革命性的"知识，并未为我此刻关注的问题带来太多改观。

4. 由于口头传统的存在，也由于《伊利亚特》与《奥德赛》既非历史，也不是什么战地记者的报道，因此尺度和细节上的谬误并不令人意外，也无法对特洛伊战争讲述的历史本质构成有力的论证——无论是正面的还是反面的。这一点既然成立，我便期望：当我们面对诸如发现野猪牙头盔（《伊利亚特》中曾提到一次）在迈锡尼希腊真实存在这种罕见情况时，"另一方"能够放弃他们的凯旋之舞。谁曾声称过《伊利亚特》中的每个词，每件事物，每一段关于特洛阿德的大海、山丘或河流的描述都像美人鱼和众神居所一样，都是出于幻想呢？在《伊利亚特》漫长的结尾场景中，普里阿摩斯在赫耳墨斯的驱使下，乘车来到阿开亚人的军营，并且及时地赶上与阿喀琉斯一同饮酒用餐，然后又在夜间离席，仍旧在赫耳墨斯的陪同下，将赫克托耳的遗体运往斯卡曼德河（Scamander River）；那位神祇在那里离开普里阿摩斯，而后者继续前往特洛伊，并在黎明时分抵达。当施利曼、舒哈德（Schuchhardt）、德普费尔德以及其他无数人严肃地将这一场景视为有力证据，认为它支持了希萨尔利克就是特洛伊的观点时，事情就开始变得好笑了。希萨尔利克到阿开亚人军营的往返距离大约与皇家学会（Royal Academy）到塔丘（Tower Hill）的往返距离相当。就算没有天神相助，在这么长的时间里，他们即使从布纳尔巴什往返，也和从希萨尔利克往返一样来得及。

5. 虽说这样做几乎有些尴尬，但多年的经验迫使我做出明确的表示。我接受以下这一命题:尽管历史学和考古学问题折磨着我们,但它们与荷马史诗的文学优点或愉悦价值没有太大关系。反过来,我也必须坚持认为荷马史诗的文学优点与历史性问题毫不相干。

现在我要回到那个核心问题上来。施利曼的首次发掘是在1871年。为了从土耳其官方取得启动此次发掘的许可,施利曼不遗余力。他以不同措辞反复写信,声称他怀着"纯粹的学术目标,意在证明特洛伊战争并非虚构,证明普里阿摩斯的特洛伊和别迦摩都曾真实存在。"他成功了吗?特洛伊的废墟是否证明了荷马所回想——某种程度上所重述——的那场战争的历史性呢?我们已经了解施利曼给出的肯定回答,而他之后的德普费尔德以及更晚的布利根又重申了这一回答。换言之,那是这一无可置疑的考古学胜利(其伟大程度同样无可置疑)的三位主导者给出的回答。在此布利根的原话值得再次引用:"……我们便不会再怀疑以下这一点:特洛伊战争在历史上真实存在;在战争中,某位领导权得到公认的国王统领着一个由阿开亚人或迈锡尼人组成的同盟,与特洛伊人及其盟军作战。"接下来布利根走得更远。他从特洛伊转向了皮洛斯。尽管之前的报告简单地以《特洛伊》为题,但此次发掘的最终报告却并非简单地被提名为《皮洛斯》,而是《皮洛斯的涅斯托耳宫殿》(*The Palace of Nestor at Pylos*)。

然而,简单的事实是,布利根在两处地方都没有找到任何足以证明其关于**历史性**的结论的东西,一件也没有。在特洛伊没有发现一丁点指向阿伽门农或其他任何身为国王或最高君主的征服者的证据,也没有发现一丁点可以表明一个迈锡尼联盟乃至一场战争曾经存在的证据。这一直率断言有最高的（尽管也许是不情不愿的）权威为证——卡斯基曾写道："特洛伊 VIIa 的物理遗存并不能充分地证明此地曾被攻陷。不够走运的话，某个大风天里的一场意外火灾也可以造成已知曾经发生的那场大毁灭。此外，如果这座城堡并非遭到洗劫，事实上如果它并非遭到阿伽门农率领的希腊人的洗劫，我们便没有有力的理由将之称为特洛伊。"①自然，此处的"如果"从句正是考古学家们致力要证明的，如今他们却将它变成了前提。

通常，缺乏文献支持的实物证据并不能回答施利曼最先提出的问题。在施利曼之后 100 年，合理范围内最大胆的断言是：如果真的有过一场类似荷马史诗所描述的特洛伊战争，在小亚细亚半岛上的那个地区，唯一一座可能曾被围困的要塞就是希萨尔利克，而特洛伊 VIIa 就是唯一与这种假设相符的遗迹层。这一断言是没有问题的——至少我们不再听人谈论布纳尔巴什了，但是它并不能说明太多东西。此外，在一种根本的意义上，数百年来越来越成熟的深入考古让情况变得更糟了，也就是说：在没有发现新文献（例如赫梯语文献）的前提下，考古学并没有增加为那个关键问题找到解答的可能性，反而将这种可能性降低了。

这一悖论——所知越多，情况越糟——值得我们进一步考察，而年代学便是一种良好的检验手段。当然，荷马并没有提供任何形式的年代学基础，从希罗多德到优西比乌（Eusebius）的古代纪年者也没有，因为他们别无选择，只能根据口头传统来计

---

① *Journal of Hellenic Studies*, 84 (1964), p. 9.

算，而口头传统在年代学问题上不可避免地具有误导性——这一点如今已经明确了，关于它不存在理性分歧。并非每种传统都如《尼伯龙根之歌》(*Nibelungenlied*) 那样失真——在《尼伯龙根之歌》中，在493至526年间统治西罗马帝国大部的东哥特人狄奥多里克 (Theodoric)、在452年入侵意大利并死于453年（狄奥多立克登基之前40年）的匈人阿提拉 (Attila) 以及某个在971至979年间担任帕索 (Passow) 主教的朝圣者被揉进了一个单一的事件之网。然而，对历史学家们而言，100年的误差并不比400年的误差好多少。我必须承认，我们中有的人坚持认为（或至少是表现得如此）：通过某种神秘的过程，希腊人在其口头传统中创造了种种年代学上的奇迹，并且这些奇迹为其他任何已知的民族所不能。我无法将这样的信念归入"理性分歧"的范畴。最近一本关于年代学和口头传统的重要著作的副标题是"寻找喀迈拉"(*Quest for Chimera*)①，这便是对我们从证据中能得到的唯一合理结论的总结。

对于可确定时间的书面文献的缺失，考古学（也只有考古学如此）会用年代框架来弥补。施利曼、他的同代人，以及紧随他的后继者们所面对的困难是：他们的自由度太大了。我们仅需考察爱德华·迈尔《古代史》1893年卷，便足以明白这一点。迈尔研究过所有他能够接触到的考古学文献，其头脑之敏锐也不逊色于这一领域中的任何人，此外他还拥有能释读象形文字和楔形文

---

① D. F. Henige, *The Chronology of Oral Tradition* (Oxford, 1974).（喀迈拉是希腊神话中的一种虚构的怪物，此处的"寻找喀迈拉"指不切实际的做法。——译者注）

字的优势。然而，除去根据埃及人的对照编年来订正公元前15世纪迈锡尼文明的鼎盛期（*floruit*），他能做到的最好程度也不过是提出一种极为笼统的模式，大致如下：石器时代之后，在爱琴海两岸继起的是同一种文化，他将之称为"特洛伊"；这种文化在希腊本土被取代了，而取代者以迈锡尼人为代表；因为后者极为发达的技术与"文明"程度，我们必须赋予其一个漫长的孕育时期（也许始于公元前2000年左右），以及一个漫长的衰退期——直至我们如今称之为"几何陶"的风格出现。

迈尔受过严格的训练，拥有历史学家的头脑，不会容许这样一种自我误导，即自己所知的多于手中的证据所能支持的，至少在特洛伊战争问题上是如此。他接受了特洛伊战争有其历史内核的观点，但没有更进一步。他还曾特别抱怨过："对特洛伊的远征无法置入坚实的历史语境。"其他人却缺少我刚刚提到的那些素质，无法拒绝那种可以在许多个世纪之间任意漫游的自由，而这些时间还提供了适于他们的幻想的语境与种种组合。今天，这种余裕已经大大缩小了，以致仍然可资利用的语境和组合几乎荡然无存。我无须一一列出过去100年中那些导致了此种结果的进步，只需要提一下富鲁马克（Furumark）为迈锡尼陶器建立的年代表。这并非仅仅因为它可能是建立年代表的艰苦努力中最重要的单一成就，也是因为它最能代表我们今天面对的困境。

就连考古学家们也仍然经常受到提醒——尽管他们当然明白这一点：如富鲁马克的那种陶器年表并不等同于英格兰君王年表。卡斯基关于特洛伊VIIa毁灭时间的说法，即我们"仍然必须接受一个接近公元前13世纪末，跨度为20至30年左右的范围"，也可以被应用于其他任何基于考古学的日期。专业人士可以理解一篇考古学文章中散见类似"约1260年"的日期,业余人士则不会理解,但是专业人士自己忘记这一点的频繁程度是多么惊人啊。他们之所以忘记,是因为这是一个难以忍受的障碍:如果我们想要寻找的是某次战争的历史语境,20至30年的跨度就太宽了。然而,就施利曼及紧随他的后继者们喜爱的那种漫游自由而言,这个跨度又太窄。这就是我提到知识增加之悖论的缘故。

我们之所以会陷入这种困境,是因为荷马没有提供语境。荷马的战争,即诗中和传统中的那场战争,是一个超越时间的事件,漂浮在一个超越时间的世界中,也漂浮在一个(就我使用这个词时想要表达的意思而言)无语境的世界中。帕里斯、海伦和墨涅拉俄斯的故事是其最直接的原因,类似1914年发生在萨拉热窝的那次刺杀,但这个故事并非一种语境。遭到刺杀的还有其他贵族,被拐走的还有其他贵妇,这些事件却没有让半个世界卷入一场浩瀚的战争。我仿效爱德华·迈尔将之称为语境的,是卷入事件的"各国"内部及彼此之间复杂的社会和政治局势。在某些情况下,这种局势会导致战争,在另一些情况下则不会。它导致的并非普遍意义上的战争,而是某次具体的战争,由具体的战斗者参与,有具体的规模等等。

对特洛伊的考古没有增加任何东西。然而,对希腊本土、小亚细亚、塞浦路斯和叙利亚的考古却带来了重要的新文献,提出了此前未知或不为人所理解的可能性。我们知道,公元前13世纪末,伯罗奔尼撒半岛和希腊中部灾难蔓延,赫梯帝国分崩离析,塞浦路斯和叙利亚北部也发生了毁灭事件。来自塞浦路斯和叙利亚北部乌加里特（Ugarit）的那些文献尽管令人困惑，也并不完整，却没有为我们留下太多怀疑的空间：在这些几乎同时发生的灾难背后，存在某种形式的大规模攻击活动。越来越多的专家开始将这种攻击活动与两份埃及文本联系起来。这两份文本早已为我们所知，"海上民族"（Sea Peoples）这一称谓便是来自它们。将特洛伊 VIIa 的毁灭置于同一个语境中的想法已经越来越有吸引力了。

同时代文献中没有来自或关于特洛伊的声音。只要这种顽固的沉默还没有被打破，上述想法就只能是一种假设。然而这种假设为我们提供了一个可辨识的和看似可信的语境。并且，可以这么说：这种假设是立足于地面的，而非飘浮在高空之中毫无根基，因此与近来那些认为特洛伊战争是一次"为匡救某个衰亡中的帝国的不成功尝试"或一次"为夺取赫勒斯滂而进行的远征"（因为特洛伊已经不再是"值得信任的保护者"）之类的意见不同。

所有这些意见，无论看似可信还是不可信，都与荷马史诗对特洛伊战争的描述有着重大的冲突。这让我采取了一种方法论原则。在陈述这种原则之前，我必须先停下来强调一点：从施利曼的时代到现在，取得重大进步的不仅是考古学。我们对口头传统以及作为口头传统之一部分的英雄诗的理解也有同样的进步。我无法理解的是，为何这种新知识没有像考古学上的新知识一样受到欢迎（即使在人们已经注意其存在的时候——而情况还并非总是如此）。如果像卡斯基那样反对比较证据，认为"对早期希腊传统之价值的'信念'是一种值得尊重的财富"，就等于是为了一个准神学概念而放弃历史学探究。如果我们没有这种并无根据也无法找到根据的信念，理性就会指出：当荷马（或其他任何口头传统）与书面文献（在我们这个问题上，即线形文字 B 泥板）或考古学发现发生抵触，而这些文献或发现又是关于荷马看似在讲述——并且相信自己在讲述——的过去时代时，我们必须抛弃荷马。

这就是我的方法论原则。接下来我会简略地阐明一点：今天，对那个传统中被认为发生过特洛伊战争的世界而言，在那些能够找到我上面提及的两类证据中任意一种的地方，荷马作为见证者的意义已经缩小到了何种程度。海伦·洛里默（Helen Lorimer）出版于 1950 年的《荷马与遗迹》里有一份相对较长，也较为乐观的清单，列出了实物遗存中呈现出的荷马史诗与迈锡尼时代之间的相似性。我们只要将这份清单与在柯克（Kirk）出版于 1962 年的《荷马之歌》(*Songs of Homer*) 中幸存下来的寥寥几种无足轻重的相似性加以对比，也许就足够了。从那时开始，荷马式的宫殿、荷马式的战车就已经与它们的配件一同被抛弃了。最后，最为致命的一击是那座仅存的据点——即荷马的"迈锡尼地理"——的失陷。查德威克（Chadwick）最近总结了他关于这个问题的结论："我相信，荷马史诗中的证据几乎毫无价值……一个重要的原因就在于，我们如今已从泥板中和考古学中了解到的迈锡尼地理与荷马史诗中讲述的迈锡尼地理之间毫无联系。143 页（初版）所提到的那种调和二者的尝试并无说服力。"[①]

[①] M. Ventris and J. Chadwick, *Documents in Mycenaean Greek* (2nd ed., Cambridge, 1973), p. 415.

人们当然会注意到：作为证人的荷马虽然离席了，但这种离席限于实物领域，而对他的交叉质询并非基于来自特洛伊的发现，而是基于特洛伊之外，来自希腊和其他地区众多地点的发现。现在我们还需要考察的就是有关人类行为的广大领域。在这些领域中，无论是考古学还是同时代文献，哪怕是两者加起来，也都没能为荷马讲述的故事提供任何对照，至少就当前的知识状态而言是如此。进一步说，这些领域中如果没有文献，单凭考古更是绝不可能提供任何对照。既然缺乏共同的基础，既然其他类型的证据既不相互冲突或否定，也没有相互支持，那我们该如何评判这位古代的证人呢？这一质疑适用的话题范围是全光谱的，从宗教到性关系，再到特洛伊战争本身——也就是我一直关注的问题。就我所知，在来自各次发掘、以不同语言写就的同时代文献中，没有一处提到过这场战争或特洛伊本身。因此，问题的范围就缩小到了考古学与荷马史诗中的特洛伊战争上。

我们还记得，施利曼的考古生涯始于他对奥德修斯的宫殿和欧迈俄斯的小屋等对象的发掘，并且立即遭到了驳斥："多一点点批评，也许就能让他节省好大的力气"。接下来他转向特洛伊，开始寻找普里阿摩斯的宫殿、赫克托耳之墓和阿开亚围城者们的军营。这一次，他不仅没有遭到驳斥，反而在接下来的一个世纪里得到种种考古学努力和考古学主张的追随，并且这种追随的热情不断高涨。然而，我必须承认，他在特洛伊提出的问题仍然是不真实的，与他在伊塔卡提出的问题一样。它之所以不真实，是因为我们不能指望考古学提供答案（除非挖到了文献记录）。毕竟，我们称之为特洛伊战争的，不过是可能发生在3000多年前的一次单独的围城，而这座被围的坚城在此后的至少 1500 年里一直有人居住。在这 1500 年中，除了每年的修建和拆除之外，还有过两次大规模的掘土行动。我要再次重复布利根关于他相信那些发掘所确认的东西的陈述（为讨论计，我暂且接受希萨尔利克就是荷马的特洛伊的说法）——我们如何能认为考古学能够确认以下种种事实问题：1. 特洛伊毁于战争；2. 毁灭者是来自希腊本土的一个同盟；3. 同盟的统帅是一位名叫阿伽门农的国王；4. 阿伽门农的领导权得到其他首领的公认；5. 特洛伊同样领导着一个同盟？

在关于这一领域的洋洋论述中，我能为我的问题找到的唯一回答就是：考古学发现并未在这 5 个问题上否定荷马。但这不是一个答案，只是把问题颠倒了过来。如果考古无法确认这些"事实"，出于同样的理由，考古学也就无法证明它们的虚假（除非我们在考古中得到了最极端的证据，比如当时希腊本土无人居住，或其他不可能的类似证据）。就此而论，特洛伊战争并不特别。没有人会为了验证《尼伯龙根之歌》中关于阿提拉的讲述或南斯拉夫人讲述科索沃战役的史诗而操起铲子开始挖土，这不仅因为我们有文献可稽所以无此必要，也是因为尽人皆知那是浪费时间。关于特洛伊战争我们并无文献记录，这一事实丝毫不会改变考古学的局限，而只是在局面里注入了一种令人悲哀，乃至令人绝望的重大因素。眼下，在非古典领域的考古学家中正有一种汹涌的潮流，要与那种他们称之为"伪造历史"（或是某些同样轻蔑的同义词）的领域分家。不幸，施利曼的特洛伊正为他们提供了强大的火力。

就连施利曼也承认荷马的故事里存在着扭曲和虚构。我要问的是（这不是我第一次提出这个问题）：到底是什么样的痕迹暴露了这个故事中的扭曲、年代错误或是纯然虚构，让它区别于某种假设的历史事实"回忆"呢？1878年，大英博物馆的希腊与罗马文物部主任查尔斯·牛顿为《爱丁堡评论》（*Edinburgh Review*）写了一篇长评，评论对象是施利曼关于迈锡尼的书。牛顿这样写道："阿伽门农的故事中有多少内容真的可以作为事实接受？我们要用何种检验手段来区别看似可信的纯虚构和某些希腊传说中掩盖在神话伪装之下、可以被检验出来的真实历史遗留？尽管人们已为此倾注了大量的知识，提出了精微的批评，这些问题却仍未解决。"在牛顿写下这些话之后，几乎整整一个世纪过去了。然而，在我们今天从证据出发有权秉持的观点中，他的结论仍是怀疑气味最淡的一种。我们中有的人站在更彻底的怀疑主义立场，认为必须将荷马的特洛伊战争从希腊青铜时代的**历史**中驱逐出去。

书目文献 ①

引 言

年复一年，以荷马为主题、涵盖各种西方语言的出版物数量惊人，也有一些在东方出版。对过去两个世纪主要趋势的梳理，参见 J. L. Myres, *Homer and His Critics*, ed. Dorothea Gray (London: Routledge & Kegan Paul, 1958)；最新进展见 A. Heubeck, *Die homerische Frage* (Darmstadt: Wissenschaftliche Buchgesellschaft, 1974)；A. Lesky, *Homeros*，重印自 *Paulys Realencyclopädie der classischen Altertumswissenschaft*, Supplement-Band XI (Stuttgart: Alfred Druncken-müller, 1967)。逐年的出版物记录在 L'*Année philologique*。

以下数页内容，目的在于推荐少量作品，读者可以从中找到对本书中提到的若干论点更为完整的论述和不同的解读。重点会放在更晚近出版的作品上，它们大多数都包含了更早作品的书目文献。如果可能，会优先给出英文书籍和文章，而这其中又更优先给出那些虽由学者书写，却既不需要读者懂希腊文，也不需要对希腊历史有专业了解的作品。

M. Cary, *The Geographic Background of Greek and Roman History* (Oxford, 1949) 和 G. S. Kirk, *The Nature of Greek Myths* (Penguin, 1974) 对各自的领域做出

---

① 企鹅出版集团、丛书或大学出版社出版的图书，一并不给出出版地。后者的引用采用缩写：故此，Chicago 等于 University of Chicago Press；Oxford 等于 Oxford University Press 以及 Clarendon Press。

了出色的介绍。关于神话研究更理论化的问题，参考 Kirk 的 *Myth* (California and Cambridge, 1970); P. S. Cohen, "Theories of Myth", 载于 *Man*, 4 (1969), pp. 337-353。关于荷马史诗的创作所在地小亚细亚的早期希腊社群，参看 J. M. Cook, *The Greeks in Ionia and the East* (New York: Praeger; London: Thames & Hudson, 1963), chap. 1-2。Chadwick 分析了希腊语演化的最新观点，"The Prehistory of the Greek Language", 载于 *Cambridge Ancient History*, 3rd ed., vol. 2, pt. 2 (Cambridge, 1975), chap. 39 (a)。

任何将希腊神话、口头传统和荷马史诗应用到历史重构的尝试，都有其内在的方法问题与困境，对此的批判讨论，我提出参考的是我的三篇文章："Myth, Memory and History", in my *The Use and Abuse of History* (New York: Viking; London: Chatto & Windus, 1975), chap. 1，以及本书中作为附录重印的两篇；此外还有 Franz Hampl, "Die 'Ilias' ist kein Geschichtsbuch", 见于他的著作 *Geschichte als kritische Wissenschaft*, vol. 2 (Darmstadt: Wissenschaftliche Buchgesellschaft, 1975), pp. 51-99。*A Companion to Homer*, ed. A. J. B. Wace and F. H. Stubbings (New York and London: Macmillan, 1962) 一书中充满了本书所摒弃的、可以被称作对奥德修斯世界的"迈锡尼看法"，关于这种观点参看 P. Vidal-Naquet, "Homère et le monde mycénien, à propos d'un livre récent et d'une polémique ancienne", 载于 *Annales: Economies, Sociétés, Civilisations*, 18 (1963), pp. 703-719。

荷马与口头诗歌

C. M. Bowra, *Heroic Poetry* (New York and London: Macmillan, 1952) 一书是关于英雄诗最全面的研究，包括了来自全世界的丰富例证材料。他 1957 年的讲座 *The Meaning of a Heroic Age*，重印收录于 *The Language and Background of Homer*, ed. G. S. Kirk (Cambridge, Eng.: Heffer, 1964) 第二章，有关于这个话题更

进一步的见解。Kirk 的 *The Songs of Homer* (Cambridge, 1962) 在很大程度上仍是荷马史诗提出的关于历史、语言和文学问题的最好入门书。此书有一个缩写平装版，书名是 *Homer and the Epic* (Cambridge, 1965)。

荷马史诗中的程式化用语和其他技术方面的内容必须有技术讨论（因此，这部分书目对于不会希腊语的读者用处不大）。Milman Parry 的文章是近年所有分析的基础，它们已被结集出版，书名 *The Making of Homeric Verse* (Oxford, 1971)，Adam Parry 编辑并做了重要的长篇序言。Parry 从当代南斯拉夫的吟游诗人那里获得了很大启发，关于他们，参看 A. B. Lord, *The Singer of Tales* (Harvard, 1960)，此书非专业读者也能理解。

在更晚近的出版作品中，我特别列出对我所采取的观点影响最大的几本：A Hoekstra, *Homeric Modifications of Formulaic Prototypes*，发表于荷兰皇家艺术与科学学院《论文集》(*Verhandelingen*), n.s. vol. 71, no. 1 (1965)；Adama Parry, "Have we Homer's 'Iliad'?"，载于 *Yale Classical Studies*, 20 (1966), pp. 177-216；J. B. Hainsworth, *The Flexibility of the Homeric Formula* (Oxford, 1968)；Bernard Fenik, *Typical Battle Scenes in the Iliad* (*Hermes*, Einzelschrift 21, 1968)，以及 *Studies in the Odyssey* (*Hermes*, Einzelschrift 30, 1974)；A. Dihle, *Homer-Probleme* (Opladen: Westdeutscher Verlag, 1970)。《伊利亚特》和《奥德赛》是口头创作，这一论点最有力的支持者是 G. S. Kirk，他的相关文章收集在 *Homer and the Oral Tradition* (Cambridge, 1976)。M. N. Nagler 提出了关于程式化创作步骤的"乔姆斯基"假设，颇具吸引力但无法验证，见"Towards a Generative View of the Oral Formula"，载于 *Transactions of the American Philological Association*, 98 (1967), pp. 269-311，后并入他的 *Spontaneity and Tradition: A Study in the Oral Art of Homer* (California, 1974)，但并没有全面改善。

荷马，特洛伊战争，以及考古学

每一部希腊历史，都试图将荷马史诗的世界（以及特洛伊战争）纳入与更古老的爱琴文明和希腊人后来的历史的关系之中。简短的介绍，参见我的 *Early Greece: The Bronze and Archaic Ages* (New York: Norton; London: Chatto & Windus, 1970)；关于公元前 1100 至前 650 年更详细的记述，参看 C. G. Starr, *The Origins of Greek Civilization* (New York: Knopf, 1961; London: Cape, 1962)。

青铜时代考古的最佳综述是 Emily Vermeule 的 *Greece in the Bronze Age* (Chicago, 1964)，其出发点是"荷马已被排斥在证据之外"；关于"黑暗时代"的最好综述，见 A. M. Snodgrass, *The Dark Ages of Greece* (Edinburgh, 1971)，作者对荷马社会的史实性持怀疑态度。另参 Sinclair Hood, *The Minoans* (New York: Praeger; London: Thames & Hudson, 1974); R. W. Hutchinson, *Prehistoric Crete* (Penguin, 1962); J. T. Hooker, *Mycenaean Greece* (Boston and London: Routledge & Kegan Paul, 1976); Lord William Taylour, *The Mycenaeans* (New York: Praeger; London: Thames & Hudson, 1964); C. W. Blegen, *Troy and the Trojans* (New York: Praeger; London: Thames & Hudson, 1963)。对爱琴海地区考古的叙述，颇受欢迎的是 Paul MacKendrick 的 *The Greek Stones Speak* (New York: St Martin's Press; London: Methuen, 1965)。

德文系列丛书 *Archaeologia Homerica*, ed. F. Matz and H.-G. Buchholz (Göttingen: Vandenhoeck & Rupprecht) 仍在进行中，但不同作者之间不仅质量差别很大，而且对"荷马的"属于哪个考古时期，也有很大的意见分歧。Heinrich Drerup 的分册书名毫不含糊，*Griechische Baukunst in geometrischer Zeit* (vol. II, ch. O, 1969)，决定性地将荷马史诗中关于建筑的描写——在并非诗歌想象的范围内——与迈锡尼之后的几个世纪联系在了一起；比较更宽泛的研究：Jan Bouzek, *Homerisches Griechenland* (Acta Univ. Carolina, vol. 29, Prague, 1969)。

关于线性文字 B 泥板的研究，最基本的作品仍是 Michael Ventris and

John Chadwick, *Documents in Mycenaean Greece*，但必须用第 2 版（Cambridge, 1973）。这一版有大量的修订、增补和 Chadwick 的重新解读。"Homer and Mycenae: Property and Tenure"，载于 *Historia*, 6 (1967), pp. 133-159，重印收入已经提到过的 *The Language and Background of Homer*。我在此文中论证：有关财产和社会地位的语言，在泥板和荷马史诗之间有着明显的不同。记述泥板解读公认的优秀作品是 John Chadwick 的 *The Decipherment of Linear B* (2nd ed., Cambridge, 1968)。

D. L. Page 在 *History and the Homeric Iliad* (California, 1959) 中做出了最严肃的努力，试图在赫梯文本中找到对特洛伊战争传统记述的文献支持。更准确地说，他认为赫梯文献提供的是背景，因为其中既没有提到特洛伊，也没有提到特洛伊战争；他论述的关键是（有争议地）将文献中的阿克奇亚瓦（Achchiyava）等同于荷马的阿开亚人。将二者等同的观点在我看来已遭到反驳：参看 Gerd Steiner, "Die Ahhijawa-Frage heute"，载于 *Saeculum*, 15 (1964), pp. 365-392；J. D. Muhly, "Hittites and Achaeans: Ahhijawa Redomitus"，载于 *Historia*, 23 (1974), pp. 129-145。Muhly 的另一研究也与此讨论相关："Homer and the Phoenicians"，载于 *Berytus*, 19 (1970), pp. 19-64。

关于荷马史诗中特洛伊战争史实性的主要争议，我列举在我的"The Trojan War"一文中，附上了 J. L. Caskey、G. S. Kirk 和 D. L. Page 的回应，发表在 *Journal of Hellenic Studies*, 84 (1964), pp. 1-20。

制　度

在我看来，近年最重要的关于制度的分析中，有三部作品非常确定我们有能力洞悉线性文字 B 泥板的细节：Alfonso Mele, *Società e lavoro nei poemi omerici*, Instito di Storia e Antichità Greche e Romane of the Univ. of Naples (1968)；Ja. A. Lencman, *Die Sklaverei im mykenischen und homerischen*

Griechenland, (Wiesbaden: Steiner, 1966)，由 Maria Bräuer-Pospelova 译自俄语；Sigrid Deger, *Herrschaftsformen bei Homer* (diss. Vienna: Notring, 1970)。第四部作品，P. A. L. Greenhalgh, *Early Greek Warfare* (Cambridge, 1973)，令人信服地论证了完全不同于迈锡尼做法的改变。

关于政治结构，Rolan Martin 的 *Recherche sur l'agora grecque* (*Bibliothèque des Écoles françaises d'Athènes et de Rome*, vol. 174, 1951) 仍很宝贵。关于 *oikos* 和家庭，参看 W. K. Lacey, *The Family in Classical Greece* (Cornell; London: Thames & Hudson, 1968), chap. 2；我的 "Marriage, Sale and Gift in the Homeric World"，载于 *Revue international des droits de l'antiquité*, 3rd ser., 2 (1955), pp. 167-194，还有 "Homeric hedna and Penelope's kyrios"，载于 *Journal of Hellenic Studies*, 86 (1966), pp. 55-69，经 Lacey 建议，对关于珀涅罗珀的部分进行了合理的修订。关于从部落到国家线性演进的旧观点，英文世界中最完整的介绍可参 Gustave Glotz, *The Greek City and Its Institutions*, transl. N. Mallinson (New York: Knopf; London: Kegan Paul, 1929), pp. 1-60，其中忽略了 *oikos* 的重要性。H. Jean-Maire, *Couroi et Courètes* (*Travaux et Mémoires de l'Université de Lille*, no. 21, 1939; reprint, New York: Arno, 1975) 第 1 章中对关于荷马史诗 "骑士精神" 的长篇论述，也许可以说保持了一种中间的态度。关于劳动力、技术和古风时代希腊人对它们的看法，亦参 J.-P. Vernant, *Mythe et pensée chez les Grecs* (Paris: Maspero, 1965), chap. 4（Janet Lloyd 的英译本将出）；关于恳求的制度化仪式，参看 J. P. Gould, "Hiketeia"，载于 *Journal of Hellenic Studies*, 93 (1973), pp. 74-103；关于古风时代普遍的礼物赠与，参看 Marcel Mauss, *The Gift*, transl. Ian Cunnison (Illinois: Free Press, 1954; London: Cohen & West, 1954)，尽管他很奇怪地没有提及希腊人。

淮阿喀亚人的位置介于传奇和现实之间，关于这个话题的分析见 C. P. Segal, "The Phaeacians and the Symbolism of Odysseus"，载于 *Arion*, 1 (1962), no. 4, pp. 17-64，以及 P. Vidal-Naquet, "Valeurs religieuses et mythiques de la terre et des sacrifices dans l'Odyssée" 最后数页，收入 *Problèmes de la terre en Grèce ancienne*, ed. M. I. Finley (Paris and the Hague: Mouton, 1973), pp. 269-292。

道德规范与价值观

在本书的第 1 版，我写道："要开始对荷马中凡人和神明形象的研究，最好的办法就是阅读最近两本互补的作品：Bruno Snell, *The Discovery of the Mind*, transl. T. G. Rosenmeyer (New York: Harper& Row; Oxford: Blackwell, 1953)，特别是第 1、2、8 章；以及 E. R. Dodds, *The Greeks and the Irrational* (California, 1951)，1-3 章。"这个判断今天仍然有效，不过我不妨加上 Gilbert Murray 那本早得多、现在已经不流行的书，*The Rise of the Greek Epic* (3rd ed., Oxford, 1924)，这本书极富洞察，尽管它关于荷马史诗之创作的概念是过时的。

最近的作品中，我觉得有两本最突出：A. W. H. Adknis, *Merit and Responsibility* (Oxford, 1960), chap. 1-3，以及 J. M. Redfield 那本篇幅长、精细而复杂的 *Nature and Culture in the Iliad: The Tragedy of Hector* (Chicago, 1975)。Atkins 在他一系列文章中详细阐述了自己的分析，其中我要分别提到的是"Homeric Values and Homeric Society"和"Homeric Gods and the Values of Homeric Society"，载于 *Journal of Hellenic Studies*, 91 (1971), pp. 1-14, and 92 (1972), pp. 1-19。前一篇回应了 A. A. Long 尖锐但整体上并没有说服力的批评，"Morals and Values in Homer"，发表于同一刊物 90 (1970), pp. 121-139。

关于一些具体的话题，参看 E. Ehnmark, *The Idea of God in Homer* (Uppsala: Almqvist& Wiksell, 1935)，讨论了与有关单个神的故事不同的神明概念；R. K. Yerkes, *Sacrifice in Greek and Roman Religions and Early Judaism* (New York: Scribner's, 1952; London: Black, 1953)，强调了欢乐分享的方面；G. S. Kirk, "War and the Warrior in the Homeric Poems"，载于 *Problèmes de la guerre en Greèce ancienne*, ed. J.-P. Vernant (Paris and The Hague: Mouton, 1968) pp. 93-117; N. Himmelmann, *Ueber bildende Kunst in der homerischen Gesellschaft (Abhandlungen der geistes- und sozialwissen-schaftlichen Klasse, Akademie der Wissenschaften und der Literatur*, Mainz, 1969, no. 7），其研究范围远比标题所示更广，而对此做了很好补充的是 Felix Eckstein, *Handwerk* I, in *Archaeologia Homerica*, vol. 2, chap. L (1974)，前文已提到。

尾　声

W. J. Verdenius, *Homer, the Educator of the Greeks*，发表于 *Mededelingen of the Dutch Academy*, n. s. vol. 33, no. 5 (1970)，其主题从标题即可明确。提供了基本背景的是 Sir Frederic Kenyon, *Books and Readers in Ancient Greece and Rome* (2nd ed., Oxford, 1951)；以及 H. I. Marrou, *A History of Education in Antiquity*, transl. G. Lamb (New York: New American Library, 1964; London: Sheed & Ward, 1956；此译本并不可靠，原作已经出到第六版）。R. Pfeiffer 的 *History of Classical Scholarship* (Oxford, 1968) 概括了古代希腊的研究；基督徒和异教徒关于荷马的论战，参看 Jean Pepin, *Mythe et allégorie. Les origines grecques et les contestations judéo-chrétiennes* (Paris: Aubier, 1958), pp. 86-214。

W. B. Stanford 在 *The Ulysses Theme* (rev. ed., Michigan; Oxford: Blackwell, 1963) 中研究了奥德修斯从古代到今天大为不同的各种形象。关于早期希腊艺术中荷马相关的主题，参看 K. Friis Johansen, *The Iliad in Early Greek Art* (Copenhagen: Munksgaard, 1967)；Karl Schefold, *Myth and Legend in Early Greek Art*, transl. Audrey Hicks (New York: Abrams; 1966)。M. B. Scherer, *The Legends of Troy in Art and Literature* (New York and London: Phaidon, 1963) 涵盖了几个世纪；尽管近 200 张图片非常吸引人，但图片常常复制得太小，而文字则不够专业。

索 引

引文索引

注：书中所引用段落除赫西俄德作品及《阿波罗之歌》外，(英文)译文均出自本书作者；斜体表示引文在(英文)文本中的页码。

	HOMER *Iliad*		Book XII	243 310-21	*116* *97*
Book I	113-14	*126*	Book XIII	295	*104*
	152-4	*122*		304	*104*
	165-8	*95*	Book XV	184-6	*133*
	212-4	*123*		187-93	*132-3*
	258	*115*		496-9	*116*
	304-5	*81*	Book XVIII	410-15	*72*
	376-9	*81*	Book XX	179-83	*86*
	533-4	*134*	Book XXI	441-52	*57*
	599-600	*72*	Book XXII	105-7	*116*
Book II	188-202	*107*		492-8	*126*
	211-78	*111*	Book XXIII	90	*58*
	488-9	*51*		175-6	*137*
	557-8	*37*		259-61	*108*
	669	*83*		510-13	*119*
Book III	139-40	*130*		542-85	*108-9*
	351-4	*129*		833-5	*56*
	380-415	*130*	Book XXIV	397-400	*103*
Book IV	44-54	*140*		527-33	*138*
	174-7	*158*		801-4	*125*
	257-70	*124*			
Book V	331	*133*		*Odyssey*	
	428-30	*133*	Book 1:	22-5	*81*
Book VI	119-231	*99*		68-79	*134*
	234-6	*65*		69	*100*
	450-8	*54*		189-93	*87*
	476-81	*28*		245-7	*90*
	478	*83*		272	*28*
Book VIII	209-11	*133*		296-7	*76*
Book IX	70	*125*		298-300	*76*
	100	*82*		311-18	*65*
	121-56	*62, 117*		356-9	*88*
	149-55	*96*		374-5	*121, 124*
	264-98	*96*		386-402	*85*
	291-7	*96*		392-3	*95*
	328-31	*68*		394-6	*84*
	340-1	*126*		430-1	*67*
	406-7	*122*		430-3	*54*
	632-8	*118*	Book 2:	1-8	*80*
Book XI	145-7	*118*		12-13	*52*
	443	*114*		42-6	*78*
	670-84	*46*		52-4	*90*
	705	*63*		132-3	*88*

	139-40	*124*		432-6	*125*
	239-41	*91*	Book 15:	16-18	*89*
	244-5	*92*		20-23	*129*
	246-51	*85*		324	*104*
	250-1	*92*		415-16	*70*
	337-42	*63*		536-8	*66*
Book 3:	193-8	*94*	Book 16:	17-18	*127*
	214-15	*93*		95-6	*93*
	425-38	*56*		122-4	*90*
Book 4:	22-3	*58*		196-7	*90*
	590-605	*61*		375-82	*93*
	649-51	*66*		425-7	*93*
	712-3	*131*	Book 17:	163-5	*66*
Book 5:	41-2	*127*		382-5	*37*
	114-15	*127*	Book 18:	346-61	*57*
	118-20	*132*	Book 19:	107-14	*97*
Book 6:	201-5	*100*		130-2	*90*
	208	*95*		172-7	*17*
	232-4	*72*		203	*122*
	313-15	*89*		272-84	*122*
	314-15	*127*		309-11	*66*
Book 7:	31-2	*100*		395-7	*70*
	73-4	*89*	Book 20:	336-7	*85*
	75-7	*89*		341-4	*88*
	76-7	*127*	Book 21:	350-3	*88*
Book 8:	44	*42*	Book 22:	347-8	*41*
	145-64	*69*		408-13	*141*
	317-20	*127*	Book 23:	11-14	*131*
	487-91	*42*		117-22	*92*
	527-30	*155*	Book 24:	109-13	*98*
	557-9	*101*		115-19	*103*
Book 9:	5-10	*124*		205-10	*87*
	39-42	*63*		274-85	*65*
	108	*60*		283	*102*
	275-6	*101*		351-2	*140*
	370	*101*		413	*91*
Book 10:	14	*126*		433-5	*77*
Book 11:	338	*89*			
	346	*89*		ARISTOTLE	
	358-61	*122*	*Nicomachean Ethics* 8.7.1-2 *128*		
	399-403	*98*	*Poetics* 24.13 *48*		
	489-91	*57*	*Rhetoric* 1.9.1367a32 *71*		
	494-503	*87*			
Book 13:	13-15	*96*	DIOGENES LAERTIUS		
	130	*131*	*Lives of the Philosophers*		
	291-9	*138*	1.57 *38*		
	295	*115*	3.41-3 *62*		
	383-5	*85*			
Book 14:	45-7	*125*	EURIPIDES		
	57-8	*101*	*Helen* 108 *44*		
	58	*95*			
	98-9	*52*	HERODOTUS		
	199-212	*59*	1.69 *100*		
	230-3	*95*	2.45 *23*		

HESIOD
Theogony 22-34 *41*
Works and Days
  156-73 *26*
  159-60 *135*
  176-8 *139*

Hymn to Apollo
166-76 *40*

PLATO
Laws 941B *69*
Phaedrus 252B *39*
Republic
  606E *15*
  607A *22*

SOPHOCLES
Philoctetes 407-8 *70*

STRABO
1.2.15 *33*

THUCYDIDES
3.104.4 *40*

XENOPHANES
fragment 11 *22*

XENOPHON
Symposium 3.5 *21*

普通索引

Achaeans, 18, 160, 161, 168
Achchiyava, 18n
Achilles: epithets for, 29; as hero, 32, 113-18, 137; and Patroclus, 58, 108, 118, 127-28, 137
Aeneid, 29
Aeolic, 19
Agamemnon: status and character of, 75, 115
Ages of man, 26-27
Agora—*see* Assembly
Agriculture, 56, 60, 154
Alcinous—*see* Phaeacia
Alexander—*see* Paris
Alexandria, 20-21, 34, 38
Alphabet, 19
Anassein, 83
Anthropomorphism, 132-36
Aphrodite: and Helen, 129, 130; power of, 133, 135
Apollo: and Dionysus, 139-40; and prophecy, 42; and the Trojans, 57, 81
Arbitration, 109
Arete, 89, 129
Argives, 18
Aristocracy—*see* Nobility
Aristotle on Homer, 48
Arms and armour, 43, 45
Army, 51, 103; and assembly, 81. *See also* War
Assembly, 28, 78-82. *See also* Counsel
Athena: characterization of, 29, 130, 138, 140; and craftsmanship, 73; and Odysseus, 32, 52, 57, 70, 100, 138; and Telemachus, 76, 88
Athens and Homer, 37-40

Bard: divine inspiration of, 41-42; in Homer, 37, 41, 53, 55, 56; Slavonic, 30, 39, 143. *See also* Heroic poetry; Rhapsodist
Basileus, 83-84, 134. *See also* Kingship
Beggars, 57, 71, 101
Blegen, C. W., 160-61, 167, 169-70, 175

Blood-feud, 32, 77, 92-94, 110, 117-118
Booty: distribution of, 63, 68, 81, 95; nature of, 46, 54, 56, 61-62, 95; as source of supplies, 63-64, 95; as trophy of heroic behaviour, 28, 46, 81, 117-19, 120
Bötticher, Ernst, 165-66
Briseis, 54, 62, 117
Bunarbashi, 165-66, 169, 170
Burial—*see* Funeral and burial

Caskey, J. L., 161, 170, 172
Cattle, 46, 60, 67
Chariots, 45, 108, 148
Child and parent, 126-27
Chios, 39, 40
Chryseis, 54, 81
Cnossus, 157
Commoners, 53-60, 71, 82; attitudes and values of, 111-13; and kingship, 92-93, 95-98; and political power, 106-107, 111, 116; and religion, 139-40
Community, 79-80, 82, 100, 104-107, 110, 116-17
Competition and contest, 118-21. *See also* Games
Counsel, 114-16, 134, 138. *See also* Public opinion
Craftsmen, 37, 39, 55-56, 60, 72, 112, 121
Crime and criminal law—*see* Blood-feud
Cruelty, 118-19, 137
Custom, 67-68, 105
Cyclopes, 60, 78, 101, 156

Danaans, 18
Demeter, 136-37, 139
Demi-gods, 26, 135
Demioergoi, 37, 56. *See also* Craftsmen
Dionysus, 139-140
Distribution of goods, 63-64, 66-67, 70. *See also* Gifts; Trade
Divorce, 127
Dmos, 58-59

索 引 211

Doulos, 58
Drester, 54

Egypt: Greek literature in, 20-21
Ekwesh, 18n
Elders, council of, 82, 125. *See also* Counsel
Eratosthenes, 33
Ethics—*see* Morals
Eumaeus, 34, 37, 41, 52, 55, 56, 59, 122, 125
Exile, 60, 92, 118

Family, 62-63, 77, 127. *See also* Household; Kinship
Fate, 134, 138-39
Feasting, 89, 123-26
Festivals—*see* Games
Foreign affairs, 66, 96-97, 98-100. *See also* War
Foreigners: as craftsmen, 37, 40, 56; hostility to, 100-102; sharing meal with, 125
Friendship—*see* Guest-friendship; Love
Funeral and burial, 45, 118, 124-125, 137, 158; games, 34, 108, 119

Games, 34, 36-37, 56, 69-70, 108-109, 119-20
Genealogy, 59, 132
Gifts, 61-62, 64-66, 95-98, 120-23, 137, 144; as amends, 66, 117-18, 138; and marriage, 66, 88-90; Mauss on, 145
Gods: as ancestors of men, 60, 131; anthropomorphism, 132-36; and bards, 41-42; fear and love of, 139; and feasts, 125; and festivals, 36; and gifts, 65, 96, 112, 137, 138; and goddesses, 130; intervention of, 31-32, 52, 81, 130-34; and justice, 97, 109, 129-30, 137-141; of nature, 136; and *themis*, 78, 101; and work, 72. *See also* Magic; Myth; Prayer; Religion; Sacrifice; Temples; and individual gods
Greeks: geographic spread of, 16, 23-24, 33, 156; names for, 17-18; political organization of, 24, 34; prehistory of, 16-18, 25, 79, 155-58. *See also* Language; Literature; Writing
Guest-friendship, 65, 89, 99-103, 123

Hades, 57, 87, 98, 113, 131, 132, 141
Hector: as Greek name, 44; as hero, 86, 113, 116; Theban myth of, 44
Helen, 129-30
Helius, 136
Hellenes—*see* Greeks
Hephaestus; as craftsman, 72, 112, 121
Hera; character of, 130, 133, 140
Heracles, 23
Herald, 55, 56, 80, 109, 112
Hermes, 70
Hero: age of heroes, 27-29; nature of, 27-28, 32, 75. *See also* Honour; Prowess; Status and values; and individual heroes
Herodotus, 23-24, 25, 100
Heroic poetry, 29-31; repetition (formulas) in, 29-31, 45-46, 83, 149-50. *See also* Bard; Homer and history; *Iliad*; *Odyssey*
Hesiod, 16, 31, 33, 41, 113; and age of heroes, 26-27; and the gods, 41, 97, 135, 141; Greek attitudes to, 22
Hissarlik, 42-43, 152, 159, 160, 163, 165, 166, 167, 168, 169-70, 175
Hittites, 48n
Homer: and development of Greek religion, 22, 135-41; expurgations in, 128, 136; and the Greeks, 15, 22, 36-41, 69; and history, 22-25, 27, 33-50, 69, 76n, 85, 106, 112-13, 144, 154-58; identity of, 15, 27, 31, 34, 39, 41; language of, 19, 31, 39, 45, 154-55; and myth, 22-25, 76n, 105-106; popularity of, 21-22, 25, 39; view of man in, 25, 28-29, 113, 135. *See also Iliad*; *Odyssey*
Homeric Hymns, 40
Homerids, 39-40
Homicide, 77, 94
Homosexuality, 128
Honour, 28, 108-10, 113-22, 133
Household, 56-63, 70, 83-85, 94, 103-106. *See also* Family

Ichor, 135
Iliad: compared with *Odyssey*, 31-32, 140-41; composition and structure of, 16, 29-31; interpolations in, 37-38, 49; textual

history of, 34, 37-40; theme of, 81, 116-18
Ilion—*see* Troy
Inheritance, 59, 83-93, 94, 132-33
Ionian, 17, 19, 36
Italy, 33
Ithaca: topography of, in *Odyssey*, 33

Justice, 23, 32, 97, 140-41; judicial procedure, 108-11

Keimelion, 61
Kingship, 52, 103; and assembly, 80-82; and commoners, 92-93, 96-98; and gift-giving, 96-98, 123; and power, 82-96, 106, 109, 115, 133; and royal wealth, 95-96, 121; and succession, 82-93, 132-33
Kinship, 77, 83, 104, 117, 126; and blood-feud, 77. *See also* Family

Laertes: and kingship in Ithaca, 86
Land, 60, 95
Language: Greek, 16, 18, 143; Indo-European, 18. *See also* Homer, language of
Law—*see* Blood-feud; Custom; Justice; Kingship
Linear B tablets, 16, 18, 19, 43, 44-45, 53, 144, 174
Literature: Greek, and its survival, 19-21; oral, 36, 145, 149-50. *See also* Heroic poetry
Love, 126-29

Magic, 22, 31-32, 70, 129, 135
Marriage, 88, 103, 126-29; and foreign relations, 99; gifts, 66, 88-89, 90. *See also* Suitors
Matriarchy, 90
Mauss, Marcel, 145
Megara, 37-38
Metal and metal-working, 45, 55-56, 61, 62, 63, 68, 70
Meyer, Eduard, 166-67, 171, 173
Money, 67
Morals, 28, 105-106, 123-24; and religion, 137-41; and trade, 68-70. *See also* Honour; Justice; Prowess; Status and values
Mycenaean civilization, 44-45, 143, 150-52, 158
Myrmidons, 44, 87, 117

Mystery rites, 36, 137
Myth, 22-25, 26-27, 30, 36, 106

Nestor: as hero, 86, 114-15; household of, 62
Newton, Charles, 176
Nietzsche, Friedrich, 119, 141
Nobility, 51-53, 59; and kingship, 83-93, 103, 116; and work, 71-73, 104

Oath, 109, 138, 140
Odysseus: and Athena, 32, 52, 57, 70, 100, 138; guile and prowess of, 69-70, 111-12, 115, 138; as king, 51-53, 84-88; wanderings of, 32, 52, 63, 121-22; wealth of, 52, 63
Odyssey: compared with *Iliad*, 31-32, 140-41; composition and structure, 16, 29-31, 34-35; interpolations in, 49; omissions, 148-49; textual history of, 34, 38-41; themes of, 32, 52-54, 84, 110, 140-41
Oikos—*see* Household
Omens, 78n, 114, 116, 129, 134
Orestes, 76, 94
Orpheus, 41

Paris: character of, 46; judgment of, 140; name of, 46
Parry, Milman, 30, 143
Pasturage, 46, 60
Patriotism—*see* Community
Patroclus: and Achilles, 58, 108, 118, 127-28, 137
Peasants, 53, 55, 71, 113, 122
Penelope: character of, 32, 129; and the suitors, 52, 73, 88-91
Phaeacia: hospitality in, 42, 89, 101, 121; kingship in, 81-82, 89, 106, 156; and trade, 69, 102; as Utopia, 100-102
Phoenicians, 24, 55, 102; alphabet, 19; trade monopoly, 70, 158
Physician, 37, 55
Pisistratus and Homer, 38-39
Plato and Homer, 15, 22, 23, 69, 138
Poetry—*see* Heroic poetry; Literature
Polis, 34, 120, 155
Polydamas, 116

Population size, 51-52, 54-55
Poseidon: intervention of, 22, 57; oath by, 109; and Zeus, 132-33
Prayer, 28, 108, 129
Prestige goods and symbols, 120-23. *See also* Treasure
Priam: as king, 86; polygamy of, 127n; treasure of, 162, 164
Prowess, 28, 113-19. *See also* Booty; War
Prudence, 116
Public opinion, 80-82, 91-93, 110, 114. *See also* Counsel
Pylos, 161, 169

Religion: and festivals, 37; Homer and development of, 22, 135-41; and morality, 137-41; and poetry, 35-36; and social structure, 140. *See also* Gods; Myth
Retainers, 58, 103-104
Rhapsodist, 31, 38, 39-40
Ritual drama, 36
Roland, Song of, 31, 47, 145

Sacrifice, 55, 125, 137, 138; human, 23, 137
Salamis, 37
Sceptre, 80, 107, 109, 111, 112
Scheria, 155-56
Schliemann, Heinrich, 42-43, 150, 151, 159-76
Seer, 37, 55, 114; and bard, 41
Selene, 136
Self-sufficiency, 61-62
Sexual behaviour, 54, 126-28, 129-30
Sicily, 33
Slavery, 34, 54, 58-59, 71, 87n, 125
Smyrna, 156
Snodgrass, A. M., 154, 155, 157
Solon and Homer, 38
State—*see* Community; Kingship
Status: and birth, 53, 59-60; and values, 69-71, 75-76, 98, 105, 106-107, 110-11, 121
Suitors (in the *Odyssey*): feasting of, 52, 124; and notion of justice, 32, 110, 140-41; and power struggle, 52, 84-94

Taxes, 66, 96
Telemachus: character and growth, of, 32, 76, 84, 88, 92-94
Temenos, 95, 97
Temples, 45, 95n, 137
Theagenes of Rhegium, 35n
Themis, 78, 82, 101, 109, 112
Therapon—*see* Retainers
Thersites, 82, 111-12
Thespis, 41
Thetes, 57-58, 70, 71
Thucydides, 40, 152
Thymos, 28n
Trade, 66-71
Treasure, 61-63, 98, 108, 120-22, 157; royal, 94-96, 121. *See also* Gifts
Trojan Cycle, 35
Trojan War: and the gods, 133, 140; historicity of, 27, 42-43, 49, 64, 144, 147, 152-53, 160, 168, 171-77; recruiting for, 102-104, 122
Troy: allies of, 44; location of, 43, 159-76; name of, 46; people of, 43-44; Schliemann and, 42-43, 159-76

Ulysses, 15

Virgil, 29

War: conduct of, 46, 74-75, 97, 140; and life of the hero, 28, 99; and slavery, 54. *See also* Army; Booty; Prowess; Trojan War
Wealth—*see* Land; Pasturage; Treasure
Whitman, Cedric, 146
Women: as slaves, 54, 59; status of, 89, 126-30; and work, 73
Work: attitude to, 71-73; pay for, 55-57, 66. *See also* Craftsmen; Slavery; *Thetes*
Writing: absence of, in Homer, 29; among the Greeks, 16, 19-22, 36

Xenophanes on Homer, 22, 23, 35, 132, 138

Zeus: and the ages of man, 26; as father, 83, 134; and hospitality, 101; as king, 83, 132-34

译者说明

本书译自 M. I. Finley, *The World of Odysseus* (New York: the Viking Press, 1978. Revised Edition.)。此书原有芬利教授的自序；中译本加入了此书 1954 年 Viking Press 初版时范多伦教授的序言。2018 年夏，经北卡罗来纳大学教堂山分校 Richard Talbert 引荐，译者请北卡历史系的希腊史专家 Fred S. Naiden 教授为中译本写作了新的导言。

书中对荷马史诗的直接引用，均由译者从作者采用的英文译出，在翻译过程中也参考了罗念生、王焕生和杨宪益等先生的中译，文中不再一一注明。在敲定译名时，译者尽量尊重既有和既定的译名，不生造新译名；在没有既定译名或译名冲突较多的情况下，则参照罗念生先生 1979 年修订过的音译表（收入鲁刚、郑述谱编译，《希腊罗马神话词典》，中国社会科学出版社，1984 年）。原书中的若干刊印错误和译文需要解释的地方，均在译者注中标出。

曾毅翻译了此书的导言、两篇序言、地图、第一至三章和两篇附录。刘淳翻译了此书的第四、第五章及书目文献。

刘　淳　曾　毅
2018 年 10 月

译名对照表

除个别约定俗成的译名外，本书中希腊人名地名的译名全部采用罗氏译音表译法，其他译名基本采用新华社译名库的译法。

A

Achaea 阿开亚
Achchiyava 阿克奇亚瓦
Achilles 阿喀琉斯
Aegean Sea 爱琴海
Aegisthus 埃癸斯托斯
Aegyptius 埃古普提俄斯
Aeneas 埃涅阿斯
Aeneid 《埃涅阿斯纪》
Aeolia 埃俄利亚
Aeschylus 埃斯库罗斯
Aetolia 埃托利亚
Agamemnon 阿伽门农
aitizo 乞求
Ajax 埃阿斯
Alcaeus 阿尔开俄斯
Alcinous 阿尔喀诺俄斯
Alexander 亚历山大
Alexandria 亚历山德里亚
Amphimedon 安菲墨冬
Anassein "统治"
Anchises 安喀塞斯
Andromache 安德洛玛刻
Angles 盎格鲁人
Antilochus 安提洛科斯
Antinous 安提诺俄斯
Aphrodite 阿芙洛狄忒
Apollo 阿波罗
Arcadia/Arcadians 阿耳卡狄亚/阿耳卡狄亚人
Ares 阿瑞斯
Arete 阿瑞忒
Argives 阿耳戈斯人
Argos 阿耳戈斯
Arioi 阿瑞奥伊
Aristotle 亚里士多德

Asclepius 阿斯克勒庇俄斯
Asia Minor 小亚细亚
Astyanax 阿斯堤阿那克斯
Athena 雅典娜
Athens 雅典
Atreus 阿特柔斯
Attila 阿提拉
Augsburger Allgemeine Zeitung 《奥格斯堡汇报》
Aulis 奥利斯
Autolycus 奥托吕科斯

B

Bacchylides 巴库利德斯
Bard 吟游诗人
Basileus "君王"
Basques 巴斯克人
Bellerophon 柏勒洛丰
benevolences 恩税
Beowulf 《贝奥武甫》
Berenson, Bernard 伯纳德·贝伦森
Bismarck, Otto, von 俾斯麦
Black Sea 黑海
Blegen, C. W. 卡尔·布利根
Boeotia 玻俄提亚
Boethius, Axel 阿克塞尔·伯蒂乌斯
Borlase, William Copeland Wm. C. 博莱斯
Bosch, Hieronymus 耶罗尼米斯·博斯
Bötticher, Ernst 恩斯特·伯蒂歇尔
Breslau 布雷斯劳

Briseis 布里塞伊斯
Brute the Trojan 特洛伊人布鲁特
Bunarbashi 布纳尔巴什
Burckhardt, Jacob 雅各布·布克哈特

C

Cadmus 卡德摩斯
Calchas 卡尔卡斯
Calvert, Frank 弗兰克·卡尔弗特
Calypso 卡吕普索
Camelot 卡美洛
Caskey, J. L J. L. 卡斯基
Caria 卡里亚
Cephallenia 刻法勒尼亚岛
Chadwick, John 约翰·查德威克
Chaeronea 开洛尼亚
Charlemagne 查理曼
Chimera 喀迈拉
Chios 希俄斯岛
Chryseis 克律塞伊斯
Cicones 喀孔人
Cid 《熙德之歌》
Circe 喀耳刻
Clitias 克利提亚斯
Clytaemnestra 克吕泰涅墨斯特拉
Cnossus 克诺索斯
Cnossus 克诺索斯
Coleridge 柯勒律治
Colophon 科洛丰
Corinth 科林斯

Crane, Stephen 斯蒂芬·克莱恩
Crete 克里特岛
Croesus 克洛伊索斯
Cronus 克罗诺斯
Cumae 库迈
Cyclops/Cyclopes 独眼巨人
Cydonians 库多尼亚人

D

Danaans 达那奥斯人
Dardanelles 达达尼尔海峡
Delos 得罗斯岛
Delphi 德尔斐
Demeter 得墨忒耳
Demioergoi "身具技艺的人"
Demodocus 得摩多科斯
Demosthenes 狄摩西尼
Diomedes 狄俄墨得斯
Dionysus 狄俄尼索斯
Dorians 多里斯人
Dörpfeld, Wilhelm 德普费尔德
Duhn, Friedrich von 冯·杜恩
Dulichion 杜利咯翁

E

Edinburgh Review 《爱丁堡评论》
Egypt 埃及
Ekwesh 埃克维什
Eleans 厄利斯人
Eliot, T. S. T. S. 艾略特

Elis 厄利斯
Ephesus 以弗所
Epidaurus 厄庇道洛斯
Epithet 特性修饰形容语
Eratosthenes 厄拉托色尼
Eteoneus 厄忒俄纽斯
Eteo-Cretans 本地克里特人
Etruscans 伊特鲁斯坎人
Euboea 优卑亚岛
Eumaeus 欧迈俄斯
Eumelus 欧墨洛斯
Euripides 欧里庇得斯
Eurycleia 欧律克勒亚
Eurymachus 欧律马科斯
Eusebius 优西比乌

F

Fortetsa 福尔特察
Francis, Philip 菲利普·弗朗西斯
François Vase 弗朗索瓦陶缸
Frasers Magazine 《弗雷泽杂志》
Furumark, Arne 富鲁马克

G

Gallenga, Wm. 威廉·加伦加
Ganymede 伽倪墨得
Geschichte von Troas 《特洛阿斯的故事》
Glaucus 格劳科斯
Greece 希腊

guest-friend/guest-friendship 宾友 / 宾友之谊

H

Hades 冥界 / 哈得斯
Hahn, Johann Georg von 冯·哈恩
Halicarnassus 哈利卡耳那索斯
Halle 哈雷
Harper's 哈珀出版社
Hector 赫克托耳
Hecuba 赫卡柏
Heimskringla 《挪威列王传》
Helen 海伦
Helenus 赫勒诺斯
Helicon 赫利孔山
Helius 赫利俄斯
Hellas 希腊
Hellenes 希腊人
Hellespont 赫勒斯滂
Hephaestus 赫淮斯托斯
Hera 赫拉
Heracles 赫剌克勒斯
Hercules 海克力斯
Hermes 赫耳墨斯
Herodotus 希罗多德
Herondas 赫罗达斯
Hesiod 赫西俄德
Hindu Kush 兴都库什山
Hippolochus 希波罗科斯

Hissarlik 希萨尔利克
Hittites 赫梯人、赫梯语
Homer 荷马
Homeric Hymns 荷马体颂歌
Homerids 荷马后裔
Hula 呼拉舞
Humann, Carl 卡尔·胡曼
Hypereia 许佩耳瑞亚泉
Hyperia 许珀里亚

I

Icarius 伊卡里俄斯
ichor 灵液
Idomeneus 伊多墨纽斯
Iliad 《伊利亚特》
Ilion 伊利昂
Ilios 《伊利昂》
Illyria 伊利里亚
Ion 伊安
Ionia 爱奥尼亚
Iris 伊里斯
Iroquois 易洛魁人
Ischia 伊斯基亚
Ismarus 伊斯玛洛斯
Italy 意大利
Ithaca 伊塔卡岛

J

Dr. Johnson 约翰生博士

K

Kabyle 卡比勒人
Kara-Kirghiz 喀拉－吉尔吉斯
keimelion 财宝
Kirk, Geoffery 杰弗里·柯克
King Arthur 亚瑟王

L

Laerces 莱耳刻斯
Laertes 莱耳忒斯
Laertius, Diogenes 第欧根尼·拉尔修
Laodamas 拉俄达玛斯
Laomedon 拉俄墨冬
Laodice 拉俄狄刻
Laws 《法律篇》
LeChevalier, Jean Baptiste 勒舍瓦利耶
Leda 勒达
Lemnos 楞诺斯岛
Leocritus 勒俄克里托斯
Leontini 列安提尼
Lesbos 勒斯玻斯岛
Leucas 琉卡斯岛
Levant 黎凡特
Lives and Opinions of Eminent Philosophers 《哲人言行录》
Lorimer, Helen 海伦·洛里默
Lycia 吕喀亚
Lydia 吕底亚

M

Mahaffy, John Pentland 马哈菲
Maia 迈亚
Malinowski, B 马林诺夫斯基
Massilia 马西利亚
Mausolus 摩索罗斯
Mauss, Marcel 马赛尔·莫斯
Mededović, Avdo 阿夫多·梅杰多维奇
Mediterranean Sea 地中海
Medon 墨冬
Megara 墨伽拉
Megara Hyblaea 许卜拉的墨伽拉
Megarian History 《墨伽拉历史》
Melaneus 墨拉纽斯
Menander 米南德
Menelaus 墨涅拉俄斯
Mentes 门忒斯
Mentor 门托耳
Meriones 墨里俄涅斯
Messeis 墨塞斯泉
Meyer, Eduard 爱德华·迈尔
Miletus 米利都
Mill, John Stuart 约翰·斯图尔特·密尔
Milton, John 弥尔顿
Max Müller 马克斯·穆勒
Muses 缪斯
Mycenae 迈锡尼
Myrmidons 密耳弥冬人

N

Nausicaa 瑙西卡
Nausithous 瑙西托俄斯
Nestor 涅斯托耳
Newton, Charles 查尔斯·牛顿
Nibelungenlied 《尼伯龙根之歌》
Nietzsche, Friedrich 弗里德里希·尼采
Nicias 尼西亚斯

O

Odysseus 奥德修斯
Odyssey 《奥德赛》
Oedipus 俄狄浦斯
Oineus 俄纽斯
oikos "家"
Olympia 奥林匹亚
Olympus 奥林波斯山
Orestes 俄瑞斯忒斯
Orpheus 俄耳甫斯

P

Paradise Lost 《失乐园》
Paris 帕里斯
Parry, Milman 米尔曼·帕里
Patroclus 帕特罗克洛斯
Pelasgians 裴拉斯吉亚人
Peleus 珀琉斯
Pelops 珀罗普斯
Penelope 珀涅罗珀
Pergamos 别迦摩

Phaeacia 淮阿喀亚
Phaedimus 淮狄摩斯
Phaedrus 《斐德若篇》
Phemius 斐弥俄斯
Philoctetes 菲罗克忒忒斯
Philoetius 菲洛厄提俄斯
Phoenicia 腓尼基
Phoenix 福尼克斯
Phrygia 佛律癸亚
Pisistratus 庇西特拉图
Plato 柏拉图
Pliny 老普利尼
Plutarch 普鲁塔克
Polis 城邦
Polydamas 波吕达玛斯
Polyphemus 波吕斐摩斯
Polydamas 波吕达玛斯
Poseidon 波塞冬
Priam 普里阿摩斯
Pylos 皮洛斯
Pyrenees 比利牛斯山

R

Republic 《理想国》
Rhea 瑞亚
Rhesos 《瑞索斯》
Rhetoric 《修辞学》
Rhodes 罗得斯岛
Rome 罗马
Roncevaux 隆塞沃

Royal Academy 皇家学会

Royal Institution of Cornwall 康沃尔皇家研究院

S

Salamis 萨拉米斯岛

Same 萨墨

Samos 萨摩斯岛

Saracens 撒拉逊人

Sarpedon 萨耳珀冬

Saxons 萨克逊人

Sayce, Archibald 塞斯

Scamander River 斯卡曼德河

Scheria 斯刻里亚

Schliemann, Heinrich 海因里希·施利曼

Schuchhardt, Carl 卡尔·舒哈德

Scribner's 斯克里布纳出版社

Selene 塞勒涅

Semetic 闪米特语

Sicily 西西里岛

Sidon 西顿

Siegfried 西格弗里德

Sinbad 辛巴达

Smith, Adam 亚当·斯密

Smyrna 士麦那

Snodgrass, A. M. A. M.·斯诺德格拉斯

Society Islands 社会群岛

Socrates 苏格拉底

Solon 梭伦

Songs of Homer 《荷马之歌》

Song of Roland 《罗兰之歌》

Sophocles 索福克勒斯

Sparta 斯巴达

Strabo 斯特拉波

Straus, Oscar 奥斯卡·施特劳斯

Syracuse 叙拉古

T

Tantalus 坦塔罗斯

Taphos/Taphians 塔福斯 / 塔福斯人

Telemachus 忒勒玛科斯

Temasa 忒马萨

temenos 庙产 / 领地 / 田土

Theagenes of Rhegium 雷朱姆的忒阿革涅斯

Thebes 忒拜

themis 习俗 / 规训

Theodoric 狄奥多里克

Theognis 忒俄格尼斯

Theogony 《神谱》

The Palace of Nestor at Pylos 《皮洛斯的涅斯托耳宫殿》

therapon 家臣

thes/thetes "帮工"

Thesprotians 忒斯普罗提亚人

Thetis 忒提斯

Thersites 忒耳西忒斯

Thetes "帮工"

Thrace 色雷斯

Thucydides 修昔底德

Thyestes 梯厄斯忒斯

Titan 提坦

Tower Hill 塔丘

Tozer, Henry Fanshawe 托泽

Trobriand Islands 特罗布里恩群岛 / 超卜连群岛

Trobrianders 特罗布里恩人 / 超卜连人

Troja 《特洛伊》

Trojan Cycle 特洛伊史诗系

Trojan War 特洛伊战争

Troy 特洛伊

Trebizond 特拉布宗

Troad/Troade 特洛阿德

Tros 特洛斯

Tuaregs 图阿雷格人

Tydeus 堤丢斯

Tyre 提尔

U

Ugarit 乌加里特

Ulysses 尤利西斯

V

Veblen, Thorstein 托尔斯泰因·维布伦

Ventris, Michael 迈克尔·文特里斯

Vestal Virgins 维斯塔贞女

Virchow, Rudolf 菲尔绍

Virgil 维吉尔

W

Waldstein, Charles 查尔斯·瓦尔德施泰因

Whitman, Cedric 锡德里克·惠特曼

Works and Days 《工作与时日》

X

Xanthus 克珊托斯河

Xenophon 色诺芬

Xenophanes 色诺芬尼

Y

Yavan 雅完

Z

Zacynthos 扎金托斯岛

Zeus 宙斯

Zoroastrianism 琐罗亚斯德教